NUM ESTADO LIVRE

Obras do autor na Companhia das Letras

Além da fé
Um caminho no mundo
Uma casa para o sr. Biswas
Uma curva no rio
O enigma da chegada
Entre os fiéis
Índia
A máscara da África
O massagista místico
Meia vida
Miguel Street
Num Estado livre
Os mímicos
Sementes mágicas

V. S. NAIPAUL

Num Estado livre

Tradução
Rubens Figueiredo

COMPANHIA DAS LETRAS

Copyright © 1971 by V. S. Naipaul
Todos os direitos reservados

Grafia atualizada segundo o Acordo Ortográfico da Língua Portuguesa de 1990, que entrou em vigor no Brasil em 2009.

Título original
In a Free State

Capa
Sabine Dowek

Preparação
Jacob Lebensztayn

Revisão
Jane Pessoa
Márcia Moura

Dados Internacionais de Catalogação na Publicação (CIP)
(Câmara Brasileira do Livro, SP, Brasil)

Naipaul, V. S.
    Num Estado livre / V. S. Naipaul; tradução Rubens
Figueiredo. — 1ª ed. — São Paulo : Companhia das Letras, 2013.

    Título original: In a Free State.
    ISBN 978-85-359-2347-6

    1. Ficção inglesa I. Título.

13-10075   CDD-823

Índice para catálogo sistemático:
1. Ficção : Literatura inglesa   823

[2013]
Todos os direitos desta edição reservados à
EDITORA SCHWARCZ S.A.
Rua Bandeira Paulista, 702, cj. 32
04532-002 — São Paulo — SP
Telefone: (11) 3707-3500
Fax: (11) 3707-3501
www.companhiadasletras.com.br
www.blogdacompanhia.com.br

Sumário

Prólogo, de um diário: O vagabundo no Pireu   7

Um entre muitos   25
Diga quem tenho de matar   72
Num Estado livre 127

Epílogo, de um diário: O circo em Luxor 299

Prólogo, de um diário
O vagabundo no Pireu

Do Pireu até Alexandria, era uma travessia de apenas dois dias, mas, assim que eu vi o vapor grego pequeno e encardido, senti que deveria ter tomado algumas precauções. Mesmo visto do cais, ele parecia superlotado, como um barco de refugiados; e quando subi a bordo me dei conta de que não havia lugar para todos.

A rigor, não havia convés. O bar, exposto dos dois lados ao vento de janeiro, era do tamanho de um armário. Ali, três pessoas formavam uma multidão e, atrás de seu balcãozinho, o pequeno garçom grego que servia um café ruim estava de mau humor. Muitas cadeiras na salinha para fumantes e boa parte do chão tinham sido tomadas por passageiros noturnos, vindos da Itália, entre eles um grupo de estudantes americanos meio gordos, ainda na adolescência, brancos e abatidos, porém vigilantes. O único recinto público além desse era a sala de jantar, que estava sendo preparada para a primeira sessão de almoço por comissários que pareciam tão cansados e de tão mau humor quanto o garçom. A civilidade grega era algo que havíamos deixado em terra; era algo, talvez, condizente com o ócio, o desemprego e o desespero pastoral.

Mas nós, na parte de cima do navio, éramos pessoas de sorte. Tínhamos cabines e beliches. As pessoas no convés inferior não tinham. Eram passageiros do convés; noite e dia, tudo de que eles precisavam era um lugar para dormir. Embaixo de nós, ficavam sentados ou deitados sob o sol, abrigando-se do vento, figuras recurvadas, delineadas num preto mediterrâneo, entre os cabrestantes e os tabiques de cor alaranjada.

Eram gregos egípcios. Viajavam para o Egito, mas o Egito não era mais sua terra. Tinham sido expulsos; eram refugiados. Os invasores tinham deixado o Egito; depois de muitas humilhações, o Egito estava livre; e aqueles gregos, os pobres, que por possuírem qualificações profissionais muito simples haviam se tornado apenas um pouco menos pobres do que os egípcios, eram as baixas causadas por aquela liberdade. Navios gregos encardidos como o nosso haviam partido do Egito. Agora, por um curto tempo, estavam voltando, com turistas como nós, que eram neutros e viajavam só para apreciar a paisagem; negociantes libaneses; um bando de dançarinas de boate espanholas; estudantes egípcios gordos, que voltavam da Alemanha.

O vagabundo, quando apareceu no cais, parecia bastante inglês; mas isso podia ser só porque não tínhamos ingleses a bordo. De longe, não parecia um vagabundo. O chapéu e a mochila, o paletó de tweed esverdeado, a calça de flanela cinzenta e as botas podiam pertencer a um andarilho romântico de uma geração anterior; naquela mochila, podia haver um livro de poemas, um diário, o início de um romance.

Ele era magro, de estatura mediana, e movia as pernas dos joelhos para baixo em passos curtos e elásticos, cada pé se erguia bem acima do chão. Era um passo elegante, tão elegante quanto sua echarpe de bolinhas cor de açafrão. Mas quando se aproximou da prancha de embarque, tirou o chapéu, vimos que era um velho, com o rosto trêmulo e exaurido, e olhos azuis molhados.

Olhou para cima e nos viu, sua plateia. Subiu ligeiro pela prancha de embarque, sem usar as cordas do corrimão. Vaidade! Mostrou sua passagem para o grego carrancudo; e depois, sem olhar em redor, sem fazer perguntas, continuou andando depressa, como se já soubesse seu caminho pelo navio. Virou e entrou num passadiço que não ia dar em lugar nenhum. Com uma brusquidão cômica, deu meia-volta apoiado só num calcanhar e bateu o pé no chão com força.

"Comissário de bordo", disse ele, como se tivesse acabado de lembrar de alguma coisa. "Vou falar com o comissário de bordo."

E assim encontrou seu caminho até a cabine e o beliche.

Nossa partida foi adiada. Enquanto seus lugares na sala para fumantes eram guardados, alguns dos estudantes americanos adolescentes tinham ido a terra para comprar comida; estávamos à espera de seu regresso a bordo. Assim que voltaram — nada de risinhos; as garotas estavam quietas, pálidas e embaraçadas —, os gregos se mostraram especialmente furiosos e afobados. O idioma grego rangia como a corrente da âncora. A água começou a nos separar do cais e pudemos ver, não distante do lugar onde tínhamos estado, o grande casco preto do transatlântico *Leonardo da Vinci*, que acabara de atracar.

O vagabundo reapareceu. Estava sem o chapéu e a mochila e parecia menos nervoso. As mãos nos bolsos da calça, já recheados e volumosos, pernas afastadas uma da outra, ele estava de pé no convés estreito como um experiente viajante marítimo que se expunha à primeira brisa de um autêntico cruzeiro. Analisava os passageiros; estava em busca de companhia. Ignorava as pessoas que o fitavam; quando outros, em resposta a seu olhar atento, se viravam para olhar para ele, girava a cabeça para o outro lado.

No final, adiantou-se e parou junto a um homem alto, louro e jovem. Seu instinto o havia guiado muito bem. O homem que ele tinha escolhido era um iugoslavo que, até um dia antes, nunca havia saído da Iugoslávia. O iugoslavo mostrou-se disposto a ouvi-lo. Estava desconcertado com o sotaque do vagabundo, mas sorria de modo encorajador; e o vagabundo continuava falando.

"Estive no Egito seis ou sete vezes. Dei a volta ao mundo uma dúzia de vezes. Austrália, Canadá, todos esses países. Sou geólogo, ou pelo menos era. Primeiro, fui ao Canadá em 1923. Estive lá umas oito vezes. Faz trinta e oito anos que estou viajando. Albergues da juventude, é assim que eu faço. Não é uma coisa que se possa subestimar. Nova Zelândia, já esteve lá? Fui lá em 1934. Cá entre nós, eles estão muito à frente dos australianos. Mas hoje em dia o que vale a nacionalidade? Eu mesmo penso em mim como um cidadão do mundo."

Sua fala era assim, repleta de datas, lugares e números, às vezes com uma opinião simples, extraída de outra vida. Mas era mecânico, sem convicção; mesmo a vaidade não causava impressão; aqueles olhos molhados e vivazes continuavam distantes.

O iugoslavo sorria e proferia interjeições. O vagabundo nem via nem escutava. Não conseguia travar uma conversa; não estava em busca de conversa; sequer precisava de plateia. Era como se, ao longo dos anos, tivesse desenvolvido sua maneira de explicar-se rapidamente para si mesmo, reduzindo a própria vida a nomes e números. Depois que os nomes e os números eram enunciados, ele nada mais tinha a dizer. Então se limitou a ficar parado junto ao iugoslavo. Antes mesmo de perder de vista o Pireu e o *Leonardo da Vinci*, o vagabundo já havia esgotado aquele relacionamento. Ele não queria companhia; só queria a camuflagem e a proteção da companhia. O vagabundo sabia que era um estranho ali.

Na hora do almoço, sentei-me com dois libaneses. Eram passageiros noturnos, vindos da Itália, e rapidamente trataram de me explicar que tinha sido a bagagem, e não o dinheiro, que os havia impedido de viajar de avião. Pareciam muito menos infelizes com o navio do que disseram estar. Falavam uma mistura de francês, inglês e árabe e agitavam-se e impressionavam-se mutuamente, falando a respeito do dinheiro que outras pessoas, sobretudo libaneses, andavam ganhando de várias maneiras pouco comuns.

Os dois tinham menos de quarenta anos. Um era rosado, corpo farto e se vestia com simplicidade, usava um pulôver amarelo-canário; seu negócio em Beirute era, ao pé da letra, dinheiro. O outro libanês, moreno, robusto, de bigode e com boa aparência mediterrânea, vestia terno e colete xadrez. Um marceneiro que fazia móveis em estilo antigo no Cairo, ele disse que os negócios tinham piorado depois que os europeus foram embora. O comércio e a cultura desapareceram do Egito; não havia entre os nativos uma demanda significativa de móveis em estilo antigo; e existia um preconceito crescente contra os libaneses, como ele. Mas eu não conseguia acreditar na sua melancolia. Enquanto falava conosco, ele piscava para uma das dançarinas espanholas.

Na outra extremidade da sala, um estudante egípcio gordo falava de maneira ruidosa em alemão e em árabe. O casal alemão sentado à sua mesa estava rindo. Então o egípcio começou a cantarolar uma canção árabe.

O homem de Beirute falou, com seu sotaque americano: "Você devia fazer móveis modernos".

"Nunca", respondeu o marceneiro. "Prefiro ir embora do Egito. Vou fechar minha fábrica. É um horror, o estilo moderno. É grotesco, completamente grotesco. *Mais le style Louis Seize, ah, voilà l'âme...* Ele se interrompeu a fim de aplaudir o egípcio e gritar seus parabéns em árabe. Então, em tom fatigado, mas sem malícia, falou em voz muito baixa: "Ah, esses nativos". Empurrou seu prato para a frente, deixou-se afundar na cadeira, bateu com os dedos na toalha de mesa suja. Piscou para a dançarina e as pontas de seu bigode se moveram para cima. O comissário de bordo veio limpar a mesa. Eu estava comendo, mas meu prato também foi levado. "Estava comendo, monsieur?", perguntou o marceneiro. "O senhor deve ficar *calme*. Todos nós devemos ficar *calmes*." Em seguida ergueu as sobrancelhas e virou os olhos. Havia alguma coisa que ele queria que víssemos.

Era o vagabundo, parado na porta, de onde observava a sala. Ele se mantinha numa pose tal que, mesmo então, ao primeiro olhar, suas roupas pareciam perfeitas. Aproximou-se da mesa limpa perto da nossa, sentou-se numa cadeira e ajeitou-se nela, mexendo-se até se acomodar. Depois se inclinou para trás, seus braços sobre os braços da cadeira, como o senhor de uma casa à cabeceira de sua mesa, como um passageiro de um cruzeiro marítimo à espera de ser servido. Deu um suspiro e moveu a mandíbula, testando os dentes. Seu paletó se encontrava num estado lastimável. Os bolsos protuberantes; as abas dos bolsos presas com alfinetes de fralda.

O marceneiro falou algo em árabe e o homem de Beirute riu. O comissário de bordo nos enxotou dali e seguimos as dançarinas espanholas rumo ao barzinho ventoso para tomar café.

Mais adiante, naquela tarde, em busca de privacidade, subi uma escada íngreme rumo à área aberta e rodeada por uma balaustrada, em cima das cabines. O vagabundo estava lá sozinho, as pernas da calça com manchas e folgadas demais, as bainhas arregaçadas e rasgadas, exposto ao vento frio e à fuligem da chaminé. Segurava o que parecia um pequeno livro de orações. Movia os lábios e fechava e abria os olhos, como um homem que reza com fervor. Como era frágil aquele rosto, maltratado por desgostos; como era frágil o pescoço, abaixo do nó apertado da echarpe com bolinhas. A carne em volta dos olhos parecia especialmente mole; ele dava a impressão de estar à beira de chorar. Era estranho. Procurava companhia, mas precisava de solidão; procurava atenção e ao mesmo tempo não queria ser notado. Eu não o perturbei. Tive medo de me envolver com ele. Lá embaixo, os refugiados gregos estavam sentados ou deitados sob o sol.

Na sala para fumantes, depois do jantar, o jovem egípcio gordo esbravejou com voz rouca, fazendo seu número de cabaré. As pessoas que compreendiam o que ele estava dizendo riam o tempo todo. Até o marceneiro, esquecendo sua tristeza com os nativos, gritou e bateu palmas junto com os demais. Os estudantes americanos formavam um amontoado promíscuo de nauseados e observavam, como pessoas sitiadas e impotentes; quando falavam entre si, o faziam em sussurros.

A parte não americana da sala era predominantemente árabe e alemã e tinha sua coesão peculiar. O egípcio era o nosso humorista, e havia uma garota alemã alta que podíamos considerar nossa anfitriã. Ela nos oferecia chocolate e tinha alguma coisa a dizer para cada um de nós. Para mim, ela disse: "Você está lendo um livro inglês muito bom. Esses livros da Penguin são livros ingleses muito bons". Talvez estivesse viajando para casar-se com um árabe; eu não tinha certeza.

Eu estava sentado de costas para a porta e não vi quando o vagabundo entrou. Mas de súbito ele estava na minha frente, sentado numa cadeira que alguém acabara de deixar vaga. A cadeira não estava distante da garota alemã, mas também não estava numa proximidade íntima com aquela cadeira nem com qualquer outro grupo de cadeiras. O vagabundo sentou-se ali sem embaraços, as costas retas no espaldar. Não encarava ninguém diretamente, de modo que naquela pequena sala ele não se tornou parte da multidão, mas, em vez disso, parecia ocupar o centro de um pequeno palco.

Sentou-se com as pernas de velho afastadas uma da outra, seu paletó pesado pendia bambo por cima dos bolsos estufados das calças. Tinha trazido coisas para ler, uma revista, o livrinho que pensei que era um livro de orações. Vi agora que se tratava de um velho diário de bolso, com muitas folhas soltas. Ele dobrou a revista em quatro, escondeu-a embaixo da coxa e começou a ler o diário de bolso. Riu, ergueu os olhos para ver se estava sendo notado. Virou uma página, leu e riu de novo, mais alto. Inclinou-se na direção da garota alemã e disse para ela, por cima do ombro: "Puxa, você sabe ler em espanhol?".

Ela respondeu com cautela: "Não".

"Essas piadas espanholas são tremendamente engraçadas." Porém, embora lesse mais um pouco, não voltou a rir.

O egípcio continuou a fazer seu número de humor; a algazarra prosseguiu. Dali a pouco, a garota alemã nos ofereceu chocolate outra vez. "*Bitte?*" Tinha a voz suave.

O vagabundo estava desdobrando sua revista. Parou e olhou para o chocolate. Mas não havia nenhum para ele. Desdobrou sua revista. Depois, de maneira inesperada, começou a destruí-la. Com mãos nervosas e claudicantes, rasgou uma página uma vez, duas vezes. Virou algumas páginas, começou a rasgar de novo; virou, rasgou. Mesmo com a rouquidão que envolvia o egípcio, o barulho de papel rasgado não podia ser ignorado. Será que estava rasgando fotos — esportes, mulheres, anúncios — que o ofendiam? Será que estava guardando papel higiênico para usar no Egito?

O egípcio ficou em silêncio e olhou. Os estudantes americanos olharam. Agora, tarde demais depois do acesso de furor, e no meio do que era quase um silêncio, o vagabundo deu uma demonstração de razão. Abriu a revista esfrangalhada, virou-a com ar zangado, como se não fosse fácil encontrar o lado certo, e por fim fingiu que lia. Movimentava os lábios; franzia o rosto; rasgava e rasgava. Tiras e retalhos de papel se acumulavam no chão em volta de sua cadeira. Ele dobrou os restos soltos da revista, enfiou-a no bolso do paletó, fechou as abas dos bolsos com alfinetes de fralda e saiu da sala, com o ar de um homem que haviam deixado muito zangado.

"Vou matá-lo", disse o marceneiro na hora do café da manhã do dia seguinte.

Estava de terno e colete, mas não tinha feito a barba e os anéis escuros embaixo dos olhos pareciam hematomas. O homem de Beirute também parecia cansado e enrugado. Não tiveram uma noite boa. O terceiro beliche na cabine era ocupado por um rapaz austríaco, um passageiro vindo da Itália, com quem os dois se davam muito bem. Viram a mochila e o chapéu no quarto beliche; mas só quando já era muito tarde, e os três estavam em seus beliches, descobriram que o vagabundo era o quarto passageiro da cabine.

"Foi péssimo", disse o homem de Beirute. Procurou escolher palavras delicadas e acrescentou: "O velho é igual a uma criança".

"Criança! Se o porco inglês entrar aqui agora" — o marceneiro ergueu o braço e apontou para a porta — "eu *mato* o sujeito. *Agora*."

Ele ficou encantado com o gesto e com as palavras; repetiu-os para a sala. O estudante egípcio, rouco e de ressaca depois da performance da noite, falou algo em árabe. Obviamente era algum gracejo, mas o marceneiro não sorriu. Bateu com os dedos na mesa, olhou fixo para a porta e bufou com força pelo nariz.

Ninguém estava de bom humor. A trepidação, os solavancos, os pinotes do navio, devastaram os estômagos e os nervos; o vento frio do lado de fora irritava e ao mesmo tempo refrescava; e na sala de jantar o ar era bolorento, com um cheiro de borracha quente. Não havia nenhuma multidão, mas os comissários de bordo, com ar de que não tinham dormido nem tomado banho, nem penteado o cabelo, se mostravam tão afobados como antes.

O egípcio deu um grito agudo.

O vagabundo havia entrado, afável, repousado, pronto para tomar seu café e comer seus pãezinhos. Agora ele não tinha nenhuma dúvida de que era bem recebido. Sem hesitação nem grande pressa, veio até a mesa vizinha à nossa, instalou-se na cadeira e começou a testar os dentes. Foi servido rapidamente. Mastigou e bebeu com todo o apetite.

O egípcio deu um grito agudo de novo.

O marceneiro lhe disse: "Vou mandá-lo para o seu quarto esta noite".

O vagabundo não via nem ouvia. Estava só comendo e bebendo. Abaixo do nó apertado de sua echarpe, seu pomo de Adão estava muito atarefado. Bebia ruidosamente e suspirava depois; mastigava com a presteza de um coelho, ansioso para ficar livre e poder receber o bocado seguinte; e entre um bocado e outro, abraçava a si mesmo, esfregava os braços e os cotovelos contra os flancos do corpo, dominado pelo puro prazer da comida.

O fascínio do marceneiro transformou-se em raiva. Erguendo-se, mas ainda olhando para o vagabundo, chamou: "Hans!".

O rapaz austríaco, que estava na mesa do egípcio, levantou-se. Tinha uns dezesseis ou dezessete anos, robusto e de ombros largos, imensamente bem desenvolvido, com uma cara larga e risonha. O homem de Beirute também se levantou e todos os três foram para fora.

O vagabundo, sem se dar conta de nada daquilo, nem do

que estava sendo preparado para ele, continuou a comer e a beber até que, com um suspiro que mais parecia de fadiga, terminou a refeição.

Era para ser algo como uma caçada a tigres, na qual se prepara uma isca e o caçador e os espectadores observam em segurança, do alto de uma plataforma. No caso, a isca era a própria mochila do vagabundo. Colocaram-na no convés, do lado de fora da porta da cabine, e ficaram vigiando. O marceneiro ainda fingia estar zangado demais para falar. Mas Hans sorria e explicava as regras do jogo, toda vez que lhe pediam.

O vagabundo, no entanto, não começou a jogar imediatamente. Depois do café da manhã, ele sumiu. Estava frio no convés, até sob a luz do sol, e às vezes borrifos do mar subiam até o convés. As pessoas que saíam para olhar não ficavam do lado de fora, e até o marceneiro e o homem de Beirute de vez em quando iam descansar na sala de fumantes, com os alemães, os árabes e as garotas espanholas. Receberam cadeiras; havia solidariedade com sua raiva e sua exaustão. Hans permaneceu em seu posto. Quando o vento frio o obrigava a entrar na cabine, vigiava através da porta aberta, sentado num dos beliches de baixo e sorria para as pessoas que passavam.

Então chegou a notícia de que o vagabundo havia reaparecido e tinha sido apanhado, segundo as regras do jogo. Alguns estudantes americanos já estavam no convés, examinando o mar. Assim também as garotas espanholas e a garota alemã. Hans bloqueava a porta da cabine. Eu pude ver o vagabundo segurando a alça de sua mochila; pude ouvi-lo reclamando em inglês no meio dos gritos em francês e em árabe do marceneiro, que erguia os braços e apontava com a mão direita, enquanto as abas de seu paletó balançavam.

Na sala de jantar, a raiva do marceneiro parecia apenas teatral, um aspecto de sua aparência mediterrânea, o bigode, o cabelo ondulado. Mas agora, ao ar livre, com uma plateia ansiosa e uma vítima quase dócil, ele se entregava ao furor.

"Porco! Porco!"

"Não é verdade", dizia o vagabundo, apelando para as pessoas que tinham chegado para olhar.

"Porco!"

Chegara o momento grotesco. O marceneiro, de corpo tão vigoroso, tão elegante em seu paletó de ombros retos, disparou a mão esquerda contra a cabeça do velho. O vagabundo girou a cabeça, da maneira como fazia quando se recusava a corresponder a um olhar. E começou a gritar. A mão do marceneiro errou por pouco e ele tropeçou para a frente, contra a amurada, e foi atingido por um borrifo do mar. Pôs a mão no peito, apalpou à procura da caneta, da carteira e de outras coisas, e gritou como um homem magoado e desesperado: "Hans! Hans!".

O vagabundo se inclinou; parou de gritar; os olhos azuis estavam arregalados. Hans o havia segurado pela echarpe com bolinhas, a torcia e a puxava para baixo. Ao mesmo tempo em que chutava a mochila com força, Hans arrastava o vagabundo para a frente, puxando pela echarpe, presa por um nó. O vagabundo tropeçou no pé de Hans, que chutava. A tensão havia sumido do rosto sorridente de Hans e tudo o que restou foi o sorriso. O vagabundo podia ter se recuperado dos trancos e do tropeção. Mas preferiu cair a sentar-se. Continuava segurando a alça de sua mochila. Estava gritando de novo.

"Não é verdade. Esses comentários que eles estão fazendo, isso não é verdade."

Os jovens americanos estavam olhando por cima da balaustrada.

"Hans!", chamou o marceneiro.

O vagabundo parou de gritar.

"Ha-ans!"

O vagabundo não olhou em redor. Levantou-se com sua mochila e correu.

Disseram que ele se trancou num dos banheiros. Mas reapareceu entre nós duas vezes.

Cerca de uma hora depois, entrou na sala para fumantes, sem a mochila, sem nenhum sinal de aflição no rosto. Já estava recuperado. Com seu jeito abrupto, entrou sem olhar para a direita nem para a esquerda. Alguns poucos passos o levaram direto para o meio da salinha e quase de encontro às pernas do marceneiro, que estava esticado numa cadeira reclinável, exausto, com a mão em cima dos olhos entrefechados. Ele começou a virar a cabeça para o outro lado.

"Hans!", chamou o marceneiro, recuperando-se de seu espanto, recolhendo as pernas e inclinando-se para a frente. "Ha--ans!"

Girando a cabeça, o vagabundo viu Hans se levantando com algumas cartas na mão. O terror subiu aos olhos do homem. O movimento giratório de sua cabeça difundiu-se pelo resto do corpo. Virou-se apoiado num só calcanhar, bateu o outro pé no chão com força e partiu ligeiro. Entrada, avanço, rodopio de pernas dobradas e retirada formaram um único movimento ininterrupto.

"Hans!"

Não era um chamado para a ação. O marceneiro estava apenas fazendo uma brincadeira. Hans, compreendendo isso, riu e voltou para suas cartas.

O vagabundo não foi almoçar. Deveria ter descido imediatamente para a primeira sessão do almoço, que havia começado. Em vez disso, ficou escondido, sem dúvida dentro de um dos banheiros, e saiu de novo ainda a tempo da última sessão do almoço. Foi também o momento que os libaneses e Hans escolheram para almoçar. O vagabundo olhou da porta.

"Ha-ans!"

Mas o vagabundo já estava dando o rodopio de meia-volta.

Mais tarde, foi visto com sua mochila, mas sem o chapéu, no convés inferior, entre os refugiados. Sem ele, e depois sem mais referências a ele, a brincadeira continuou, no bar, no convés estreito, na sala para fumantes. "Hans! Ha-ans!" No final, Hans não ria mais, nem erguia os olhos; quando ouvia seu nome, completava a brincadeira dando um assovio. A brincadeira sobreviveu; mas ao anoitecer, o vagabundo tinha sido esquecido.

No jantar, os libaneses falaram de novo sobre dinheiro, com seu jeito desinteressado. O homem de Beirute disse que, devido a certas circunstâncias especiais no Oriente Médio naquele ano, era possível ganhar uma fortuna com a exportação bem planejada de sapatos egípcios; mas pouca gente sabia. O marceneiro disse que tinha conhecimento do fato havia meses. Eles estipularam um investimento, rivalizaram entre si na demonstração de conhecimentos dos custos locais ocultos e, tranquilamente, avaliaram os lucros estonteantes. Mas já não estavam mais se empolgando mutuamente. O jogo era um jogo; cada um deles tinha avaliado os méritos do outro. E ambos estavam cansados.

Algo da lassidão dos estudantes americanos contagiara os outros passageiros naquela última noite. Os próprios americanos começavam a descongelar. Na sala para fumantes, onde as luzes pareciam mais mortiças, suas vozes se erguiam em discussões amigáveis entre meninas e meninos; eles ficavam indo e vindo muito mais do que antes; especialmente ativa era uma garota alta, com uma espécie de roupa de bailarina, toda preta, do pescoço até os pulsos e os tornozelos. A garota alemã, nossa anfitriã da noite anterior, parecia bastante adoentada. As garotas espanholas não flertavam com ninguém. O egípcio, cuja ressaca se havia misturado com o enjoo do mar, estava jogando bridge. De vez em quando, atrevidamente, ele grasnava um gracejo ou o verso de alguma canção, mas obtinha antes sorrisos do que risos. O marceneiro e Hans também estavam jogando cartas. Quando uma carta boa ou uma carta decepcionante era jogada, o marceneiro dizia, com uma exclamação suave, que não contava com uma resposta: "Hans! Hans!". Foi tudo o que restou da brincadeira do dia.

O homem de Beirute entrou e observou ao seu redor. Ficou ao lado de Hans. Depois, se pôs ao lado do marceneiro e sussurrou para ele em inglês, sua língua secreta. "O cara se trancou na cabine."

Hans compreendeu. Olhou para o marceneiro. Mas o marceneiro estava esgotado. Moveu a mão, depois saiu com o homem de Beirute.

Quando voltou, disse para Hans: "Ele está dizendo que vai pôr fogo na cabine se a gente tentar entrar. Diz que tem um monte de papel e um monte de fósforos. Acredito que faça mesmo o que está dizendo".

"E nós, o que vamos fazer?", perguntou o homem de Beirute.

"Vamos dormir aqui mesmo. Ou na sala de jantar."

"Mas aqueles comissários de bordo gregos dormem na sala de jantar. Eu vi, hoje de manhã."

"Isso prova que é possível", disse o marceneiro.

Mais tarde, no final da noite, parei do lado de fora da porta da cabine do vagabundo. De início, não ouvi nada. Depois ouvi o barulho de papel sendo amassado: o aviso do vagabundo. Eu me pergunto quanto tempo ele ficou acordado naquela noite, alerta para o som de passos, à espera de algum ataque à sua porta e da entrada de Hans.

De manhã, ele estava de volta ao convés inferior, entre os refugiados. Estava de novo com seu chapéu; tinha apanhado o chapéu que ficara na cabine.

Alexandria era uma linha comprida e brilhante no horizonte: a areia e o prateado dos reservatórios de petróleo. O céu nublado no alto; o mar verde ficava mais agitado. Entramos no quebra--mar debaixo de uma chuva fria e de uma luz de tempestade. Muito antes de os funcionários da imigração subirem a bordo, já estávamos em fila para recebê-los. Os alemães se separaram dos árabes; Hans, dos libaneses; os libaneses, das garotas espanholas. Agora, como acontecera durante toda a viagem desde seu encontro com o vagabundo, o iugoslavo louro e alto era um solitário. Do convés inferior, os refugiados subiram com suas caixas e trouxas e assim, pelo menos, eram algo mais do que seus emblemáticos agasalhos pretos. Tinham o corpo frouxo e a pele ruim de quem come carboidrato demais. Os rostos cobertos de manchas eram imóveis, distantes, mas repletos de uma sagacidade feroz, tola. Estavam vigilantes. Assim que os funcionários da imigração subiram a bordo, os refugiados começaram a se empurrar e a brigar, abrindo caminho na direção deles. Era um frenesi artificial, a deferência dos perseguidos em face da autoridade.

O vagabundo subiu com seu chapéu e sua mochila. Não havia nenhum nervosismo em seus movimentos, mas os olhos estavam agitados pelo medo. Tomou seu lugar na fila e fingiu fazer cara feia ao ver que a fila era comprida. Mexia os pés para cima e para baixo, ora como um homem impaciente com os funcionários, ora como alguém que quer espantar o frio. Mas despertava menos interesse do que pensava. Hans, colossal com sua mochila, viu o vagabundo e depois não olhou mais para ele. Os libaneses, barbeados e repousados após uma noite na sala de jantar, também não olhavam para ele. O entusiasmo havia cessado.

Um entre muitos

Agora sou um cidadão americano e moro em Washington, capital do mundo. Muita gente, tanto aqui como na Índia, vai achar que me dei bem. Mas.

Eu era feliz em Bombaim. Era respeitado, tinha certa posição. Trabalhava para um homem importante. As pessoas mais respeitadas vinham aos meus aposentos de solteiro, desfrutavam minha comida e me cobriam de elogios. Eu também tinha meus amigos. Nós nos encontrávamos de noite no pátio sob a galeria de nossos aposentos. Alguns de nós, como o entregador do alfaiate e eu mesmo, eram empregados domésticos que moravam na rua. Os outros eram pessoas que vinham àquele pedaço de pátio para dormir. Pessoas respeitáveis; não incentivávamos a presença de nenhum zé-ninguém.

De noite fazia frio. Havia poucos passantes e, fora algum táxi ou ônibus de dois andares esporádico, havia pouco trânsito. O pátio era varrido e lavado com esguichos de água, traziam as roupas de cama dos abrigos diurnos para o ar livre, acendiam pequenos lampiões. Enquanto as pessoas no primeiro andar conversavam e riam, no pátio líamos os jornais, jogávamos cartas, contávamos histórias e fumávamos. O cachimbo de barro passava de um amigo para o outro; ficávamos sonolentos. Exceto, é claro, na época das monções, eu preferia dormir no pátio com meus amigos, embora em nossos aposentos houvesse um cubículo inteiro, embaixo da escada, reservado para meu uso pessoal.

Depois de uma noite saudável ao ar livre, era bom acordar antes do sol e antes da chegada dos varredores. Às vezes eu via as lâmpadas da iluminação da rua se apagarem. As roupas de cama eram enroladas; ninguém falava muito; e logo meus amigos corriam, numa competição silenciosa, para vielas isoladas, becos e terrenos baldios a fim de se aliviarem. Eu era poupado de tal competição; em nossos aposentos, eu dispunha de instalações sanitárias.

Mais tarde, durante mais ou menos meia hora, eu ficava livre para simplesmente passear. Gostava de caminhar à beira do mar da Arábia, à espera do nascer do sol. Nessa hora a cidade e o oceano rebrilhavam como ouro. Que saudades daquelas caminhadas matinais, daquele súbito deslumbramento do oceano, da brisa úmida e salgada no meu rosto, da minha camisa que sacudia ao vento, do primeiro chá doce e quente tomado numa barraquinha, do sabor do primeiro cigarro de palha.

Vejam os caprichos do destino. O respeito e a segurança que eu desfrutava deviam-se à importância de meu patrão. Foi essa mesma importância que destruiu, de um só golpe, o padrão da minha vida.

Meu patrão tinha o apoio de sua empresa, que prestava serviços ao governo, e foi transferido para Washington. Fiquei feliz por ele, mas tive medo por mim. Ele ia ficar fora durante alguns anos e não havia ninguém em Bombaim a quem ele pudesse me recomendar para trabalhar. Desse modo, em pouco tempo eu estaria desempregado e sem os aposentos onde morava. Por muitos anos, considerei que minha vida era algo já estabelecido. Havia feito meu aprendizado, tinha vivido tempos difíceis. Não me parecia que eu pudesse recomeçar. Fiquei sem esperança. Haveria ainda um emprego para mim em Bombaim? Eu me imaginei obrigado a retornar para minha aldeia nas montanhas, a retornar para minha esposa e meus filhos, que moram lá, não só para passar as férias, mas para sempre. Eu me imaginei novamente trabalhando de carregador na temporada dos turistas, correndo atrás dos ônibus quando chegavam à rodoviária e gritando, junto com outros quarenta ou cinquenta como eu, me oferecendo para carregar a bagagem. Bagagem indiana, não essas malas leves dos americanos! Baús pesados, feitos de metal!

Eu podia ter chorado. Aquilo não era mais o tipo de vida para o qual eu estivesse preparado. Eu tinha ficado menos resistente em Bombaim e já não era jovem. Havia adquirido bens, me habituara à privacidade de meu cubículo. Tinha me tornado um homem da cidade, me habituara a certos confortos.

Meu patrão disse: "Santosh, Washington não é Bombaim! Washington é um lugar caro. Ainda que eu tivesse condições de aumentar sua remuneração, você não poderia viver lá de uma forma que sequer lembrasse seu estilo atual de vida".

Mas voltar a andar descalço na montanha, depois de viver em Bombaim? O choque, a vergonha! Eu não ia conseguir encarar meus amigos. Parei de dormir na calçada e passava a maior parte possível do tempo livre dentro do meu cubículo, como se quisesse ficar entre as coisas que em breve seriam tiradas de mim.

Meu patrão disse: "Santosh, meu coração sangra por você".

Falei: "*Sahib*, se pareço um pouco apreensivo é só porque me preocupo com o senhor. O senhor sempre foi muito exigente e não entendo como vai conseguir se arranjar em Washington".

"Não vai ser fácil. Mas é uma questão de princípio. Por acaso os representantes de um país pobre como o nosso viajam levando seu cozinheiro? Será que isso vai criar uma boa impressão?"

"O senhor sempre faz o que é correto, *sahib*."

Ele ficou em silêncio.

Depois de alguns dias, disse: "Não é só a despesa, Santosh. Há também a questão do câmbio internacional. Nossa rúpia não é mais o que era".

"Compreendo, *sahib*. A obrigação está acima de tudo."

Quinze dias depois, quando eu havia quase perdido as esperanças, ele disse: "Santosh, consultei o governo. Você vai me acompanhar. O governo aprovou, vai providenciar acomodações para você. Mas não as despesas. Você vai tirar seu passaporte e o visto. Mas quero que pense bem, Santosh. Washington não é Bombaim".

Desci para a calçada naquela noite com minhas roupas de cama.

Falei, tirando a camisa: "Bombaim está ficando cada vez mais quente".

"Você sabe o que está fazendo?", perguntou o entregador do alfaiate. "Será que os americanos vão fumar com você? Vão sentar e conversar com você de noite? Vão segurar sua mão e caminhar a seu lado na margem do oceano?"

Fiquei contente ao ver que ele estava com ciúmes. Meus últimos dias em Bombaim foram muito felizes.

Fiz as duas malas da bagagem do meu patrão e arrumei meus pertences em trouxas feitas com pedaços de algodão velho. No aeroporto, os funcionários criaram o maior caso por causa de minhas trouxas. Disseram que não podiam aceitar aquilo no compartimento de bagagem do avião porque não queriam assumir a responsabilidade. Então, na hora de embarcar, tive de subir na aeronave com todas as minhas trouxas. A garota lá no alto, que sorria para todo mundo, parou de sorrir quando me viu. Encaminhou-me direto para a traseira do avião, bem longe de meu patrão. Lá, a maioria dos bancos estavam vazios, pude espalhar minhas trouxas à vontade e, na verdade, ficou bastante confortável.

Do lado de fora estava muito claro e quente, dentro estava frio. O avião deu partida, subiu no ar e Bombaim e o oceano se inclinaram para um lado e depois para o outro. Foi muito bonito. Quando nos estabilizamos, olhei em volta à procura de gente como eu, mas entre os indianos e os estrangeiros não consegui ver ninguém que parecesse um empregado doméstico. Pior ainda, todos estavam vestidos como se fossem para um casamento e, meu caro, logo percebi que não eram eles os extravagantes. Eu estava com minhas roupas comuns de Bombaim, a túnica larga e comprida, a calça folgada presa na cintura por uma espécie de cordão. Um traje de empregado doméstico perfeitamente respeitável, nem sujo nem limpo, e em Bombaim ninguém teria sequer olhado para mim. Mas agora no avião percebi que as cabeças se viravam toda vez que me levantava da poltrona.

Eu estava inquieto. Tirei meu sapato, apertado mesmo sem os cadarços, e levantei os pés. Isso fez que eu me sentisse melhor. Preparei para mim uma pequena mistura de bétele e isso fez que eu me sentisse ainda melhor. No entanto, metade do prazer do bétele está em cuspi-lo depois; e foi só quando eu já tinha mascado um bom bocado e minha boca estava cheia que me dei conta de que estava com um problema. A aeromoça também percebeu. Aquela garota não gostou nem um pouco de mim. Falava comigo com voz ríspida. Minha boca estava cheia, minhas bochechas estavam estufadas demais e eu não podia falar nada. Só podia olhar para ela. A aeromoça foi lá dentro e chamou um homem de uniforme, e ele veio e ficou de pé ao meu lado. Calcei meus sapatos de novo e engoli o suco do bétele. Aquilo me causou um tremendo enjoo.

A garota e o homem, os dois, empurraram um carrinho cheio de bebidas pelo corredor entre as poltronas. A garota nem olhava para mim, mas o homem disse: "Quer uma bebida, amigo?". Não era um mau sujeito. Apontei para uma garrafa ao acaso. Era uma espécie de refrigerante, gostoso e picante no início, mas depois já não ficou tão gostoso assim. Fiquei apreensivo quando a garota falou: "Cinco xelins esterlinos ou sessenta centavos americanos". Aquilo me pegou de surpresa. Não tinha nenhum dinheiro, só umas poucas rúpias. A garota bateu o pé no chão e achei que ela fosse me bater com seu bloquinho quando me levantei para mostrar a ela quem era meu patrão.

Meu patrão logo veio pelo corredor entre as poltronas. Não parecia estar muito bem. Falou, sem parar enquanto passava: "Champanhe, Santosh? Já estamos passando dos limites?". E foi para o banheiro. Quando passou de novo, disse: "O câmbio internacional, Santosh! O câmbio!". E foi só isso. Pobre homem, também estava sofrendo.

A viagem se tornou um desgosto para mim. Com o vinho que bebi, e com o suco do bétele, com o movimento e o barulho do avião, em pouco tempo eu estava vomitando em cima de minhas trouxas, e nem me importava mais com o que a garota dizia ou fazia. Mais tarde, vieram necessidades mais prementes e terríveis. Senti que ia sufocar no cubículo sibilante no fundo do avião. Tive um choque quando vi minha cara no espelho. Sob a luz da lâmpada fluorescente, eu tinha a cor de um cadáver. Meus olhos estavam abatidos, o ar cortante feria meu nariz e parecia alcançar meu cérebro. Subi na privada e fiquei de cócoras. Perdi o controle de mim mesmo. O mais rápido que pude, voltei para o ar comparativamente livre da cabine do avião e torci para ninguém notar nada. Agora as luzes estavam mais fracas; algumas pessoas tinham tirado o paletó e dormiam. Eu estava torcendo para o avião cair.

A garota me acordou. Estava quase gritando: "É você, não é? Não é você?".

Pensei que ela fosse rasgar e arrancar minha camisa. Recuei e me inclinei com força para a janela. Ela desatou a chorar e quase tropeçou no sári na hora em que correu pelo corredor a fim de chamar o homem de uniforme.

Pesadelo. E tudo o que eu sabia era que em algum lugar no final, depois dos aeroportos e das salas de espera entupidas de gente, onde todo mundo estava muito bem vestido, depois de todas aquelas decolagens e aterrissagens, ficava a cidade de Washington. Eu queria que a viagem terminasse de uma vez, mas nem por isso podia dizer que queria chegar a Washington. Já estava um pouco assustado com aquela cidade, para dizer a verdade. Tudo que eu queria era sair do avião e ficar ao ar livre de novo, pisar em terra firme, respirar e tentar compreender que horas eram.

Afinal, chegamos. Eu estava atordoado. Como as trouxas eram pesadas! Houve mais salas fechadas e mais luzes elétricas. Houve perguntas dos funcionários.

"Ele é funcionário diplomático?"

"É meu empregado doméstico", respondeu meu patrão.

"Essa é a bagagem dele? O que é isso dentro do bolso dele?"

Fiquei envergonhado.

"Santosh", falou meu patrão.

Puxei do bolso os pacotinhos de pimenta e sal, os doces, os envelopes de guardanapos perfumados, os sachês de mostarda. Quinquilharias que a empresa aérea oferece. Eu tinha juntado aquilo durante a viagem inteira, apanhava um punhado na mão toda vez que passava na cozinha, por mais que estivesse me sentindo mal na hora.

"Ele é cozinheiro", disse meu patrão.

"Ele sempre viaja levando temperos?"

"Santosh, Santosh", disse meu patrão depois, no carro. "Em Bombaim, não importava o que você fazia. Aqui, você representa seu país. Posso lhe dizer que não compreendo por que seu comportamento já se tornou tão inadequado."

"Desculpe, *sahib*."

"Encare a questão assim, Santosh. Aqui, você não só representa seu país: você representa a mim."

Para o povo de Washington, já era o final da tarde ou o início da noite, eu não sabia qual dos dois. A hora e a luz não combinavam, como acontecia em Bombaim. Daquela viagem de carro, me lembro de campos verdes, vias largas, muitos carros passando depressa, com um zumbido constante, um zumbido que nada tinha a ver com o barulho do trânsito em Bombaim. Lembro-me de prédios altos e de parques amplos; muitas áreas de bazares; depois casas menores sem cercas e com jardins feito moitas, com uns *hubshi**de pé ou sentados, em geral sentados mesmo, em toda parte. Lembro-me sobretudo dos *hubshi*. Tinha ouvido umas histórias sobre eles e tinha visto um ou dois em Bombaim. Mas nunca havia sonhado que aquela raça selvagem existisse em número tão grande em Washington e tivesse permissão para vagar pelas ruas com tamanha liberdade. Ó, pai, que lugar é este para onde vim?

Eu dizia que queria ficar ao ar livre, respirar, voltar ao normal, refletir. Mas naquela noite eu não ia ver nenhum ar livre. Do avião para o prédio do aeroporto, para o carro, para o prédio de apartamentos, para o elevador, para o corredor e o apartamento propriamente dito, fiquei o tempo todo fechado, o tempo todo debaixo daquele zumbido, o zumbido do ar-condicionado.

---

* Negros da Abissínia ou da Etiópia. (N. T.)

Estava zonzo demais para avaliar o apartamento. Vi que era só mais um lugar de passagem. Meu patrão foi para a cama na mesma hora, completamente esgotado, pobre homem. Olhei em volta, à procura de meu quarto. Não consegui achar e desisti. Sofrendo com saudades dos costumes de Bombaim, estendi minhas roupas de cama no corredor acarpetado do lado de fora da porta do apartamento. O corredor era comprido demais: portas, portas. O teto iluminado era decorado com estrelas de tamanhos diferentes; as cores eram cinza, azul e dourado. Abaixo daquele céu de mentira, eu me senti um prisioneiro.

Ao acordar e olhar para o teto, pensei por um segundo apenas que tinha adormecido no pátio sob a galeria onde ficavam nossos aposentos em Bombaim. Então me dei conta de minha desorientação. Eu não sabia dizer quanto tempo havia passado nem se era noite ou dia. A única pista eram os jornais que agora estavam diante de algumas portas. Eu me perturbava ao pensar que enquanto eu estava dormindo, sozinho e indefeso, tinha sido observado por um desconhecido e talvez até por mais de um desconhecido.

Tentei abrir a porta do apartamento e vi que eu estava trancado do lado de fora. Não quis perturbar meu patrão. Pensei em sair ao ar livre, fazer uma caminhada. Lembrei onde ficava o elevador. Entrei e apertei o botão. O elevador desceu ligeiro e sem fazer barulho, e parecia que eu estava de novo no avião. Quando o elevador parou e a porta de metal azul abriu, vi corredores retos de concreto e paredes vazias. O barulho de máquinas era muito alto. Eu sabia que estava no porão e que a porta principal não estava muito longe de mim. Mas eu não queria mais arriscar; abandonei a ideia de sair para o ar livre. Achei que devia simplesmente voltar para o apartamento. Só que não notei qual era o número e nem mesmo sabia qual era o andar em que estávamos. Minha coragem fugiu de mim. Sentei no chão do elevador e senti as lágrimas descerem dos olhos. Quase sem fazer barulho nenhum, as portas do elevador fecharam e vi que eu estava sendo levado silenciosamente para cima, em grande velocidade.

O elevador parou e a porta abriu. Era meu patrão, o cabelo despenteado, a camisa do dia anterior parcialmente desabotoada. Parecia assustado.

"Santosh, aonde você foi a essa hora da manhã? E sem sapatos."

Minha vontade era abraçar meu patrão. Ele me fez voltar depressa e passar pelos jornais até nosso apartamento e levei as roupas de cama para dentro. A janela larga deixava ver o céu do início da manhã, a cidade grande; estávamos bem no alto, muito acima das árvores.

Disse: "Não consegui achar meu quarto".

"É aprovado pelo governo", disse meu patrão. "Tem certeza de que procurou direito?"

Procuramos juntos. Um corredorzinho dava no banheiro do quarto dele; outro corredor, mais curto, dava num cômodo grande e na cozinha. Não tinha mais nada além disso.

"Aprovado pelo governo", disse meu patrão, enquanto se movia pela cozinha e abria as portas da despensa. "Entrada privativa, estantes. Eu tenho as cartas." Abriu outra porta e olhou lá dentro. "Santosh, você acha possível que seja isto o que o governo quis dizer?"

O cubículo que ele abrira era da altura do resto do apartamento e da largura da cozinha, mais ou menos uns dois metros. Tinha mais ou menos um metro de profundidade. Tinha duas portas. Uma porta dava para a cozinha; a outra porta, na posição oposta, dava para o corredor.

"Entrada privativa", disse meu patrão. "Estantes, luz elétrica, pontos de luz, tapete feito sob medida."

"Isto deve ser o meu aposento, *sahib*."

"Santosh, algum inimigo no governo fez isto comigo."

"Ah, não, *sahib*. O senhor não deve dizer isso. Além do mais, é muito grande. Vou poder me instalar com todo conforto. É muito maior do que meu pequeno cubículo nos aposentos de Bombaim. E tem um teto bonito e liso. Não vou ficar batendo com a cabeça."

"Você não entende, Santosh. Bombaim é Bombaim. Aqui, se começarmos a viver em cubículos, vamos dar uma impressão ruim. Vão achar que em Bombaim todos nós moramos em cubículos."

"Ah, *sahib*, mas é só eles olharem para mim para verem logo que sou uma pessoa simples."

"Você é muito bom, Santosh. Mas essa gente é maldosa. Apesar de tudo, se você está contente, eu também estou contente."

"Eu estou muito contente, *sahib*."

E depois de todo o transtorno, eu estava mesmo contente. Era bom se preparar para dormir naquele início de noite, desdobrar minhas roupas de cama e sentir-me protegido e oculto. Dormi muito bem.

De manhã, meu patrão me disse: "Temos que conversar sobre dinheiro, Santosh. Seu salário é de cem rúpias mensais. Mas Washington não é Bombaim. Aqui, tudo custa um pouco mais caro e vou lhe dar um aumento para compensar os custos mais elevados. A partir de hoje, você vai ganhar cento e cinquenta rúpias".

"*Sahib*."

"E também vou lhe dar o pagamento de quinze dias adiantados. Em moeda estrangeira. Setenta e cinco rúpias. A dez centavos de dólar a rúpia, dá setecentos e cinquenta centavos. Sete dólares e cinquenta centavos americanos, no total. Tome aqui, Santosh. Hoje à tarde, você dê uma volta, ande um pouco e aprecie o lugar. Mas tome cuidado. Não estamos entre amigos, lembre-se disso."

Então, afinal, repousado e com dinheiro no bolso, saí para o ar livre. E, é claro, a cidade não era nem de longe tão assustadora como eu imaginava. Os edifícios não eram especialmente grandes, nem todas as ruas eram movimentadas, e havia muitas árvores bonitas. Um monte de *hubshi* circulava, alguns com caras muito bravas, óculos escuros e cabelos frisados e arrepiados, mas parecia que, se a gente não mexesse com eles, também não iam atacar a gente.

Eu estava procurando um café ou uma barraquinha de chá onde talvez os empregados domésticos se reunissem. Mas não vi nenhum empregado doméstico e fui escorraçado do lugar onde acabei entrando. A garota falou, depois que fiquei esperando um tempo: "Não sabe ler? Não servimos hippies nem pessoas descalças".

Ó, pai! Acabei saindo para a rua sem meus sapatos. Mas que país, pensei, enquanto andava depressa para longe, que país é esse onde as pessoas nunca têm permissão de se vestirem normalmente e são obrigadas a andar sempre com suas melhores roupas? Por que precisam usar sapatos e roupas finas sem nenhum motivo? Que ocasião estão reverenciando? Quanto desperdício, quanta presunção! Quem é que eles acham que está olhando para eles o tempo todo?

E na mesma hora em que esses pensamentos passavam por minha cabeça, percebi que eu tinha ido parar numa praça redonda, com árvores e um chafariz, onde — era como a realização de um sonho, até difícil de acreditar — havia muitas pessoas que pareciam gente do meu povo. Apertei o cordão na cintura da minha calça folgada, puxei para baixo as abas da minha túnica larga e corri no meio do trânsito para o círculo verde.

Alguns dos *hubshi* estavam ali, tocavam instrumentos musicais e pareciam felizes à sua maneira. Havia alguns americanos sentados na grama, no chafariz e no meio-fio. Muitos usavam roupas rústicas, de aspecto amigável; havia alguns descalços; e percebi que eu tinha me afobado demais ao condenar a raça inteira. Mas não foi aquela gente que me atraiu para o círculo. Foram os dançarinos. Os homens eram barbados, descalços e com túnicas cor de açafrão; as garotas vestiam sáris e usavam sapatos de lona que pareciam os nossos sapatos Bata. Brandiam pequenos címbalos, cantavam, erguiam e baixavam a cabeça enquanto se moviam numa roda, levantando um bocado de poeira. Era um pouco parecido com uma dança de índios peles-vermelhas num filme de caubói, só que estavam cantando palavras em sânscrito numa prece ao Senhor Krishna.

Fiquei muito contente. Mas então um pensamento perturbador me veio à cabeça. Pode ter sido por causa da aparência meio casta dos dançarinos; pode ter sido por causa da maneira como pronunciavam mal as palavras em sânscrito e seu sotaque. Pensei que aquelas pessoas agora eram estrangeiros, mas que um dia, quem sabe, tinham sido que nem eu. Talvez, como numa história, eles tivessem sido trazidos para cá entre os *hubshi*, como cativos, muito tempo antes, e se tornaram um povo perdido, como o povo cigano errante em nossa própria terra, e acabaram esquecendo quem eram. Quando pensei isso, perdi o prazer com a dança; e senti pelos dançarinos o tipo de desgosto que sentimos quando encaramos alguma coisa que devia ser afim a nós, mas acaba revelando que não é, acaba revelando que é uma coisa degenerada, feito um homem deformado, ou um leproso, que visto de longe parece íntegro.

Não fiquei ali. Não muito longe do círculo, vi um café que parecia servir pessoas descalças. Entrei, pedi um café, um bom pedaço de bolo e ainda comprei um maço de cigarros; os fósforos, me deram de graça, junto com os cigarros. Estava tudo muito bem, mas aí os descalços começaram a olhar para mim e um sujeito barbado chegou perto, me cheirou fazendo barulho, sorriu e falou uma espécie de algaravia sem sentido, e então outros descalços vieram me cheirar também. Não eram inamistosos, mas não gostei daquele comportamento; e quando saí do local, foi um pouco assustador descobrir que dois ou três deles pareciam estar me seguindo. Não eram inamistosos, mas eu não queria arriscar. Passei por um cinema; entrei. Era mesmo uma coisa que eu queria fazer. Em Bombaim, eu ia ao cinema uma vez por semana.

E foi tudo bem. O filme já tinha começado. Era em inglês, não foi muito fácil, para mim, acompanhar, e me deu tempo para pensar. Foi só ali, no escuro, que pensei no dinheiro que eu estava gastando. Os preços pareciam bastante razoáveis, como os preços de Bombaim. Três pelo ingresso do cinema, um e cinquenta pelo café, com a gorjeta. Só que eu estava pensando em rúpias e pagando em dólares. Em menos de uma hora, tinha gastado o pagamento de nove dias.

Depois disso, não consegui mais assistir ao filme. Saí e comecei a fazer o caminho de volta para o edifício de apartamentos. Muitos outros *hubshi* estavam na rua agora e vi que, nos lugares onde se reuniam, a calçada ficava molhada e também perigosa por causa das garrafas e dos copos quebrados. Eu não consegui pensar em cozinhar quando voltei para o apartamento. Não consegui suportar nem olhar para a paisagem. Desenrolei minhas roupas de cama dentro do meu cubículo, deitei no escuro e esperei o regresso de meu patrão.

Quando chegou, falei: "*Sahib*, quero ir para casa".

"Santosh, paguei cinco mil rúpias para trazer você para cá. Se eu mandar você de volta agora, vai ter de trabalhar seis ou sete anos sem receber nenhum salário para poder me reembolsar o que gastei."

Desatei a chorar.

"Meu pobre Santosh, alguma coisa aconteceu. Conte o que foi que aconteceu."

"*Sahib*, gastei mais de metade do adiantamento que o senhor me deu hoje de manhã. Eu saí, tomei um café, um bolo e depois fui ver um filme."

Os olhos dele ficaram pequenos e cintilantes atrás dos óculos. Mordeu a parte de dentro do lábio superior, mordiscou o bigode com os dentes inferiores e falou: "Está vendo, está vendo? Bem que eu falei que era caro".

Compreendi que eu era um prisioneiro. Aceitei isso e me adaptei. Aprendi a viver dentro do apartamento e até fiquei calmo.

Meu patrão era um homem de bom gosto e em pouco tempo o apartamento ficou com a cara dessas coisas que a gente vê numa revista, com livros e pinturas indianas, panos indianos, esculturas e estátuas de bronze dos nossos deuses. Eu tomava cuidado para não me encantar com aquilo. Era muito bonito, é claro, sobretudo a paisagem. Mas a paisagem continuava a ser estrangeira e nunca tive a sensação de que o apartamento fosse real, como os velhos aposentos surrados de Bombaim, com as cadeiras de bambu, nem que tivesse qualquer coisa a ver comigo.

Quando vinham pessoas jantar, eu cumpria minha obrigação. Na hora devida, eu dava boa noite para os convidados, fechava a cozinha por trás de um biombo e fingia que saía do apartamento. Então eu me deitava dentro do meu cubículo, sem fazer barulho, e fumava. Eu era livre para sair; tinha minha entrada privativa. Mas eu não gostava de ficar fora do apartamento. Não gostava nem de ir à lavanderia, que ficava no porão do prédio.

Uma ou duas vezes por semana, ia ao supermercado em

nossa rua. Sempre tinha de passar pelos grupos de homens e crianças *hubshi*. Tentava não olhar, mas era difícil. Ficavam sentados na calçada, nas escadas e nos arbustos em volta de suas casas de tijolos vermelhos, algumas delas tinham as janelas bloqueadas por tábuas. Pareciam muito ser um povo que vivia ao ar livre, com pouca coisa para fazer; mesmo de manhã, alguns homens já estavam embriagados.

Espalhadas no meio das casas dos *hubshi*, havia outras casas tão velhas quanto elas, mas com lampiões a gás acesos dia e noite na entrada. Eram as casas dos americanos. Era raro eu ver essa gente; não passam muito tempo na rua. Os lampiões a gás acesos eram o jeito americano de dizer que, embora a casa parecesse velha por fora, era bonita e nova por dentro. Eu também tinha a impressão de que era um aviso para que os *hubshi* ficassem longe dali.

Fora do supermercado, havia sempre um policial armado. Dentro, tinha sempre dois policiais *hubshi* com cassetetes e, atrás dos caixas, alguns mendigos velhos *hubshi* com roupas esfarrapadas. Também havia uma porção de jovens rapazes *hubshi*, pequenos, mas musculosos, à espera para carregar os embrulhos, do mesmo jeito que no passado, na montanha, eu esperava os ônibus para carregar a bagagem dos turistas indianos.

Essas idas ao supermercado eram minhas únicas saídas e eu sempre ficava contente ao voltar para o apartamento. O trabalho ali era leve. Eu via muita televisão e meu inglês melhorou. Comecei a gostar muito de alguns comerciais. Era nesses comerciais que eu via os americanos que na vida real eu via muito raramente e só conhecia por seus lampiões a gás. Lá do alto, do apartamento, com uma vista para as cúpulas brancas e para as torres e a vegetação da famosa cidade, eu entrava nos lares dos americanos e os via limpando aquelas casas. Via os americanos limpando o chão e lavando os pratos. Via os americanos comprando roupas e lavando roupas, comprando carros e lavando carros. Via os americanos, limpando, limpando.

O efeito em mim de toda essa televisão foi curioso. Se por acaso eu via algum americano na rua, tentava encaixar o homem ou a mulher nos comerciais que eu assistia em casa; e ficava com a impressão de que havia apanhado a pessoa num intervalo entre suas obrigações na televisão. Então, até certo ponto, os americanos continuaram sendo, para mim, pessoas não de todo reais, mas pessoas temporariamente ausentes da televisão.

Às vezes um *hubshi* aparecia na tela da tevê, não para falar de coisas dos *hubshi*, mas para fazer alguma limpeza por sua conta. Só que não era a mesma coisa. Ele era diferente demais dos *hubshi* que eu via na rua e sabia que era um ator. Sabia que suas obrigações na televisão eram só um faz de conta e que em breve ele teria de voltar para a rua.

Um dia, no supermercado, quando a garota *hubshi* pegou meu dinheiro, cheirou o ar e disse: "Você tem sempre um cheirinho doce, meu bem".

Ela era amigável e no final fui capaz de desvendar aquele mistério, o do meu cheiro. Era a ervazinha do campo que eu fumava. Era um costume de camponês do qual eu tinha certa vergonha, para dizer a verdade; mas a moça do caixa me animou. Aconteceu que eu tinha trazido uma quantidade da erva comigo, de Bombaim, dentro de uma de minhas trouxas, junto com cem lâminas de barbear, porque achei que as duas coisas, as lâminas e a erva, eram coisas puramente indianas. Ofereci um pouco para a garota. Em troca ela me ensinou algumas palavras em inglês. "Eu sou preta e linda" foi a primeira coisa que me ensinou. Depois apontou para o policial armado do lado de fora e me ensinou: "Ele é o porco".

Minhas aulas de inglês avançaram mais um passo graças à criada *hubshi* que trabalhava para alguém em nosso andar do prédio de apartamentos. Ela também foi atraída pelo meu cheiro, mas logo comecei a sentir que também era atraída por minha pequena estatura e por eu ser um estranho. Ela mesma era uma mulher grande, de cara larga, bochechas salientes, olhos atrevidos e lábios que eram grossos, mas não pendurados. Suas grandes dimensões me perturbavam; eu preferia me concentrar no seu rosto. Ela não entendia; tinha vezes em que fazia umas brincadeiras violentas comigo. Eu não gostava, porque não podia rechaçá-la da maneira como eu gostaria e porque, a despeito de mim mesmo, me sentia fascinado por sua aparência. O cheiro dela, misturado com os perfumes que usava, podia me fazer perder a cabeça.

Ela vivia entrando no apartamento. A mulher me perturbava enquanto eu via os americanos na televisão. Eu tinha medo do cheiro que ela deixava para trás. O perfume doce, a minha erva: os cheiros ficavam pesados na sala e eu rezava para que os deuses de bronze que meu patrão tinha instalado como enfeites da sala não permitissem que eu fosse desonrado. Desonrado, eu digo; e sei que isso pode parecer estranho para as pessoas por aqui, que deixaram que os *hubshi* se estabelecessem entre elas em um número tão grande e que, portanto, devem apreciá-los de algum modo. Mas em nosso país, francamente, não damos atenção para os *hubshi*. Em nossos livros, nos livros sagrados e nos nem tão sagrados assim, está escrito que é errado e indecente para um homem de nosso sangue abraçar uma mulher *hubshi*. Que assim vamos ser desonrados nesta vida e vamos nascer gato ou macaco ou *hubshi* na próxima vida!

Mas eu estava fraquejando. Seria o ócio ou a solidão? Achavam que eu era atraente, e eu queria saber por quê. Comecei a ir ao banheiro do apartamento só para examinar meu aspecto no espelho; e depois não era mais para examinar meu aspecto, mas para ver se o barbeiro tinha cortado demais o cabelo ou se uma espinha ia estourar. Aos poucos, fiz uma descoberta. Minha cara era bonita. Eu nunca tinha pensado em mim desse jeito. Tinha pensado em mim como uma pessoa em quem ninguém repara, com feições que só serviam para me identificar e mais nada.

A descoberta de minha boa aparência trouxe suas tensões. Fiquei obcecado pela minha aparência, tinha um desejo constante de ver a mim mesmo. Era como uma doença. Por exemplo, eu estava vendo televisão e ficava surpreso com o pensamento: será que você é tão bonito quanto esse homem? Eu tinha de levantar e ir ao banheiro para me olhar no espelho.

Lembrei-me do tempo em que esses assuntos não me interessavam em nada e entendi como eu devia parecer medonho no avião, no aeroporto, no café para pessoas descalças, com as roupas sujas e grosseiras que vestia, sem a menor dúvida ou hesitação, vendo aquilo como as roupas adequadas para um serviçal. Fiquei sufocado de vergonha. Vi também como as pessoas em Washington tinham sido boas, porque me viram em farrapos e mesmo assim me tomaram por um homem.

Eu estava contente por ter um lugar para me esconder. Tinha pensado em mim mesmo como um prisioneiro. Agora eu estava contente por ter de me envolver com tão pouca coisa de Washington: o apartamento, meu cubículo, o televisor, meu patrão, a caminhada até o supermercado, a mulher *hubshi*. E um dia percebi que já não sabia mais se queria voltar para Bombaim. Lá em cima, no apartamento, eu não sabia mais o que queria fazer.

Fiquei mais cuidadoso com minha aparência. Não havia grande coisa que eu pudesse fazer. Comprei cadarços para meus sapatos pretos e velhos, meias, um cinto. Depois entrou algum dinheiro para mim. Eu havia compreendido que a erva que eu fumava tinha valor para os *hubshi* e para os descalços; ofereci o que eu tinha, em condições desvantajosas como agora já sei, por intermédio da garota *hubshi* do supermercado. Consegui pouco menos de duzentos dólares. Depois, com a mesma ansiedade com que me desfiz de minha erva, fui para a rua e comprei algumas roupas.

Ainda tenho as coisas que comprei naquela manhã. Um chapéu verde, um terno verde. O terno sempre ficou grande demais em mim. Ignorância; inexperiência; mas também me lembro do sentimento de presunção. O vendedor queria conversar, fazer seu trabalho. Eu não quis nem escutar. Peguei o primeiro terno que me mostrou, entrei na cabine e experimentei. Não consegui pensar no tamanho nem nada. Quando pensei em todo aquele pano e em toda aquela arte de corte e costura com que eu pretendia enfeitar meu simples corpo, esse corpo que precisava de tão pouca coisa, percebi que estava pedindo para ser destruído. Troquei de roupa rapidamente, saí da cabine e disse que ia levar o terno verde. O vendedor começou a falar; cortei a conversa na hora; pedi um chapéu. Quando voltei ao apartamento, me senti bastante fraco e tive de ficar um tempo deitado dentro de meu cubículo.

Nunca usei o terno. Já na loja, enquanto contava os preciosos dólares, eu sabia que aquilo era um erro. Guardei o terno dobrado dentro da caixa, com todos os pedaços de papel de seda. Umas três ou quatro vezes, vesti o terno e andei com ele pelo apartamento, sentei nas cadeiras, acendi cigarros e cruzei as pernas, para treinar. Mas não fui capaz de usar o terno na rua. Mais tarde, passei a usar a calça do terno, mas nunca usei o paletó. Nunca mais comprei outro terno; logo comecei a usar o tipo de roupa que uso hoje, uma calça e uma espécie de paletó que fecha com zíper.

Antigamente eu não tinha segredos para meu patrão; era muito mais simples viver sem ter segredos. Mas um instinto me disse que agora era melhor não deixar que ele soubesse a respeito do terno verde e dos poucos dólares que eu possuía, assim como um instinto me dizia para não revelar para os outros a que ponto eu havia desenvolvido meus conhecimentos da língua inglesa.

Antigamente meu patrão era para mim apenas uma presença. Na época, eu dizia para meu patrão que, comparado a ele, eu era pó. Era só um jeito de falar, uma das cortesias do nosso linguajar, mas mesmo assim tinha uma ponta de verdade. Eu queria dizer que ele era o homem que se aventurava no mundo por mim, que eu experimentava o mundo por intermédio dele, que eu estava contente de ser uma pequena fração da presença dele. Dormindo na calçada em Bombaim com meus amigos, eu ficava contente só de ouvir a voz de meu patrão e de seus convidados falando no primeiro andar. Eu ficava mais do que contente, à noite, já bem tarde, quando era identificado entre as pessoas que dormiam ali e era cumprimentado por alguns dos convidados, quando saíam para ir a suas casas.

Agora acho que, sem desejar isso, eu estava deixando de ver a mim mesmo como uma parte da presença de meu patrão e, ao mesmo tempo, começava a vê-lo da maneira como um estranho podia vê-lo, como talvez as pessoas que vinham jantar com ele no apartamento o viam. Eu via que meu patrão era um homem da minha idade, mais ou menos trinta e cinco anos; admirava-me por não ter percebido isso antes. Via que ele era gorducho, que precisava fazer exercícios, que se movia com passos curtos e desajeitados; um homem de óculos, de cabelo ralo, e com o hábito de, durante as conversas, repuxar o bigode com os dentes e mordiscar os fios com a parte interna do lábio superior; um homem que frequentemente se mostrava ansioso, sofria por causa do seu trabalho, um homem que, em sua própria mesa de trabalho, estava sujeito a ouvir comentários indelicados de seus colegas de serviço; um homem que parecia tão pouco à vontade em Washington quanto eu mesmo me sentia, que agia de modo tão cauteloso quanto eu mesmo tinha aprendido que devia agir.

Lembro-me de um americano que veio jantar. Olhou para as esculturas no apartamento e disse que ele mesmo havia trazido uma cabeça inteira de um de nossos templos antigos; pediu a um guia para arrancar a cabeça.

Pude perceber que meu patrão ficou ofendido. Disse: "Mas isso é ilegal".

"Foi por isso que tive de dar dois dólares ao guia. Se eu tivesse uma garrafa de uísque, ele teria apanhado o templo inteiro para mim."

O rosto de meu patrão ficou apagado. Continuou a cumprir suas funções de anfitrião, mas se mostrou infeliz durante o jantar inteiro. Lamentei por ele.

Mais tarde ele bateu na porta de meu cubículo. Eu sabia que ele queria conversar. Eu estava em roupas de baixo, mas não me sentia nu, depois que o americano tinha ido embora. Levantei-me na porta de meu cubículo; meu patrão ficou andando para um lado e para o outro dentro da cozinha; o apartamento tinha um ar triste.

"Você ouviu o que aquela pessoa disse, Santosh?"

Fingi que não tinha entendido e, quando ele explicou, tentei consolar meu patrão. Falei: "*Sahib*, nós já sabemos que essas pessoas são selvagens e bárbaras".

"São pessoas maldosas, Santosh. Acham que porque somos um país pobre somos todos iguais. Acham que um funcionário do governo é a mesma coisa que um pobre guia que tenta cavar umas poucas rúpias para não morrer de fome, pobre coitado."

Vi que ele tinha ficado ofendido só de uma forma pessoal e fiquei decepcionado. Pensei que ele estava pensando no templo.

* * *

Alguns dias depois, eu tive a minha aventura. A mulher *hubshi* entrou, deslocando-se como um boi entre os ornamentos indianos de meu patrão. Me senti imensamente provocado. O cheiro era demais; assim como a visão de seus sovacos. Caí. Ela me arrastou para o sofá, sobre a colcha cor de açafrão que era uma das peças mais bonitas de tecelagem popular do Punjabi que meu patrão possuía. Vi o momento, inapelavelmente, como um momento de desonra. Eu a vi como Kali, a deusa da morte e da destruição, negra da cor do carvão, de língua vermelha, olhos brancos e muitos braços poderosos. Esperava que ela se mostrasse feroz e brutal; mas piorou ainda mais a situação ao se mostrar muito galhofeira, como se, por eu ser pequeno e estranho, o ato não fosse uma coisa real. Ela ria o tempo todo. Eu bem que gostaria de ir embora, mas o ato tomou as rédeas e se cumpriu. E aí me senti horrível.

Queria ser perdoado, queria ser purificado, queria que ela fosse embora. Nada me deixava mais assustado do que a maneira como ela deixara de ser uma visita no apartamento e se comportava como se fosse a proprietária. Eu olhava para a escultura, para os tecidos, e pensava em meu pobre patrão, sofrendo em seu escritório, sei lá onde.

Depois me banhei muitas vezes. O cheiro não queria me largar. Imaginei que o óleo da mulher continuava naquela pobre parte de meu pobre corpo. Ocorreu-me esfregá-lo com a metade de um limão. Penitência e purificação; mas não doeu tanto quanto eu esperava e estendi a penitência rolando o corpo nu sobre o chão do banheiro e da sala, e uivando. Por fim, vieram as lágrimas, lágrimas reais, e me senti confortado.

Dentro do apartamento, era frio; o ar-refrigerado zumbia sempre; mas eu podia ver que lá fora estava quente, como um de nossos dias de verão nas montanhas. De repente me veio a ânsia de me vestir como eu faria em minha aldeia numa ocasião religiosa. Dentro de uma de minhas trouxas, eu tinha um pano de algodão que servia para fazer um *dhoti* — um presente do entregador do alfaiate, que eu nunca tinha usado. Enrolei-o na minha cintura e entre as pernas, acendi bastões de incenso, sentei sobre o chão de pernas cruzadas e tentei meditar e ficar calmo. Em pouco tempo comecei a sentir fome. Isso me deixou feliz; resolvi jejuar.

Inesperadamente, meu patrão voltou para casa. Eu não me importei de ser apanhado na posição e em trajes de oração; poderia ter sido muito pior. Mas achava que ele só ia voltar no final da tarde.

"Santosh, o que aconteceu?"

O orgulho me dominou. Eu disse: "*Sahib*, é o que sempre faço, de tempos em tempos".

Mas não vi reconhecimento em seus olhos. Ele estava agitado demais para reparar em mim direito. Tirou o paletó leve e castanho, jogou-o sobre a colcha cor de açafrão, foi até a geladeira e bebeu dois copos de suco de laranja, um depois do outro. Então olhou para a vista na janela, enquanto repuxava o bigode.

"Ah, meu pobre Santosh, o que estamos fazendo neste lugar? Para que tivemos de vir para cá?"

Olhei para a janela junto com ele. Não vi nada de diferente. A ampla janela mostrava as cores do dia quente; o céu azul-claro, as cúpulas brancas, quase sem cor, de prédios famosos que se erguiam acima da vegetação verde; os telhados maltratados dos prédios de apartamentos onde, nas manhãs de sábado e domingo, as pessoas tomavam sol; e abaixo, a parte da frente e os fundos das casas numa rua margeada por árvores, por onde eu caminhava para ir ao supermercado.

Meu patrão desligou o ar-refrigerado e todo o barulho foi

embora do apartamento. Um instante depois, comecei a ouvir os barulhos lá de fora: sirenes, longe e perto. Quando meu patrão abriu a janela, o fragor da cidade perturbada invadiu o apartamento. Ele fechou a janela e veio de novo um quase silêncio. Não distante do supermercado, vi uma fumaça preta, reta, que subia depressa e ficava sem cor. Não era a mesma fumaça que alguns prédios de apartamentos exalavam todo dia. Era a fumaça de um incêndio de verdade.

"Os *hubshi* ficaram desvairados, Santosh. Estão pondo fogo em Washington."

Eu não me importava nem um pouco. Na verdade, em meu estado de ânimo, de oração e penitência, a notícia era até bem-vinda. E foi com um sentimento de alívio que vi e ouvi a cidade arder em chamas naquela tarde e vi a cidade arder em chamas naquela noite. Vi a cidade arder em chamas muitas vezes na televisão; e vi a cidade arder em chamas de manhã. Ela ardia em chamas como uma cidade famosa e eu não queria que ela parasse de arder em chamas, eu queria que o fogo se espalhasse cada vez mais e eu queria que tudo na cidade, até os prédios de apartamentos, até o nosso apartamento, até eu mesmo, fosse destruído e consumido pelas chamas. Eu queria que escapar fosse uma coisa impossível; eu queria que a própria ideia de escapar se tornasse absurda. A qualquer sinal de que o incêndio ia parar, eu me sentia decepcionado e traído.

Durante quatro dias, meu patrão e eu ficamos no apartamento e vimos a cidade arder em chamas. A televisão continuava a nos mostrar o que podíamos ver e o que, toda vez que abríamos a janela, podíamos ouvir. Então acabou. A vista de nossa janela não tinha mudado. Os prédios famosos estavam de pé; as árvores continuavam a existir. Mas pela primeira vez, desde que eu tinha entendido que era um prisioneiro, vi que queria estar fora do apartamento, estar na rua.

A destruição se estendia para além do supermercado. Eu nunca tinha ido àquela parte da cidade e era estranho caminhar pela primeira vez naquelas ruas largas e compridas, ver árvores, casas, lojas, anúncios, tudo igual a uma cidade real, e depois ver que todos os letreiros de todas as lojas haviam sido queimados ou estavam manchados de fumaça, que as próprias lojas estavam pretas e destroçadas, que as chamas tinham irrompido através de algumas das janelas de cima e chamuscado os tijolos vermelhos. Quilômetro após quilômetro, era sempre a mesma coisa. Havia grupos de *hubshi* circulando e, no início, quando eu passava por eles, fingia estar muito ocupado, cuidando da minha vida, nem um pouco interessado nas ruínas. Mas eles sorriam para mim e me dei conta de que eu sorria para eles de volta. A felicidade estava estampada no rosto dos *hubshi*. Pareciam pessoas surpresas por serem capazes de fazer tanta coisa, por verem quanta coisa estava em seu poder. Eram como pessoas num feriado. E eu compartilhava seu júbilo.

A ideia da fuga era uma ideia simples, mas não me havia ocorrido antes. Quando me adaptei à minha condição de prisioneiro, só queria ficar longe de Washington e voltar para Bombaim. Mas depois fiquei confuso. Olhei no espelho e me vi, e entendi que para mim não era possível voltar a Bombaim, ao tipo de emprego que eu tinha e para a vida que eu vivia lá. Seria difícil para mim tornar-me de novo uma parte da presença de outra pessoa. Aquelas conversas à noite na calçada, aquelas caminhadas matutinas; tempos felizes, mas eram como os tempos felizes da infância: eu não queria que voltassem.

Depois do incêndio, adquiri o hábito de dar longas caminhadas pela cidade. E certo dia, quando eu nem estava pensando numa fuga, quando estava apenas apreciando a paisagem e minha nova liberdade de movimento, me vi numa daquelas ruas arborizadas em que casas particulares tinham sido transformadas em escritórios. Vi um compatriota supervisionando o içamento e a instalação de uma tabuleta na entrada. A tabuleta me disse que o prédio era um restaurante e presumi que o homem encarregado era o proprietário. Ele se mostrou preocupado e ligeiramente envergonhado e sorriu para mim. Isso era uma coisa fora do comum, porque os indianos que eu via nas ruas de Washington fingiam não me ver; eles me davam a sensação de que não gostavam da competição da minha presença ou de que não queriam que eu começasse a fazer perguntas complicadas.

Cumprimentei o homem preocupado com sua tabuleta e lhe desejei boa sorte em seu negócio. Era um homem pequeno, de uns cinquenta anos de idade, e vestia um terno com paletó de duas fileiras de botões e de lapela larga e antiquada. Tinha olheiras escuras e dava a impressão de que perdera peso recentemente. Pude perceber que, em nosso país, ele seria um homem de certa importância, não o tipo de pessoa que trabalha no ramo de restaurantes. Eu me senti identificado com ele. Convidou-me para conhecer o lugar, perguntou meu nome e me disse o seu. Era Priya.

Logo depois da entrada, ficava o salão mais bonito e mais luxuoso que eu tinha visto. O papel de parede parecia veludo; eu tinha vontade de passar a mão nele. As luminárias de bronze que pendiam do teto tinham um desenho muito bonito e as lâmpadas eram de várias cores. Priya olhava aquilo comigo, e suas olheiras ficaram mais escuras ainda, como se minha admiração aumentasse sua preocupação e sua extravagância. O restaurante ainda não tinha aberto para os clientes e, numa prateleira num canto, vi a coleção de Priya de objetos que traziam boa sorte: um prato de cobre com um montinho de arroz cru, para trazer prosperidade; um caderninho e um pequeno lápis de agenda, para trazer sorte para a contabilidade; um grande abajur de barro, para trazer boa sorte em geral.

"O que você acha, Santosh? Acha que vai dar certo?"

"Só pode dar certo, Priya."

"Mas tenho inimigos, sabe, Santosh. O pessoal dos restaurantes indianos não gosta de me ver. É tudo meu, sabe, Santosh. Paguei à vista. Sem prestação nem hipoteca nem nada disso. Eu não acredito em hipotecas. Dinheiro à vista ou nada."

Compreendi que ele quis dizer que havia tentado obter um financiamento, mas não conseguiu, e estava aflito por causa de dinheiro.

"Mas o que você está fazendo aqui, Santosh? Trabalha para o governo ou alguma coisa assim?"

"Mais ou menos isso, Priya."

"Como eu. Por aqui, há um ditado. Se não pode derrotá-los, junte-se a eles. Eu me uni a eles. E eles continuam me derrotando." Suspirou e abriu os braços em cima do espaldar do pequeno sofá vermelho, encostado na parede. "Ah, Santosh, por que fazemos isso? Por que não renunciamos e vamos embora para meditar na beira do rio?" Fez um gesto com a mão, acenando para o salão. "Os emblemas do mundo, Santosh. Só emblemas."

Eu não conhecia a palavra inglesa que ele usou, mas compreendi o sentido; e por um momento foi como se eu estivesse de volta a Bombaim, trocando histórias e filosofias com o entregador do alfaiate e com os outros, de noite.

"Mas estou esquecendo uma coisa, Santosh. Você aceita um chá, um café?"

Balancei a cabeça para os lados a fim de indicar que me sentia confortável, e ele gritou numa língua brutal para alguém atrás da porta da cozinha.

"Pois é, Santosh. Em-blemas!" Suspirou e deu um tapa com força no assento.

Da cozinha, veio um homem com uma bandeja. De início, pareceu um conterrâneo, mas num segundo vi logo que era um estranho.

"Tem razão", disse Priya, quando o estranho voltou para a cozinha. "Ele não é da nossa *Bharat*.* É um mexicano. Mas o que posso fazer? A gente chama um conterrâneo, regulariza seus documentos e tudo, consegue o *green card* e tudo. E aí? E aí eles vão embora. Somem na mesma hora. Pilantras de um lado, pilantras do outro lado, nem me fale. Escute, Santosh. Antes eu estava no ramo das roupas. Comprar por cinquenta rúpias deste lado, vender por cinquenta dólares do outro lado. Fácil. Pois é. Uma túnica, todo mundo quer uma túnica. Tú-nica, eu pego e digo, pode deixar que vou arranjar sua túnica. Compro mil túnicas, Santosh. Tem atrasos na Índia, é claro. Elas chegam um ano depois. Aí ninguém mais quer túnicas. Não estamos organizados, Santosh. Não fazemos direito a pesquisa de demanda. Foi o que o pessoal da embaixada me falou. Mas se eu fizer pesquisa de demanda, quando é que vou cuidar do meu negócio? O problema, sabe, Santosh, é que essa história de cuidar de uma loja não está no meu sangue. Essa porcaria, na verdade, vai *contra* o meu sangue. Quando eu estava no ramo das roupas, eu até me escondia envergonhado quando um cliente entrava. Às vezes eu chegava a fingir que era um vendedor. Pesquisa de demanda! Essas pessoas por aqui fazem a gente de gato e sapato, Santosh. Você e eu, nós vamos renunciar. Vamos partir juntos, caminhar às margens do rio Potomac e ficar meditando."

Adorei a conversa dele. Desde os tempos de Bombaim, eu não ouvia uma coisa tão doce e tão filosófica. Respondi: "Priya, vou cozinhar para você, se quiser um cozinheiro".

"Tenho a sensação de que conheço você há muito tempo,

---

* O nome do subcontinente indiano em sânscrito. (N. T.)

Santosh. Tenho a impressão de que você é como um membro de minha própria família. Vou arranjar um lugar para você dormir, alguma comida para comer e algum dinheiro trocado, tudo o que eu puder pagar."

Falei: "Me mostre o lugar para dormir".

Ele me levou para fora do salão bonito e subimos uma escada acarpetada. Eu esperava que o carpete e a pintura nova fossem terminar em algum ponto, mas tudo era bonito e novo até o fim. Entramos num quarto que era como uma versão reduzida do apartamento de meu patrão.

"Armários embutidos e tudo, está vendo, Santosh?"

Fui até o armário. Tinha uma porta de dobradiças que abria para fora. Falei: "Priya, é pequeno demais. Tem espaço na prateleira para os meus pertences. Mas não sei como vou poder estender minha roupa de cama aqui dentro e deitar. É estreito demais".

Ele riu nervoso. "Santosh, você é mesmo um brincalhão. Sinto que já somos da mesma família."

Então me ocorreu que ele estava me oferecendo o quarto inteiro. Fiquei espantado.

Priya também pareceu ficar espantado. Sentou-se na beira da cama macia. As olheiras escuras estavam quase negras e ele parecia muito pequeno em seu paletó de duas fileiras de botões. "É assim que a banda toca por aqui, Santosh. A gente diz moradia para os funcionários e eles entendem moradia para os funcionários. É isso mesmo o que eles querem dizer."

Durante alguns segundos, ficamos calados, eu receoso, ele soturno, pensativo, meditando sobre os caminhos daquele mundo novo.

Alguém chamou lá embaixo: "Priya!".

Sua melancolia se foi, sorrindo por antecipação, e piscando o olho para mim, Priya respondeu com o sotaque do país: "Já vai, Bab!".

Eu o segui para o térreo.

"Priya", disse o americano. "Eu trouxe os cardápios."

Era um homem alto, de casaco de couro, com uma calça jeans que cobria as meias brancas e grossas e sapatos grandes, com sola de borracha. Parecia uma pessoa que ia disputar uma corrida. Os cardápios eram enormes; na capa havia um desenho de um homem gordo de bigode e com um turbante emplumado, alguma coisa parecida com o homem nos anúncios da empresa de aviação.

"Ficaram ótimos, Bab."

"Eu também gostei. Mas o que é aquilo, Priya? O que aquela prateleira está fazendo ali?"

Movendo-se como a parte dianteira de um cavalo, Bab caminhou até a prateleira onde estavam o arroz, o prato de cobre e o pequeno abajur de barro. Foi só então que percebi que a prateleira estava instalada de maneira muito tosca.

Priya mostrou um ar de arrependimento e ficou claro que ele mesmo havia instalado a prateleira. Também ficou claro que não tinha intenção de retirá-la dali.

"Bem, é seu mesmo", disse Bab. "Suponho que seja necessário ter um toque oriental em algum lugar. Agora, Priya..."

"Dinheiro, dinheiro, dinheiro, não é isso?", disse Priya, falando ligeiro as palavras como se estivesse fazendo uma brincadeira para divertir uma criança. "Mas, Bab, como é que *você* pode me pedir dinheiro? Quem ouvir você falar vai pensar que este restaurante é meu. Mas este restaurante não é meu, Bab. Este restaurante é seu."

Era só uma de nossas cortesias, mas deixou Bab embaraçado e ele se deixou levar para outros assuntos.

Vi que, apesar de toda sua conversa sobre renúncia e fracasso nos negócios, e apesar de toda sua irritação, Priya era capaz de enfrentar a cidade de Washington. Eu admirei a força que havia nele, assim como admirei a riqueza que havia em sua conversa. Não sei até que ponto eu devia acreditar em suas histórias, mas gostava de ter de pensar nele. Gostava de ter de brincar com suas palavras em meu pensamento. Gostava do mistério que havia no homem. O mistério vinha de sua solidez. Com ele, eu sabia em que terreno estava pisando. Depois do apartamento, do terno verde, da mulher *hubshi* e da cidade em chamas durante vários dias, ficar com Priya era sentir-se seguro. Pela primeira vez desde que eu havia chegado a Washington, eu me sentia seguro.

Não posso dizer que me mudei para lá. Eu simplesmente fiquei ali mesmo. Não quis voltar para o apartamento nem para pegar meus pertences. Tinha medo de que alguma coisa acontecesse e me mantivesse prisioneiro lá. Meu patrão podia aparecer e exigir suas cinco mil rúpias. A mulher *hubshi* poderia exigir que eu ficasse com ela; eu poderia ser condenado a viver sempre entre os *hubshi*. E não tinha a impressão de que estivesse deixando no apartamento nada de valor. O terno verde, eu fiquei feliz por esquecer. Mas.

Priya me pagava quarenta dólares por semana. Depois do que eu vinha ganhando até então, três dólares e setenta e cinco centavos, parecia um bocado de dinheiro; e era mais do que o necessário para minhas necessidades. Para dizer a verdade, não sinto muita tentação para gastar. Eu sabia que meu antigo patrão e a mulher *hubshi* estariam imaginando o que havia acontecido comigo, cada um à sua maneira, e achei melhor me manter longe das ruas por algum tempo. Isso não era nada difícil; era mesmo o que eu costumava fazer em Washington. Além do mais, meus dias no restaurante eram bastante cheios; pela primeira vez na vida, eu tinha um pouco de lazer.

O restaurante foi um sucesso desde o início, e Priya era

exigente. Vivia entrando de supetão na cozinha com um daqueles cardápios grandes na mão, falando em inglês: "Trabalho de prestígio, Santosh. De prestígio". Eu não me importava. Gostava da sensação de que tinha de fazer as coisas com perfeição; eu sentia que estava conquistando minha liberdade. Embora estivesse escondido e embora trabalhasse todo dia até meia-noite, eu sentia que estava no comando de mim mesmo muito mais do que em qualquer outro momento da vida.

Muitos de nossos garçons eram mexicanos, mas, quando púnhamos turbantes na cabeça deles, podiam passar por indianos. Eles chegavam e iam embora, como o pessoal indiano também. Eu não me dava bem com esse pessoal. Viviam assustados, tinham ciúmes uns dos outros e eram muito traiçoeiros. No meio dos pratos com arroz, *biryanis* e dos *pilaus*, só conversavam sobre documentos e *green cards*. Estavam sempre prestes a conseguir o *green card* ou então tinham sido trapaceados quando tentavam obter o *green card* ou então haviam acabado de tirar o *green card*. No início, eu nem sabia do que estavam falando. Quando compreendi, fiquei mais do que deprimido.

Compreendi que, por ter fugido do meu patrão, eu havia me tornado um ilegal nos Estados Unidos. A qualquer momento podia ser denunciado, preso, enviado para um presídio, deportado, desonrado. Era uma complicação. Eu não possuía o *green card*; eu não sabia como fazer para conseguir um; e não tinha ninguém com quem eu pudesse conversar sobre isso.

Eu me sentia oprimido por meus segredos. Antigamente, eu não tinha nenhum segredo; agora tinha tantos. Não podia contar para Priya que não possuía *green card*. Não podia contar para ele que tinha traído a confiança de meu antigo patrão e havia me desonrado com uma mulher *hubshi* e que vivia com medo de uma retaliação. Não podia contar para ele que eu tinha medo de sair do restaurante e que, naquela altura, quando eu via um indiano, me escondia dele com o mesmo temor com que os indianos se escondiam de mim. Eu me sentiria tolo de confessar tudo isso. Com Priya, desde o início, eu tinha fingido ser forte; e queria que as coisas continuassem assim. Em vez disso, quando conversávamos agora, e ele se tornava filosófico, eu tentava encontrar causas maiores para estar triste. Minha mente se apegou a essas causas e o efeito era que minha tristeza se tornou uma espécie de doença da alma.

Era pior do que ficar no apartamento, porque agora a responsabilidade era minha e só minha. Eu tinha resolvido ser livre. Agir por minha conta. Sofria ao pensar na euforia que tinha sentido nos dias do incêndio; e me senti ridículo ao recordar que, nos primeiros dias de minha fuga, tinha pensado que estava no comando de minha própria vida.

O ano terminou. A neve caiu e derreteu. Eu tinha mais medo de sair do que nunca. A doença era maior do que todas as causas. Eu via o futuro como um buraco no qual eu estava caindo. Às vezes, quando eu acordava de noite, meu corpo estava queimando e eu sentia a transpiração quente irrompendo por todo o corpo.

Eu me apoiava em Priya. Ele era minha única esperança, meu único elo com o que era real. Ele saía; e voltava trazendo histórias. Ele saía sobretudo para comer nos restaurantes que eram nossos concorrentes.

Ele disse: "Santosh, nunca acreditei que administrar um restaurante fosse um caminho que levasse a Deus. Mas é verdade. Eu como que nem um cientista. Todos os dias como que nem um cientista. Sinto que já renunciei às coisas mundanas".

Assim era Priya. Era assim que sua conversa me capturava e me fornecia as maiores causas que gradualmente me enfraqueciam. Fiquei cada vez mais distante dos homens que trabalhavam na cozinha. Quando eles conversavam sobre seus *green cards* e sobre os empregos que iam conseguir, eu tinha vontade de perguntar para eles: Por quê? Por quê?

E todo dia o espelho contava sua própria história. Sem exercício, com a doença do coração e da mente, eu estava perdendo minha boa aparência. Meu rosto estava ficando balofo, pálido, cheio de manchas; estava ficando feio. Eu podia até chorar por causa disso, descobrir que tive boa aparência só para depois perder essa boa aparência. Era como um castigo por minha presunção, o castigo que temia receber quando comprei o terno verde.

Priya disse: "Santosh, você precisa fazer exercícios. Não está com um aspecto bom. Seus olhos estão ficando iguais aos meus. Por que você está se martirizando? É por causa de Bombaim ou por causa de sua família nas montanhas?".

Mas agora, mesmo em minha mente, eu era um estranho para aqueles lugares.

Num domingo de manhã, Priya falou: "Santosh, hoje vou levar você para ver um filme falado em híndi. Todos os indianos de Washington vão estar lá, os empregados domésticos e todo o resto".

Fiquei muito assustado. Não queria ir e não podia lhe dizer por quê. Ele insistiu. Meu coração começou a bater depressa assim que entrei no carro. Pouco depois, não havia mais casas com lampiões a gás na entrada, apenas aquelas ruas maltratadas, compridas e largas dos *hubshi*, agora com folhas recém-brotadas nas árvores, montes de entulho em terrenos cercados e terraplenados, janelas de lojas bloqueadas com tábuas, e letreiros velhos chamuscados e sujos de fumaça, anunciando o que não era mais verdade. Carros passavam correndo pelas vias largas; só havia vida nas pistas. Achei que ia vomitar de tanto medo.

Falei: "Me leve de volta, *sahib*".

Usei uma palavra errada. Antigamente, usava aquela palavra cem vezes por dia. Mas naquele tempo eu me considerava uma pequena parte da presença do patrão, e a palavra não era servil; parecia mais um nome, parecia um som tranquilizador, uma parte da dignidade de meu patrão e assim, também, uma parte de mim mesmo. Mas a dignidade de Priya nunca poderia ser a minha; não era esse o nosso relacionamento. Priya, eu sempre chamei de Priya; era seu desejo, o jeito americano, de homem para homem. Com Priya, aquela palavra era servil. E ele reagiu à palavra. Fez o que pedi; me trouxe de volta ao restaurante. Nunca mais o chamei pelo seu nome outra vez.

Eu tive boa aparência; eu perdi minha boa aparência. Eu fui um homem livre; eu perdi minha liberdade.

Um dos garçons mexicanos entrou na cozinha já de noite e disse: "Tem um sujeito lá fora querendo falar com o chef".

Ninguém tinha pedido aquilo até então e na mesma hora Priya ficou agitado. "É um americano? Foi um inimigo que o mandou vir aqui. Sanitário, sanitário, de saúde, eles podem inspecionar minha cozinha a hora que quiserem."

"É um indiano", disse o mexicano.

Fiquei alarmado. Achei que era meu antigo patrão; aquela maneira discreta de se aproximar era bem dele. Priya achou que era algum rival. Embora comesse regularmente nos restaurantes de seus concorrentes, achava uma deslealdade quando eles vinham comer no seu. Fomos os dois até a porta e, através da janelinha de vidro, espiamos o salão à meia-luz.

"Conhece aquela pessoa, Santosh?"

"Conheço, *sahib*."

Não era meu antigo patrão. Era um dos amigos de Bombaim de meu patrão, um homem importante no governo, a quem eu havia servido muitas vezes, nos antigos aposentos. Estava sozinho e parecia ter acabado de chegar a Washington. Usava um novo corte de cabelo de Bombaim, muito curto, e um terno escuro e duro, feito por um alfaiate de Bombaim. A camisa parecia azul, mas na luz suave e colorida do salão tudo que era branco parecia azul. Ele não parecia infeliz com o que havia comido. Seus cotovelos estavam apoiados na toalha de mesa manchada de curry e ele palitava os dentes com os olhos meio fechados, enquanto escondia a boca atrás da mão esquerda em concha.

"Não gosto dele", disse Priya. "Mesmo sendo um homem importante no governo e tudo. Você tem de ir lá falar com ele, Santosh."

Mas eu não podia ir.

"Ponha seu avental, Santosh. E aquele chapéu de cozinheiro. Prestígio. Você tem de ir, Santosh."

Priya saiu para o salão e ouvi que ele disse em inglês que eu iria em seguida.

Corri para meu quarto, passei um pouco de óleo no cabelo, me penteei, vesti minha melhor calça, minha melhor camisa e calcei meu sapato lustroso. Foi assim, mais como um homem que anda pela cidade do que como um cozinheiro, que me dirigi ao salão.

O homem de Bombaim ficou tão espantado quanto Priya. Trocamos as antigas cortesias e esperei. Porém, para meu alívio, havia pouco mais do que aquilo a dizer. Não me fez nenhuma pergunta difícil; fiquei agradecido ao homem de Bombaim por seu tato. Evitei ao máximo falar. Sorri. O homem de Bombaim sorriu em resposta. Priya sorria sem graça para nós dois. Assim ficamos por um tempo, sorrindo sob a luz suave, azul-avermelhada, e esperando.

O homem de Bombaim disse para Priya: "Irmão, eu tenho só umas poucas palavras para dizer ao meu velho amigo Santosh".

Priya não gostou, mas nos deixou a sós.

Esperei aquelas palavras. Mas não eram as palavras que eu

temia. O homem de Bombaim não falou de meu antigo patrão. Continuamos a trocar cortesias. Sim, eu estava bem, ele estava bem, todo mundo que a gente conhecia estava bem; e eu estava fazendo progressos e ele estava fazendo progressos. Foi só isso. Depois, no tom de quem conta um segredo, o homem de Bombaim me deu um dólar. Um dólar, dez rúpias, uma gorjeta enorme, para Bombaim. Mas para ele era muito mais do que uma gorjeta; era um gesto de gratidão, uma parte da delicadeza dos velhos tempos. No passado, aquilo teria um grande significado para mim. Agora, significava muito pouco. Fiquei entristecido e embaraçado. E eu que já estava esperando alguma hostilidade!

Priya aguardava atrás da porta da cozinha. Seu rosto pequeno se mostrava tenso e sério e percebi logo que ele tinha visto o dinheiro passar para minha mão. Então, rapidamente, interpretou minha fisionomia e, sem dizer nada para mim, foi correndo para o salão.

Ouvi sua voz dizendo para o homem de Bombaim: "Santosh é um bom sujeito. Tem seu próprio quarto com banheiro e tudo. Vou pagar a ele cem dólares por semana a partir da semana que vem. Mil rúpias por semana. Isto aqui é um restaurante de primeira classe".

Mil rúpias por semana! Fiquei zonzo. Era mais do que qualquer homem que trabalhava no governo ganhava e eu tinha certeza de que o homem de Bombaim também ficou espantado, e talvez arrependido de seu gesto de bondade e daquele dólar em moeda estrangeira.

"Santosh", disse Priya, quando o restaurante fechou naquela noite, "aquele homem é um inimigo. Percebi logo que olhei para ele. E, como é um inimigo, fiz uma coisa muito ruim, Santosh."

"*Sahib*."

"Eu menti, Santosh. Para proteger você. Falei para ele,

Santosh, que eu ia pagar para você setenta e cinco dólares por semana depois do Natal."

"*Sahib*."

"E agora tenho de transformar essa mentira em verdade. Mas, Santosh, você sabe que essa é uma soma que nós não temos condições de pagar. Nem preciso lhe falar dos custos indiretos e outras coisas do tipo. Santosh, vou lhe pagar sessenta."

Falei: "*Sahib*, eu não vou poder ficar por menos de cento e vinte e cinco".

Os olhos de Priya ficaram cintilantes e as olheiras escureceram. Deu uma risadinha e comprimiu os lábios. No final daquela semana, ganhei cem dólares. E Priya, bom homem que era, não guardou nenhum rancor de mim.

Então, ali estava uma vitória. Foi só depois que isso aconteceu que me dei conta de como eu precisava tremendamente de uma vitória, de como, ao obter minha liberdade, eu passara a aceitar a morte não como o fim, mas como o objetivo. Ganhei vida nova. Ou melhor, meus sentidos ganharam vida nova. Mas naquela cidade, o que havia para alimentar meus sentidos? Não havia caminhadas para fazer, não havia conversas à toa com amigos. Eu podia comprar roupas novas. Mas e aí? Será que eu ia apenas ficar olhando para mim mesmo no espelho? Eu ia sair andando pela rua e convidar os pedestres a olharem para mim e para minhas roupas? Não, todo aquele negócio de roupas e de se vestir só serviu para me arremessar de volta para mim mesmo.

Tinha uma mulher suíça ou alemã na confeitaria um pouco adiante na rua, e lá havia uma mulher filipina que trabalhava na cozinha. Nenhuma delas era atraente, para dizer a verdade. A suíça ou alemã podia quebrar minha coluna com um tapa e a filipina, embora jovem, era incrivelmente parecida com uma de nossas mulheres velhas das montanhas. No entanto, percebi que eu devia alguma coisa aos meus sentidos e achei que podia me divertir com aquelas mulheres. Mas então fiquei assustado com a responsabilidade. Meu Deus, eu já havia aprendido que uma mulher não é só um petisco e uma brincadeira, mas uma criatura grande, que pesa um monte de quilos c que depois vai ficar sempre perto da gente.

Então o momento de vitória passou, sem nenhuma celebração. E era estranho, pensei, que a dor durasse e fosse capaz de levar um homem a desejar logo a morte, e que o estado de ânimo da vitória preenchesse um momento para logo depois sumir. Quando meu momento de vitória acabou, descobri embaixo dele, como se já estivesse à minha espera, todas as minhas antigas doenças e temores: o medo de minha ilegalidade, de meu antigo patrão, de minha presunção, da mulher *hubshi*. Vi então que a vitória que havia tido não era nada que eu tivesse alcançado com meu esforço, e sim por sorte; e essa sorte era só uma ironia do destino, para me dar uma ilusão de poder.

Mas essa ilusão perdurou e eu fiquei inquieto. Resolvi agir, desafiar o destino. Resolvi que não ia mais ficar no meu quarto e me esconder. Comecei a sair para caminhar à tarde. Ganhei coragem; toda tarde eu caminhava até um pouco mais longe. Tornou-se minha ambição andar até aquele círculo verde com o chafariz onde, em meu primeiro dia em Washington, eu tinha visto aquelas pessoas em trajes indianos, parecidas com empregados domésticos abandonados muito tempo antes, que cantavam sua algaravia em sânscrito e faziam aquela estranha dança dos índios peles-vermelhas. E um dia andei até lá.

Um dia atravessei a rua até o círculo e sentei num banco. Os *hubshi* estavam lá, e também os descalços e os dançarinos de sáris e de túnicas cor de açafrão. Era o meio da tarde, estava muito quente e ninguém estava em atividade. Lembrei como aquele círculo me havia parecido uma coisa mágica e inexplicável na primeira vez que vi. Agora parecia muito comum e sem graça: as ruas, os carros, as lojas, as árvores, os guardas cuidadosos: tudo era apenas uma parte da futilidade e do desperdício que era o nosso mundo. Não existia mais nenhum mistério. Percebi que eu sabia de onde todos tinham vindo e para onde estavam indo aqueles carros. Mas também percebi que todos ali sentiam o mesmo que eu, e aquilo era reconfortante. Me acostumei a andar até o círculo todo dia, depois dos afazeres do almoço, e ficar sentado ali até a hora de voltar para o restaurante de Priya para o jantar.

No final de uma tarde, entre os dançarinos e os músicos, entre os *hubshi* e os descalços, os cantores e a polícia, eu a vi. A mulher *hubshi*. E de novo me admirei de seu tamanho; minha memória não havia exagerado. Decidi ficar onde estava. Ela me viu e sorriu. Depois, como se tivesse se lembrado da raiva, me lançou um olhar de grande ódio; e eu a vi de novo como a deusa Kali, de muitos braços, a deusa da morte e da destruição. Ela olhou para meu rosto com severidade; avaliou minhas roupas. Pensei: foi para isso que comprei essas roupas? Ela ficou de pé. Era muito grande e sua calça apertada a tornava muito mais estarrecedora ainda. Veio na minha direção. Eu me levantei e corri. Corri para o outro lado da rua e então, sem olhar para trás, disparei por caminhos tortuosos até chegar ao restaurante.

Priya estava fazendo as contas. Sempre parecia mais velho quando fazia as contas, não preocupado, só mais velho mesmo, como um homem para quem a vida não podia mais trazer surpresas. Eu tinha inveja dele.

"Santosh, algum amigo trouxe um embrulho para você."

Era um embrulho grande, envolto em papel pardo. Priya entregou-me e pensei em como ele estava calmo, com suas notas fiscais e pedacinhos de papel, com a caneta com a qual traçava seus números bem-feitos e com o caderno em que fazia as anotações todos os dias, até o caderno ficar cheio, e ele começava a preencher outro.

Levei o embrulho para meu quarto no andar de cima e abri. Dentro, havia uma caixa de papelão; e dentro dela, ainda com o papel de seda, estava o terno verde.

Senti um buraco no estômago. Eu não conseguia pensar. Fiquei feliz por ter de descer para a cozinha quase imediatamente, feliz de ficar atarefado até a meia-noite. Mas aí precisei voltar ao meu quarto e fiquei sozinho. Eu não tinha escapado; eu nunca tinha sido livre. Tinha sido abandonado. Eu era como nada; tinha feito de mim um nada. E não podia voltar atrás.

De manhã, Priya disse: "Você não parece estar muito bem, Santosh".

Sua preocupação me deixou ainda mais fraco. Ele era o único homem com quem eu podia conversar e eu não sabia o que podia lhe dizer. Senti lágrimas vindo aos meus olhos. Naquele momento, eu teria gostado se o mundo inteiro se reduzisse a lágrimas e mais nada. Falei: "*Sahib*, não posso mais ficar com você".

Eram só palavras, parte por causa do meu estado de ânimo, parte por causa do meu desejo de lágrimas e de alívio. Mas Priya não esmoreceu. Nem sequer pareceu ficar surpreso. "E para onde você vai, Santosh?"

Como eu poderia responder sua pergunta séria?

"Será diferente no lugar para onde você vai?"

Ele havia se livrado de mim. Eu não podia mais pensar em lágrimas. Falei: "*Sahib*, eu tenho inimigos".

Ele riu. "Você é um brincalhão, Santosh. Como um homem como você pode ter inimigos? Não haveria nenhum lucro nisso. *Eu* tenho inimigos. Faz parte da sua felicidade e da justiça do mundo o fato de que você não pode ter inimigos. É por isso que você pode fugir, fugir, fugir." Sorriu e, com a palma da mão estendida, fez um gesto de correr.

Então, afinal, contei para ele minha história. Contei sobre meu antigo patrão, minha fuga e o terno verde. Priya deu a entender que eu não estava contando nada que ele já não soubesse. Contei a respeito da mulher *hubshi*. Eu estava esperando ouvir alguma repreensão. Uma repreensão significaria que ele estava preocupado com minha honra, que eu podia contar com o apoio dele, que um resgate era possível.

Mas ele disse: "Santosh, você não tem nenhum problema. Case com a *hubshi*. Isso fará de você automaticamente um cidadão do país. E aí será um homem livre".

Não era isso o que eu esperava. Ele estava me pedindo para ser sozinho a vida inteira. Respondi: "*Sahib*, tenho esposa e filhos nas montanhas, na terra natal".

"Mas aqui é a sua terra, Santosh. Esposa e filhos nas montanhas, isso é muito bonito e sempre existe. Mas acabou. Você precisa fazer o que for melhor para você aqui. Aqui você está sozinho. *Hubshi*, por aqui ninguém se importa com isso, se for uma escolha sua. Aqui não é Bombaim. Ninguém fica olhando para você quando passa pela rua. Ninguém liga para o que os outros fazem."

Ele tinha razão. Eu era um homem livre; podia fazer tudo o que eu quisesse. Se fosse possível para mim, eu podia até dar meia-volta, ir ao apartamento e suplicar perdão ao meu antigo patrão. Se fosse possível eu me tornar de novo o que era antes, poderia ir à polícia e dizer: "Sou um imigrante ilegal. Por favor, me deportem para Bombaim". Eu podia fugir, me enforcar, me entregar, confessar, me esconder. Não importava o que eu fizesse, porque eu estava sozinho. E eu não sabia o que eu queria fazer. Era como na vez em que tive a sensação de que meus sentidos ganhavam uma vida nova e eu queria sair e me deleitar, e descobri que não havia nada para me deleitar.

Estar vazio não é estar feliz. Estar vazio é estar calmo. É renunciar. Priya não me disse mais nada; de manhã, ele ficava sempre ocupado. Deixei-o e fui para o meu quarto. Continuava a ser um quarto despojado, continuava a ser um quarto que, em meia hora, poderia se tornar o quarto de outra pessoa. Nunca tinha pensado naquele quarto como meu. Ficava assustado com aquelas paredes pintadas e sem manchas e tomava todo cuidado para manter as paredes sem manchas. Só para um momento como aquele.

Tentei pensar no momento específico de minha vida, no ato específico que havia me trazido para aquele quarto. Teria sido o momento com a mulher *hubshi* ou foi quando o americano veio jantar e ofendeu meu patrão? Teria sido o momento de minha fuga, aquele em que vi Priya na entrada do restaurante, ou foi quando olhei no espelho e comprei o terno verde? Ou quem sabe teria sido muito mais cedo, naquela outra vida, em Bombaim, nas montanhas? Não consegui localizar nenhum momento; todos os momentos pareciam importantes. Uma interminável cadeia de ações havia me conduzido para aquele quarto. Era assustador; era um fardo. Não era hora para tomar decisões novas. Era hora de fazer uma pausa.

Deitei na cama e fiquei olhando para o teto, para o céu. A porta abriu. Era Priya.

"Meu Deus, Santosh. Há quanto tempo está aí? Ficou tão quieto que até me esqueci de você."

Olhou em redor do quarto. Foi ao banheiro e saiu de novo.

"Você está bem, Santosh?"

Sentou-se na beira da cama e, quanto mais ele ficava, mais eu me dava conta de que estava feliz em vê-lo. Aconteceu o seguinte: quando eu tentava pensar nele entrando no quarto, não conseguia localizar aquilo no tempo; parecia ter ocorrido só na minha mente. Ele sentou-se perto de mim. O tempo tornou-se real outra vez. Eu sentia um grande amor por ele. Em pouco tempo, eu poderia até rir da agitação dele. E mais tarde, de fato, nós rimos juntos.

Falei: "*Sahib*, o senhor precisa me liberar esta manhã. Quero dar uma caminhada. Vou voltar na hora do chá".

Ele olhou para mim com ar severo, e nós dois sabíamos que eu tinha falado com sinceridade.

"Está certo, Santosh. Vá dar uma boa e longa caminhada. Trate de abrir o apetite. Vai sentir-se muito melhor."

Enquanto caminhava pelas ruas, que agora me pareciam tão simples, eu pensava em como seria bonito se as pessoas em trajes indianos no círculo fossem reais. Então eu poderia me unir a elas. Sairíamos pela estrada; ao meio-dia, pararíamos sob a sombra das árvores grandes; no final da tarde, o sol poente transformaria as nuvens de poeira em ouro; e toda noite, em algum povoado, receberíamos boas-vindas, alimento, água, uma fogueira para passar a noite. Mas isso era o sonho de uma outra vida, eu tinha observado as pessoas no círculo por um tempo suficiente para saber que elas eram da cidade deles; que a vida da televisão os aguardava; que sua renúncia era agora como a minha. Nenhuma vida da televisão me aguardava. Eu não tinha importância. Nessa cidade, eu estava sozinho e não importava o que eu fizesse.

O círculo com o chafariz me pareceu tão mágico quanto o prédio de apartamentos tinha me parecido tempos antes. Agora eu via que era uma coisa banal, nem era muito alto, e tinha pequenos ladrilhos brancos na fachada. Uma porta de vidro; quatro degraus ladrilhados; a escrivaninha da recepção à direita, cartas e chaves nos escaninhos; um tapete à esquerda, cadeiras estofadas, uma mesa baixa com flores de papel no vaso; a porta azul do elevador ligeiro e silencioso. Eu via a simplicidade de todas essas coisas. Eu sabia o andar que eu queria. No corredor, com seu teto iluminado e decorado com estrelas, uma imitação do céu, as cores eram azul, cinza e dourado. Eu sabia que porta queria. E bati.

A mulher *hubshi* abriu. Vi o apartamento onde ela trabalhava. Nunca tinha visto antes e esperava alguma coisa parecida com o apartamento de meu antigo patrão, que ficava no mesmo andar. Em vez disso, pela primeira vez, vi uma coisa arrumada e pronta para uma vida da televisão.

Pensei que ela ia ficar zangada. Ela pareceu só espantada. Eu me senti grato por isso.

Disse para ela em inglês: "Você quer casar comigo?".

E pronto, estava tudo acertado.

"É melhor assim, Santosh", disse Priya, me servindo chá quando voltei para o restaurante. "Você será um homem livre. Um cidadão. Vai ter o mundo inteiro à sua frente."

Fiquei contente por ele estar contente.

Portanto agora sou um cidadão, minha presença é legal e moro em Washington. Continuo com Priya. Não conversamos tanto quanto antes. O restaurante é um mundo, os parques e as ruas verdes de Washington são outro mundo, e toda noite algumas dessas ruas me levam para um terceiro mundo. Casas de tijolos maltratadas, cercas quebradas, jardins abandonados; num terreno plano entre os muros altos de tijolos de duas casas, uma espécie de parquinho artístico que as crianças *hubshi* nunca usam; e depois vem a casa escura onde moro agora.

Seus cheiros são estranhos, tudo dentro dela é estranho. Mas minha força nessa casa é que sou um estranho. Fechei minha mente e meu coração para a língua inglesa, para os jornais, o rádio e a televisão, para as imagens de corredores, lutadores de boxe e músicos *hubshi* penduradas nas paredes. Não quero compreender nem aprender mais nada.

Sou um homem simples que decidiu agir e ver por si mesmo, e é como se eu houvesse tido várias vidas. Não quero acrescentar mais vidas. Certas tardes, caminho até o círculo que tem um chafariz. Vejo os dançarinos, mas eles estão separados de mim por um vidro. Certa vez, quando houve rumores de novos incêndios, alguém lambuzou com tinta branca na calçada em frente à minha casa: *irmão de alma*. Compreendi as palavras; mas me perguntei, no fundo, irmão de que ou de quem? Um dia, fui uma parte do fluxo, nunca pensava em mim como uma presença. Então olhei no espelho e decidi ser livre. Tudo o que minha liberdade me trouxe é o conhecimento de que tenho um rosto e tenho um corpo, que devo alimentar esse corpo e vestir esse corpo por um certo número de anos. Depois vai terminar.

Diga quem tenho de matar

Igualzinho ao meu irmão. Ele escolhe uma manhã ruim para casar. Fria e chuvosa, os pequenos trechos de campo entre as cidades mais brancos do que verdes, a névoa caía feito uma chuva, as terras encharcadas, às vezes uma vaca parada à toa. Os pequenos regatos têm uma coloração leitosa e suja e alguns estão cheios de latas vazias e outros dejetos. Água para todo lado, como lá na minha terra depois de um temporal forte na época das chuvas, só que o céu não está aparecendo nos lugares onde a água se junta e o sol não está saindo para aquecer tudo, secar e evaporar tudo depressa.

O trem quente por dentro, a água escorre nas janelas, as pessoas e as roupas exalam um cheiro forte. Meu terno velho também tem um cheiro forte. É grande demais para mim agora, mas é o único terno que tenho e é do tempo do dinheiro. Ah, meu Deus. Só uns pedacinhos de campo entre uma cidade e outra e às vezes vejo uma casa ao longe, sozinha, e penso como seria bom estar lá, ficar olhando a chuva e o trem no início da manhã. Depois isso passa e vem uma cidade outra vez, e uma cidade outra vez, e então toda a região é como uma grande cidade, tudo marrom, tudo de tijolos ou de ferro ou de ferro galvanizado e enferrujado, feito um grande depósito de lixo encharcado. E meu coração afunda e meu estômago encolhe.

Frank está olhando para mim, observa meu rosto. Frank, em seu bonito paletó de tweed e com suas calças de flanela cinzentas. Alto, magro, começando a ficar careca. Feliz de estar comigo, feliz quando as pessoas olham para nós e veem que está comigo. É um homem bom, é meu amigo. Mas por dentro ele está inflado de orgulho. Ninguém é gentil comigo como o Frank, mas ele se sente feliz de se fazer pequeno, juntando os joelhos como se estivesse levando uma caixinha de doces sobre as pernas. Não sorri, mas é porque é muito sensato e está muito feliz. Seus sapatos grandes e velhos brilham como os sapatos de um professor e dá para ver que ele engraxa os sapatos toda noite, como um homem que faz suas orações e se sente bem. Não é de propósito, mas ele sempre me faz sentir triste e pequeno porque sei que nunca vou poder ser tão bonito e elegante quanto o Frank, e eu também nunca ia conseguir ser tão sensato e feliz quanto ele. Mas sei, ah, meu Deus, eu sei, eu perdi todo mundo e o único amigo que tenho no mundo é o Frank.

Um menino escreve com o dedo na janela molhada e as letras derretem e escorrem. O menino está com a mãe e ele se sente bem. Sabe para onde estão indo quando o trem para. É um momento de que eu não gosto nem um pouco, a hora em que o trem para e todo mundo se dispersa, quando o barco atraca e todo mundo leva sua bagagem. Todo mundo tem sua bagagem e a bagagem de cada um é muito diferente da dos outros. Nessa hora, todo mundo fica agitado, feliz, sem tempo para conversar, porque todos podem ver para onde estão indo. Desde que cheguei a este país, isso é uma coisa que não consigo fazer. Não consigo ver para onde estou indo. Só consigo esperar para ver o que vai acontecer.

Agora estou indo para o casamento de meu irmão. Mas não sei que ônibus vamos tomar quando chegarmos à estação, ou que outro trem vamos pegar, por que rua vamos caminhar, que portão vamos atravessar e que porta vamos abrir, e para que sala.

Meu irmão. Lembro um dia como este, só que com calor. O céu preto, dia e noite, a chuva não para, bate no telhado de ferro galvanizado, a terra vira lama embaixo da casa, no jardim a água espuma amarela com a lama, o capim-de-angola no campo nos fundos se curva com a chuva, tudo encharcado e pegajoso, uma comichão na pele nua.

A carroça está embaixo da casa e o burro está no curral nos fundos. O curral está molhado e sujo de lama, esterco e capim fresco misturado com capim velho, e o burro está de pé, sossegado, com um saco de açúcar vazio nas costas para evitar que pegue um resfriado. No telheiro onde fica a cozinha, minha mão está cozinhando e a fumaça da madeira molhada é espessa e tem um cheiro forte. Tudo vai ficar com gosto de fumaça, mas num dia assim não se pode pensar em comida. A lama, o calor e o cheiro fazem a gente ter vontade de vomitar. Meu pai está no andar de cima, de camiseta e cuecas, na cadeira de balanço na varanda, esfregando as mãos nos braços. A fumaça não espanta os mosquitos lá em cima, mas os mosquitos não picam meu pai. Ele não fica pensando muito em nada; fica só olhando para o céu preto, para os canaviais, e se balança na cadeira. E num dos cômodos lá dentro, embaixo do telhado de ferro galvanizado, meu irmão está deitado no chão com a febre.

É um quarto despojado e as tábuas de cedro nuas não têm nada, senão pregos, algumas roupas e um calendário. A pessoa constrói uma casa e não tem nada para pôr dentro dela. E meu irmão bonito está tremendo todo com a febre, deitado no chão sobre um saco de farinha vazio, aberto sobre um saco de açúcar, com outro saco de açúcar vazio para servir de colcha. Dá para ver a doença em seu rosto. A febre está dentro dele, mas meu irmão não está suando. Não consegue entender o que a gente diz e o que ele mesmo fala não faz sentido. Fica dizendo que tudo em volta dele e dentro dele é pesado e liso, muito liso.

É como se ele fosse morrer e a gente pensa que não é direito que uma pessoa tão pequena e bonita tenha de sofrer tanto, enquanto pessoas feito a gente sejam tão fortes. Ele é muito bonito. Se crescer, vai ser um astro do cinema, como Errol Flynn ou Farley Granger. A beleza naquele quarto é como um espanto para mim e não consigo suportar a ideia de perder isso. Não consigo suportar a ideia do quarto sem nada, da umidade que penetra pelo vão entre as tábuas, da lama preta lá fora, do cheiro de fumaça, dos mosquitos e da noite que vai chegar.

É assim que me lembro de meu irmão, mesmo depois, mesmo quando ele cresce. Mesmo depois que vendemos a carroça do burro e começamos a trabalhar com o caminhão, derrubamos a casa velha e construímos outra, bonita, pintada e tudo. É assim que penso em meu irmão, pequeno e doente, sofrendo por mim, e tão bonito. Tenho a sensação de que eu seria capaz de matar qualquer um que fizesse meu irmão sofrer. Não ligo para mim mesmo. Não tenho vida nenhuma.

Sei que era 1954 ou 1955, algum ano comum, que meu irmão estava doente e, quanto à época do ano, posso dizer que era janeiro ou dezembro. Mas, na minha mente, aconteceu tanto tempo atrás que nem consigo pôr isso num tempo. E assim como não consigo pôr isso num tempo, em minha mente também não consigo pôr isso num lugar real. Sei onde fica nossa casa e sei, ah, meu Deus, sei que se algum dia eu voltar, vou sair do táxi na esquina e caminhar pela velha Estrada da Savana. Conheço bem essa estrada; conheço essa estrada em todos os tipos de clima.

Mas o que vejo em minha mente não é um lugar. Tudo fica borrado, menos a chuva, a noite que vai chegando, a casa, a lama, a plantação, o burro, a fumaça da cozinha, meu pai na varanda e meu irmão no chão do quarto.

E é assim porque a gente está com medo de alguma coisa que tem de acontecer, porque a gente leva o perigo junto com a gente e aquilo que está em perigo vai precisar acontecer. E de novo é como um sonho. Vejo a mim mesmo naquela casa inglesa velha, como uma cena no filme *Rebecca*, com Laurence Olivier e Joan Fountain. É um quarto no primeiro andar, com um monte de venezianas e ornatos em relevo. O clima, não existe. Estou lá com meu irmão e somos estranhos na casa. Meu irmão está na faculdade ou no colégio na Inglaterra, continua estudando, está visitando esse amigo da faculdade e está morando por um tempo na casa da família do jovem. E então, num corredor logo depois da porta, acontece uma coisa. Uma disputa, uma discussão amigável, uma briga. Estão só brincando, mas a faca penetra no rapaz, fácil, e ele tomba sem emitir nenhum som. Só vejo seu rosto surpreso, não vejo nenhum sangue e não quero parar de olhar. Vejo meu irmão abrindo a boca para gritar, mas não sai nenhum grito. Nada faz barulho. Sinto pavor — fim de linha para ele, assim, à toa, e foi só um acidente, não é verdade — e naquele momento sei que todo o amor e todo o perigo que carrego dentro de mim toda a vida explodem. Minha vida termina. Se estraga, se estraga.

A parte pior ainda está por vir. Temos que comer com os pais do rapaz. Eles não sabem o que acontece. E nós dois, meu irmão e eu, temos de sentar e comer com eles. E o corpo está na casa, num baú, como no filme *Festim diabólico*, com Farley Granger. Ele está lá desde o início, está lá para sempre, e tudo o mais não passa de uma zombaria. Mas nós comemos. Meu irmão está tremendo; não é um bom ator. Não consigo olhar para os rostos das pessoas com quem estamos comendo, não sei qual é seu aspecto.

Podiam ser como todos os brancos aqui neste trem. Como aquela mulher com o menino que está escrevendo na janela molhada.

Agora não consigo ajudar ninguém. Minha vida está estragada. Gostaria que o trem nunca parasse. Mas olhe lá, os prédios estão ficando mais altos e mais juntos uns dos outros, e agora estão bem perto dos trilhos e dá para enxergar os quartos, as roupas secando e outras coisas penduradas dentro das cozinhas por trás das janelas molhadas. Londres. Estou feliz por Frank estar comigo. Ele vai cuidar de mim quando o trem parar. Vai me levar à casa do casamento, onde quer que ela fique. Meu irmão vai casar. E parece que há chumbo dentro de mim.

Quando o trem para, deixamos os outros correrem na frente e eu me acalmo. Sem chuva quando saímos e parece até que o sol está querendo aparecer. Frank diz que a gente tem muito tempo e decidimos caminhar um pouco. As ruas sujas depois do trem, os prédios pretos, jornais velhos nas sarjetas. Sigo Frank e ele me conduz por ruas que conheço bem. Eu me pergunto se é por acaso ou ele sabe. Frank sabe tudo.

E então vejo a loja. Feito uma caixa suja com uma frente de vidro. Agora é uma loja que vende truques para mágicos, com uns cartazes pequenos na vitrine empoeirada. Divirta seus amigos. Assuste seus amigos. Truques com cartas de baralho, dentaduras falsas, copos cheios mas que não derramam, aranhas de borracha, pó que faz coçar, cocô de cachorro feito de borracha. Não é grande coisa, mas ninguém acredita que, um dia, tempos atrás, essa loja foi minha por alguns meses.

"É esse o lugar", digo para Frank. "O erro da minha vida. Foi aqui que meu dinheiro foi embora. Duas mil libras. Levei cinco anos para economizar essa quantia. Em cinco meses, foi tudo embora."

Duas mil libras. Quando a gente fala libras, não parece dinheiro de verdade, se a gente passou a maior parte da vida mexendo com dólares e centavos de dólar. Mas em dez anos meu pai não conseguiu ganhar duas mil libras. Como um homem poderia renascer depois disso? A gente pode dizer: Vou recomeçar, vou trabalhar de novo e economizar de novo. A gente pode dizer isso, mas sabe que quando a coragem termina, termina mesmo.

Frank põe o braço em cima de meus ombros para me afastar da vitrine da loja. O dono, o novo dono, o homem que alugou, olha para nós. Um sujeito pequeno, amarelo e careca, com uma barriguinha molenga, e tudo que está em sua vitrine já parece estar juntando poeira. Frank fica meio tenso, o velho orgulho infla dentro dele, faz uma encenação para o careca e para quem mais estiver olhando.

Eu digo: "Sua puta branca".

É como se Frank adorasse o linguajar obsceno. Ele fica muito afável e gentil e, como fica afável, passo a dizer coisas que na verdade não sinto.

"Vou ganhar muito mais dinheiro, Frank. Vou ganhar muito mais dinheiro do que você jamais ganhou em toda a sua vida, sua puta branca. Vou comprar o prédio mais alto que tiver aqui. Vou comprar a rua inteira."

Mas na mesma hora em que falo, me dou conta de que é besteira. Sei que minha vida está estragada e até eu mesmo tenho vontade de rir.

Não quero estar na rua agora. Não que eu não queira que as pessoas me vejam; eu não quero ver as pessoas. Frank diz que é por elas serem brancas. Não sei, quando Frank fala desse jeito, sinto que ele me desafia a matar uma dessas pessoas.

Agora quero deixar a rua, me acalmar. Frank me leva para um café e nos sentamos no fundo, de cara para a parede. Ele senta ao meu lado. E fala comigo. Fala sobre sua infância e sinto que está tentando me mostrar que também ele, quando criança, teve febre num quarto despojado. Mas ao longo da vida ele venceu, está na cidade, agora é sensato e forte. Nem imagina como está me deixando com inveja dele. Não quero mais ouvir. Olho para as flores nos guardanapos de papel e me perco nas linhas. Ele não pode ver o que está trancado em minha mente. Nem em cem anos ele poderá entender como o mundo é banal para mim, sem nada de bom, sem nada para ver, além da cana-de-açúcar e da estrada de piche, e como sei desde pequeno que não tenho vida nenhuma.

Banal para mim, mas para meu irmão não ia ser assim. Ele ia fazer e acontecer; ia se formar na faculdade e ter uma boa profissão; eu ia cuidar para que isso se realizasse. Para os ricos e quem fez faculdade, o mundo não é banal. Eu sei, eu vejo essa gente. No lugar onde a gente constrói um barraco, eles constroem uma mansão; no lugar onde a gente tem lama e capim-de-angola, eles têm um jardim; quando a gente mata o tempo num domingo, eles fazem festas. Todos saímos do mesmo caldeirão, mas algumas pessoas passam na frente e outras ficam para trás. Algumas pessoas ficam tanto para trás que nem sabem mais e nem se importam mais.

Como meu pai. Ele não sabia ler e escrever e não se importava. Até brincava por causa de seu analfabetismo, dava palmadas em seus braços gordos e ria. Dizia que ficava feliz de deixar esse lado da vida para o irmão caçula, que era auxiliar de justiça na cidade. E toda vez que encontrava o irmão, meu pai sempre transformava sua própria vida numa história e numa piada, e também transformava a nós, seus filhos, numa piada. Porém, por mais piadas que ele fizesse, dava para perceber que meu pai se achava muito sensato, que achava que era ele quem ficava com a melhor parte do negócio. Minhas duas irmãs mais velhas e meu irmão mais velho também são desse jeito. Eles aprenderam coisas demais na escola; e depois — as coisas eram assim antigamente — se casaram e meu irmão mais velho começou a bater na esposa e por aí afora, fazia tudo da maneira que as pessoas antes dele também faziam, se embriagava na sexta-feira e no sábado, desperdiçava seu dinheiro sem a menor vergonha.

Eu era o quarto filho, o segundo filho homem. O mundo muda à minha volta enquanto estou crescendo. Vejo gente indo embora para levar adiante seus estudos e voltando como grandes homens. Sei que perdi o barco. Sei quanta coisa perdi quando tive de parar de estudar e resolvo que não vai ser assim para meu irmão caçula. Percebo que enxergo as coisas muito melhor do que o resto de minha família; vivem me dizendo que sou muito sensível. Mas sinto que virei mais ou menos o cabeça da família. Tenho a ambição e a vergonha por todos. A ambição é como a vergonha, e a vergonha é como um segredo, e está sempre machucando. Mesmo agora, quando tudo está acabado, pode começar a doer outra vez. Frank nunca pode ver aquilo que eu vejo em minha mente.

Um homem morava perto de nós, numa casa grande, de dois andares. A casa era de concreto, com blocos de concreto decorados, e tinha uma adorável cor ocre, com acabamentos de madeira em cor de chocolate, tudo tão elegante e bonito que parecia até uma coisa feita para comer. Observo essa casa todo dia e penso nela como a casa do homem rico, porque o homem era rico. Ele é rico, mas houve um tempo em que era pobre, como nós, e a história que contam é que tinha uns poucos acres de terra com petróleo no sul. Um homem simples, como meu pai, sem muita instrução. Mas aos meus olhos a terra com petróleo, a sorte, o dinheiro e a casa tornam aquele homem um grande homem. Eu venero esse homem. Não tem nada de extravagante nele; às vezes a gente pode ver o homem parado na beira da rua esperando um ônibus ou um táxi para a cidade, e se a pessoa não sabe quem está ali, nem repara nele. Eu observo tudo nele, vejo sorte e dinheiro em tudo, no cabelo que ele penteia, na camisa que suas mãos abotoam, nos sapatos cujos cadarços suas mãos amarram. Ele mora sozinho na casa. Os filhos casaram e o que dizem é que ele não se dá muito bem com a família, que é um homem com uma porção de preocupações. Mas para mim até essa parte é sinal de sua grandeza.

Certa vez houve um casamento no povoado, a festa de casamento à moda antiga, que vai pela noite adentro, e o homem rico alugou sua casa para a festa. E na noite do casamento fui àquela casa pela primeira vez. A casa que de fora parece tão grande na verdade é bem pequena por dentro. O térreo são apenas colunas de concreto, paredes em volta de um espaço aberto. O primeiro andar tem cinco quartos pequenos, sem contar as varandas nos fundos e na frente. As luzes suaves, bem suaves. É disso que mais me lembro. Disso e do cheiro de rato morto. Por todo lado, havia uma sensação de poeira, poeira que caía enquanto a gente andava. Não é poeira, é o pozinho dos cupins que roem a madeira, uns ovinhos duros e lisos de madeira que a gente sente rolar por baixo da mão, em qualquer lugar em que a gente encosta.

A sala de estar tem tantos móveis que sufoca, um conjunto de sofá e duas poltronas de madeira, de mesinhas de centro e tudo o mais; porém a gente tem a impressão de que, se fizer um pouco mais de pressão nas coisas, elas vão se desmanchar. Só os móveis na sala de estar, mais nada, nem quadros, nem mesmo calendários, nada a não ser uma pilha de revistas cristãs, Testemunhas de Jeová ou alguma coisa parecida, coisas que as outras pessoas jogam fora, mas que o homem rico guarda, e ele nem é cristão. O lugar é feito um túmulo. Parece que ninguém vive ali, parece que o homem rico não sabe para que construiu a casa.

E então, um dia, alguém dá um tiro no homem. Por dinheiro, por causa de algum sangue ruim na família, ninguém sabe. É mais um mistério da zona rural. O policial negro prega por todo lado cartazes que oferecem quinhentos dólares de recompensa, como se a cidade de repente tivesse virado uma Dodge City ou alguma coisa saída do filme *Jesse James*, com Henry Fonda e Tyrone Power esperando logo ali, na esquina.

Todo mundo espera pelo drama. Mas não acontece drama nenhum. Os cartazes desbotam e rasgam, a polícia esquece, a casa perdura. A tinta ocre desbota, o teto de ferro galvanizado enferruja e a ferrugem escorre pelas paredes, e o mofo sobe da terra depressa pelas paredes, feito um capim verde e brilhoso. O verde brilhoso escurece, fica preto, um capim de verdade cresce na frente dela. O bolor mancha a casa, o teto é só ferrugem. A tinta descasca do madeiramento da casa, os veios da madeira começam a aparecer, a madeira começa a ficar oca, as partes moles desmancham, até que sobram apenas os veios mais duros, feito um esqueleto. E o tempo todo em que moro ali, a casa continua a existir desse jeito.

Vejo agora que o homem que eu pensava que era rico não tinha nada de rico. E daqui, desta cidade que é como um país, sinto que eu poderia olhar para baixo e ver todo aquele povoado nas terras planas e úmidas, a pequena estrada de piche cheia de buracos, o preto no meio do verde da cana-de-açúcar, as valas com capim alto, os barracos de sapê, a água empoçada nos quintais amarelos depois da chuva e o telhado enferrujado daquela casa de alvenaria que vai apodrecendo.

* * *

A gente até se pergunta como é que as pessoas chegam a um povoadozinho como esse, como é que esse lugar se transforma no lar dessas pessoas. Mas é o lar e, numa manhã de sol de domingo, sem ninguém trabalhando, a gente vê todo mundo relaxando no jardim na frente das casas, algumas zínias crescem aqui e ali, alguns cravos, algumas canelas-de-velha, cristas-de-galo, orquídeas e os hibiscos de costume. O barbeiro cumpre sua tarefa, as pessoas sentam-se embaixo das mangueiras e ele corta o cabelo delas. E em minha mente é numa manhã feito essa que posso ver o irmão mais jovem de meu pai chegando pela estrada de piche em sua bicicleta.

O irmão do meu pai está morando na cidade. Como é que ele chega lá, como é que ele estuda enquanto meu pai não estuda nada, como consegue seu emprego com o advogado, tudo isso aconteceu muito tempo atrás, antes de eu nascer, e agora é como um mistério. Ele é cristão, ou pelo menos tem um nome cristão, Stephen, como um sinal de seu espírito progressista. Meu pai na verdade zomba do irmão pelas costas por causa desse nome, mas todos nós temos orgulho de Stephen e desfrutamos à vontade a pequena fama e o respeito que ele nos confere no povoado.

É um acontecimento quando ele vem nos visitar. Os vizinhos espalham a notícia muito antes, minha mãe persegue e mata uma galinha na mesma hora, meu pai pega logo a garrafa de rum, os copos e a água. Vai ter festa! E no final, pouco antes de ir embora, Stephen distribui moedinhas de cobre para as crianças irem à matinê dupla das quatro e meia de domingo.

Ou pelo menos era assim antigamente. Eu adorava o Stephen quando eu era pequeno. E como eu o adorava desse jeito, achava que ele vivia sozinho na cidade, que ele era toda sua família. Mas um dia fiquei decepcionado. Soube que Stephen tem sua própria família, soube que tem uma porção de filhas pequenas, que vão para o convento, e que ele tem um filho, um menino formidável, um ótimo aluno, e que ele adora o filho. O menino tem a mesma idade que eu, ou é só um pouquinho mais velho. Veio nos visitar uma ou duas vezes. É gentil e sossegado, não fica tirando onda com a gente e logo se vê que meu pai, de um jeito especial, sente mais orgulho dele do que de mim ou do meu irmão caçula, que o filho de Stephen é aquilo que ele espera, diferente, inteligente, um futuro doutor formado e tudo. Meu pai não dá moedinhas de cobre para ele ir à matinê. Manda para ele uma caneta-tinteiro da Shirley Temple, um relógio de pulso do Mickey Mouse.

Stephen nunca nos avisa quando vai vir e a gente se pergunta por que um homem feito ele decide deixar a família num domingo de manhã para vir festejar com a gente, no campo. Meu pai diz que Stephen fica contente de se afastar de vez em quando daquela vida moderna, diz que Stephen não é feliz com sua esposa cristã e que Stephen, por causa de sua visão progressista, vive cheio de preocupações. Não sei que tipo de preocupações um homem como Stephen podia ter. E se tem preocupações, elas nem sempre aparecem.

Stephen é um brincalhão e um gozador. Antes mesmo de pôr a bicicleta na sombra, antes mesmo de tirar o chapéu e as presilhas que prendem a bainha da calça para não se sujarem na bicicleta, antes mesmo de tomar o primeiro gole de rum, Stephen começa a fazer suas gozações. Não sei por que ele acha nosso burro tão engraçado; até parece que nunca viu um burro antes. Zomba de nós por causa do burro; zomba de nós quando o burro morre. E aí, quando a gente compra o caminhão e ele fica parado por alguns dias embaixo da casa, com uns blocos de madeira embaixo dos eixos, Stephen zomba de nós por causa disso. Tudo o que a gente faz parece que é só motivo de gozação para o Stephen e meu pai o incentiva com mais risadas.

Stephen também faz muita gozação comigo, no início. "Quando vai casar este aqui?", ele perguntava para meu pai, mesmo quando eu era pequeno. Meu pai sempre ria e perguntava: "Na próxima estação do ano. Já tenho uma boa menina para ele". Mas à medida que vou ficando mais velho, mostro que aquelas piadas não me agradam e Stephen para com essas gozações.

Não é um homem mau ou cruel, o Stephen. É só um gozador de nascença, com todas as suas chamadas preocupações. Às vezes zomba até de si mesmo. Certa vez, quando traz o filho para nos visitar, diz: "Meu filho nunca disse uma mentira até hoje". Eu pergunto para o garoto: "É verdade?". Ele responde: "Não". Stephen dá uma gargalhada e diz: "Meu Deus, o que é a influência das pessoas! O menino acaba de contar a primeira mentira da sua vida". Assim é o Stephen, sempre tem um pouco de seriedade por baixo da gozação, e a gente sente que uma das razões por que ele faz essas gozações com a gente é que gostaria que a gente fosse mais progressista.

Stephen vive perguntando ao meu pai o que a gente faz para educar meu irmão caçula. "Os outros estão perdidos", diz Stephen. "Mas você ainda pode dar a este aqui alguma instrução. Escute aqui, Dayo. Você não gostaria de estudar um pouco?" E Dayo esfrega o pé na canela e diz: "Pois é, eu até que gostaria de estudar um pouco sim". Era a beleza do menino que atraía Stephen, eu sinto isso. Ele dizia: "Vou levar o Dayo comigo". "Está bem", respondia meu pai. "Você leva o Dayo embora e dá um pouco de instrução para ele. Nesta escola daqui ele não está mesmo aprendendo nada. Não sei o que os professores ensinam hoje em dia."

Sempre acho que seria legal se Stephen se interessasse de verdade pelo Dayo e usasse seus contatos para matricular Dayo numa escola boa na cidade. Mas sei que Stephen está falando da boca para fora, ou melhor, é o rum e o frango com curry que estão falando, e não vejo como posso falar a sério com ele a respeito de Dayo. Se Stephen fosse um estranho, seria diferente. Mas Stephen é da família, e família é uma coisa engraçada. Não quero dar ao Stephen e ao seu filho a ideia de que estou competindo com eles. Stephen ia fazer mais do que me gozar se percebesse isso; ele podia até ficar aborrecido.

Então deixo o Stephen falar. Sei que ele vai beber e fazer suas gozações, que seus olhos vão ficar cada vez mais vermelhos, até que suas preocupações comecem a se manifestar de verdade no rosto, e sei que quando a festinha tiver terminado ele vai pular na sua bicicleta e voltar para a cidade e para sua família.

Sei que Stephen não pode se interessar de verdade por Dayo, porque a mente e o coração inteiros de Stephen estão ocupados com o próprio filho. Durante anos Stephen fala da continuação dos estudos de seu filho e, durante anos, ele faz economias para custear esses estudos; ele não faz segredo disso. Mesmo quando a hora desses estudos se aproxima, quando tudo já está combinado com a universidade do Canadá, Stephen não relaxa. A gente começa a ter a sensação de que Stephen é mais do que ambicioso por seu filho, que ele também está um pouco assustado. É como um homem que carrega uma coisa que pode quebrar e cortá-lo. Até meu pai percebe a diferença e começa a falar pelas costas de Stephen: "Meu irmão Stephen vai ser vencido pelo filho". Que homem feliz, o meu pai. Não educa nenhum dos próprios filhos para não ser vencido por eles.

Então, numa tarde de sábado, alguns meses antes de o menino partir, Stephen aparece. Sem avisar, como de costume. Dessa vez não veio de bicicleta e não veio sozinho. Veio de carro e trouxe a família toda. Do campo de capim-de-angola nos fundos da casa, vejo o carro parar e vejo todas as filhas pequenas de Stephen descerem, e então lembro o estado em que se encontra nossa casa. Corro de um jeito gozado, tentando fazer uma pose e ficar bem ereto. Mas meu coração está me traindo porque posso ver a casa como as meninas vão ver. E no final, ao ouvir as vozes subindo a escadinha da varanda lateral, finjo ser igual a meu pai, finjo não ligar para nada, estar pronto para fazer uma piada de qualquer coisa e deixar as pessoas entenderem que nós temos o que temos e pronto.

Então todos vão para o primeiro andar. E dá para ver o desdém no rosto da esposa cristã de Stephen e de suas filhas cristãs. Seria muito mais suportável se elas fossem feias. Mas não são feias e sinto que o desdém delas tem razão de ser. Tento me manter em segundo plano. Mas aí minha mãe, esfregando o pé sujo na canela, sorri e levanta seu véu por cima da cabeça, como se fosse a única coisa que pudesse fazer para se tornar apresentável, e ela diz: "Mas, Stephen, você nem avisou a gente. A gente podia mandar esse menino", e ela aponta para mim, "correr para limpar esta casa todinha". E ria como se tivesse feito uma boa piada.

A mulher boba nem sabia o que estava dizendo. Saio da casa correndo para o capinzal de capim-de-angola nos fundos e depois atravesso o canavial, enquanto tento reprimir a vergonha e o desgosto.

Eu ando e falo, e sinto que gostaria de nunca mais voltar para casa. Mas o dia chega ao fim, tenho de voltar. Os sapos coaxam e cantam nos canais e nas valas, a penumbra rebrilha ao longe na casa. Ninguém sente minha falta. Ninguém se importa com o que falam para mim. Ninguém me pergunta para onde eu fui nem o que fiz. Todo mundo na casa está apenas dominado por essa novidade que estourou. Dayo vai morar na cidade com Stephen e sua família. Stephen vai mandar Dayo para a escola ou para a faculdade e apoiar seus estudos. Stephen vai transformar Dayo num médico, num advogado, o que for. Estava tudo acertado.

Era como um sonho. Só que veio na hora errada. Eu devia

estar feliz, mas sinto que agora tudo para mim está envenenado. Agora que Dayo está prestes a ir embora, começo a sentir que estou levando meu irmão caçula dentro de mim do mesmo jeito que Stephen leva seu filho: como uma coisa que pode quebrar e cortar. E ao mesmo tempo, me desculpem, tem um sentimento novo em meu coração. Estou apenas esperando meu pai e minha mãe, Stephen e a família toda de Stephen, todo mundo que estava lá naquele dia, e eu estou só esperando que todos eles morram, que enterrem minha vergonha junto com eles. Eu os odeio.

Mesmo hoje sou capaz de sentir ódio deles, quando devia ter melhores motivos para odiar gente branca, odiar este café, esta rua e essas pessoas que me mutilaram e estragaram minha vida. Mas agora o homem morto sou eu.

Antigamente eu tinha uma visão de uma cidade grande. Não era assim, não eram ruas assim. Eu via um parque bonito com grades de ferro altas e pretas, como lanças, antigas árvores grossas que cresceram no meio da calçada larga, chuva caindo da maneira como caía em cima de Robert Taylor em *A ponte de Waterloo*, e a calçada coberta de folhas lisas, de um formato perfeito, de cores bonitas, douradas, vermelhas e roxas.

Folhas de bordo. O filho de Stephen nos mandou uma folha dessas, não muito tempo depois de ir para Montreal fazer seu curso superior. O envelope é comprido, o selo é estranho e dentro do envelope, dentro de sua carta, está aquela folha de bordo bonita, uma entre milhares que estavam na calçada. Mexo o envelope e a folha nas mãos durante muito tempo, examino bem o selo e chego a ver o filho de Stephen andando na calçada ao lado do gradil preto. Faz muito frio e eu o vejo parar a fim de assoar o nariz, olhar para baixo, para as folhas, e aí ele pensa em nós, seus primos. Ele está usando um sobretudo para se proteger do frio e tem uma pasta embaixo do braço. É assim que penso nele em Montreal, prosseguindo seus estudos, feliz entre as folhas de bordo. E é assim que quero ver Dayo também.

Foi depois que o filho de Stephen partiu para Montreal que o ciúme em relação a Dayo estourou para valer na família de Stephen. Viviam avacalhando o menino. Punham Dayo para dormir na sala e ele tinha que fazer a cama no chão mesmo, depois que todo mundo havia ido dormir. Ele não tinha um quarto para estudar, como o filho de Stephen. Lia os livros na varandinha na frente da casinha de Stephen. A varandinha ficava quase na calçada e assim ele podia ver todo mundo que passava e eles também podiam ver o Dayo. Ver? Podiam até esticar a mão e virar a página do livro que ele estava lendo. No entanto, essa leitura e esse estudo constante que ele pratica ali na varandinha trazem para ele uma pequena fama e um respeito na região, e acho que é esse pequeno respeito que o pobre menino começa a adquirir que deixa a família de Stephen irritada. Acham que só eles que deviam estudar.

São sobretudo as filhas de Stephen que se lançam contra o menino, quando a gente imagina que elas deviam até se sentir orgulhosas do primo bonito. Mas não, como todas as pessoas pobres, elas querem ser as únicas a subir na vida. São os pobres que querem sempre manter os pobres por baixo. Assim eles acham que Dayo está pondo-os para baixo. Não me surpreenderia de um dia receber uma mensagem de Stephen dizendo que Dayo estava mexendo com suas filhas e se intrometendo na vida delas.

Dá para imaginar como todos eles ficaram contentes quando Dayo fez suas numerosas provas e não foi aprovado. Dá para imaginar como isso fez o coração deles se regozijar. O motivo era a escola ruim que Dayo frequentava. Ele não conseguiu entrar em nenhuma das escolas boas. Essas escolas viviam falando em falta de base e formação insuficiente e Dayo teve de ir para uma escola particular onde os próprios professores eram um bando de palermas sem nenhuma qualificação. Mas as filhas de Stephen nem olhavam para isso.

A gente pensa até que Stephen, depois de todo seu palavrório sobre progressismo, ia defender o Dayo e fazer alguma coisa para dar ao menino alguma ajuda e algum estímulo. Mas o próprio Stephen, depois que o filho foi embora, ficou muito engraçado. Não se interessa por nada, nem de longe; é que nem um homem de luto. É que nem um homem que espera a chegada de alguma notícia ruim, a tal coisa que ia quebrar em suas mãos e cortá-lo. Sua cara ficou meio inchada, seu cabelo ficou cinzento e descuidado.

Mas a primeira notícia ruim foi para mim. Chego em casa num dia de semana, cansado depois de trabalhar com o caminhão, e encontro o Dayo. Está bem vestido, parece um homem que faz uma visita. Mas diz que está indo embora da casa de Stephen para sempre, não vai voltar mais. Diz: "Eles estão tentando fazer de mim um menino de recados. Querem que eu fique entregando recados para eles". Dava para ver como estava sofrendo e dava para ver que tinha medo de que a gente não fosse acreditar nele e fosse obrigá-lo a voltar para lá.

Era o que meu pai gostaria de fazer. Ele coça os braços e esfrega com a mão o pelo cinzento e duro no queixo, fazendo o barulho de que tanto gosta, e diz, como se soubesse tudo e fosse muito sábio: "É o que a gente tem de suportar".

Então o pobre Dayo pôde apenas se virar para mim. E quando olhei para a cara dele, tão triste e assustada, senti meu corpo ficar fraco e trêmulo. O sangue subia e descia ligeiro nas minhas veias e meus braços começaram a doer por dentro, como se dentro deles tivesse um arame e o arame estivesse sendo puxado.

Dayo diz: "Preciso ir embora. Preciso me mandar. Sinto que, se eu ficar, aquela gente vai acabar me deixando aleijado com sua inveja".

Não sei o que dizer. Não tenho contatos com ninguém, não sei como mexer os pauzinhos. Stephen é que tem bons contatos, mas agora não posso pedir nada para o Stephen.

"Não tenho nada para fazer por aqui", diz Dayo.

"E os antigos campos de petróleo?", pergunto.

"Campos de petróleo, campos de petróleo. Os brancos ficam com os melhores empregos para si. O máximo que a gente pode conseguir por lá é ser um auxiliar de laboratório."

Auxiliar de laboratório, eu nunca tinha ouvido essa expressão e fico muito impressionado. A família de Stephen não dá o menor crédito para os estudos de Dayo, mas vejo quanto o menino progrediu nesses dois anos e como adquiriu um jeito novo de falar. Agora não fala mais tão depressa, sua voz não fica aumentando e diminuindo, ele usa muito as mãos e está pegando um sotaquezinho bonito, de um jeito que às vezes até parece uma mulher, fala da maneira como falam as pessoas instruídas. Eu gosto desse seu novo jeito de falar, embora eu fique meio sem graça de olhar para ele e pensar que meu irmão agora é um mestre da língua. Então agora ele começa a falar e eu deixo que fale à vontade e, enquanto fala, perde a tristeza e o medo.

Aí pergunto para ele: "O que vai estudar quando for embora? Medicina, contabilidade, direito?".

Minha mãe pula da cadeira e diz: "Não sei por que, mas desde que Dayo era pequeno sempre achei que ele deveria ser dentista".

Essa é a inteligência dela, e a gente sabe muito bem que ela nunca pensou que Dayo ia ser dentista nem coisa nenhuma, até aquele exato momento. A gente deixa que ela diga o que tem de dizer e depois ela vai para a cozinha, e Dayo começa a falar da sua maneira. Não me dá uma resposta direta, está preparando alguma coisa, até que afinal acontece. Ele diz: "Engenharia aeronáutica".

Essa é mais uma expressão que nunca ouvi, como auxiliar de laboratório. Fico um pouco assustado, mas Dayo diz que na Inglaterra tem uma faculdade onde é só chegar e pagar as mensalidades. De todo jeito, nós concordamos. Ele ia fazer seu curso superior na área da engenharia aeronáutica.

E assim que concordamos com isso, Dayo começa a se comportar como se fosse um prisioneiro fugitivo, como se tivesse um navio para embarcar, como se não pudesse ficar nem mais um mês na ilha. Aconteceu que na verdade ele já tinha mesmo um navio para embarcar. Aconteceu que na verdade Dayo tinha uns amigos com quem ele queria ir para a Inglaterra. Então eu fico correndo para lá e para cá, arrecadando dinheiro com uns e outros, assinando meu nome numa porção de papéis, até que a questão do dinheiro afinal fica resolvida.

Tudo acontece muito depressa e lembro que, quando vi Dayo embarcar no navio com um sorriso, pensei que era um desses momentos em que a gente só consegue pensar direito tempos depois. Quando o navio parte e vejo a água oleosa entre o navio e o cais, meu coração afunda. Fico meio enjoado, sinto que aquilo tudo foi fácil demais, que uma coisa tão fácil assim não pode acabar bem. E ainda por cima tem minha tristeza por causa do menino que foi embora, aquele menino esguio em seu terno novo.

A saudade me domina. Em minha mente, ponho a culpa em Stephen e na sua família, por causa de sua inveja. E não consegui evitar: dois ou três dias depois que Dayo partiu, fui até a cidade e à casa de Stephen.

Era uma casinha de madeira antiquada e sem graça, numa parte ruim da cidade, e me deu vergonha pensar que antigamente eu via o Stephen como se fosse um homem importante. Agora vejo que, na cidade, Stephen não é grande coisa, que toda a sua esperança e toda a esperança de suas filhas se resumem ao filho que estuda em Montreal. Para eles, o rapaz é como um príncipe. E naquela casinha, sem jardim na frente e quase que sem quintal nos fundos, eles vivem como a Branca de Neve e os sete anões, com seus quadrinhos estrangeiros nas paredes, em sua salinha acanhada, e com suas pecinhas de mobília lustradas. Dá a sensação de que a gente tem de se abaixar, de que se a gente andar normalmente vai acabar quebrando alguma coisa.

Era final da tarde quando cheguei. Todo mundo em casa. Stephen na cadeira de balanço na varanda. Fiquei surpreso ao ver como Stephen parecia envelhecido. O cabelo na cabeça agora estava cinzento de verdade, curto e duro, e meio levantado. Todo mundo olha para mim como se tivessem a impressão de que eu estava ali para criar alguma encrenca. Eu os decepciono. Dou um beijo na bochecha de Stephen e dou um beijo em sua esposa. As garotas fingem que não me veem e para mim está bem assim.

Servem um chá. Não do nosso jeito bruto, de gente do campo, leite condensado, açúcar mascavo e chá, tudo junto e misturado. Não, meu amigo. Chá, leite, açúcar branco, tudo separadinho. Finjo que sou um dos sete anões e faço tudo o que querem que eu faça. Então, como eu já esperava, perguntam sobre Dayo.

Mexo meu chá com a colherzinha de chá que me dão, tomo um gole, baixo a xícara e digo: "Ah, Dayo. Ele foi embora. No *Colombie*".

Stephen fica tão surpreso que para de se balançar. Então começa a sorrir. Fica de um jeito que parece meu pai.

A esposa de Stephen, a própria senhorita Cristã Sem-Vergonha de Vestido Curto, pergunta: "E por que ele foi embora? Foi procurar trabalho?".

Levanto a xícara de chá e digo: "Foi fazer seu curso superior".

Agora Stephen ficou agitado. "Curso superior? Mas ele nem começou o curso inferior."

"É um ponto de vista", digo, usando palavras que peguei emprestadas de Dayo.

Uma das garotas, umazinha de fato bonita e maliciosa, resolve botar as manguinhas de fora e pergunta: "E o que é que ele vai estudar?".

"Engenharia aeronáutica."

O choque fica estampado na cara de Stephen e sinto vontade de rir. Agora ficam todos loucos de inveja. As garotas todas se agitam, ficam de pé à minha volta naquela salinha acanhada como se estivessem brincando de roda e eu estivesse no meio. Eu fico só bebendo meu chá bem devagarzinho na xicarazinha deles. Nas paredes, puseram aqueles quadros e aquelas fotos de imagem estrangeiras, como que para mostrar que, por serem cristãos e tudo, eles conhecem aquelas coisas.

"Engenharia aeronáutica", diz Stephen. "Ele ficaria bem melhor pilotando um táxi entre o aeroporto e a cidade."

As garotas dão uma risadinha e a esposa de Stephen sorri. Stephen é o gozador outra vez, o homem no comando da situação, e para sua família tudo agora está bem de novo. Eles ficam um pouco mais felizes. Percebo que se eu ficar ali mais um tempo vou acabar tendo de xingar alguém, por isso me levanto e saio. Quando saio, escuto uma das garotas rir, e nem consigo dizer como meu coração fica cheio de ódio.

Na manhã seguinte, acordo às quatro horas e o ódio continua dentro de mim. O ódio me devora e fica me devorando até o sol raiar e até eu levantar da cama, e durante o dia inteiro o ódio me devora enquanto trabalho, dirigindo o caminhão para lá e para cá, indo e voltando das minas de saibro.

De tarde, o trabalho encerrado, o caminhão estacionado embaixo da casa, pego o táxi e vou de novo à cidade, direto para a casa de Stephen. Não sabia o que ia fazer. Metade do tempo eu pensava que ia fazer as pazes com eles de novo, que eu ia achar graça das piadas de Stephen e mostrar que era capaz de rir das piadas.

Mas esse é o caminho da fraqueza e seria bobagem e uma coisa errada, porque não se pode rir com o inimigo. Quando a gente descobre quem é nosso inimigo, tem de matar o inimigo antes que ele mate a gente. E assim, com a outra metade de minha mente, eu pensava que ia chegar lá e quebrar tudo o que tinha dentro da casa, que ia sacudir no ar uma daquelas cadeiras de pau e rodar a cadeira de uma parede até a outra, de uma veneziana até a outra, em todos aqueles quartinhos, fazer em pedaços todos aqueles ornatos em relevo.

Aí aconteceu uma coisa esquisita. Talvez tenha sido porque acordei cedo demais naquela manhã. A prisão de ventre que senti o dia inteiro parou de uma hora para outra e, na hora em que chego à casa de Stephen, estou morrendo de vontade de ir ao banheiro.

Aí corro para dentro da casa. Stephen está se balançando na cadeira na varandinha. Mas eu não digo nada para ele, não digo nem boa tarde nem nada para sua esposa e suas filhas. Atravesso a casa direto até o banheiro e fico lá dentro um tempão, dou a descarga e espero até a caixa encher de novo e dou a descarga outra vez. Aí saio do banheiro, atravesso a casa sem falar nada para ninguém e vou direto para a rua, e a sensibilidade volta para meus braços, não tem mais nenhum sinal daquela sensação de um arame sendo puxado dentro dos braços, aí eu caminho e caminho até minha cabeça acalmar e então pego um táxi para casa, para o entroncamento.

Na manhã seguinte, outra vez, acordo no escuro às quatro horas, mas dessa vez estou assustado. Só sinto vontade de chorar e de rezar pedindo perdão e começo a entender que tem alguma coisa errada comigo, que minha vida e minha mente não estão bem. Até o ódio dentro de mim fraqueja. Não consigo sentir ódio. Começo a me sentir perdido. Penso em Dayo doente e deitado no chão na casa velha e penso nele partindo no navio *Colombie*. E mesmo quando me levanto de manhã, me sinto perdido.

Espero o castigo. Não sei o que vai vir, mas todo dia eu espero. Todo dia espero alguma notícia de Dayo, mas ele não escreve. Tenho vontade de voltar para a casa de Stephen, só voltar lá, sentar e não fazer nada, nem sequer falar. Mas nunca vou.

E aí Stephen recebe notícias de seu filho. E a novidade é que o filho de Stephen ficou bobo em Montreal. O curso superior e a pressão do pai foram demais para ele e em Montreal ele ficou bobo que nem os cães da polícia ficam bobinhos, feito bichos de estimação, se a gente mata seus treinadores. Agora Stephen recebe sua cota de más notícias! O príncipe não vai voltar e, naquela casinha na cidade, a família inteira fica arrasada de verdade.

Meu pai diz: "Eu sempre falei que o Stephen ia ser derrubado por aquele menino".

Ele sente que venceu. Não faz nada; só espera e vence. Mas lembro do meu próprio ódio, o ódio que me dava enjoo, e tenho vontade de matar todos eles.

Agora penso na folha de bordo que o menino mandou para nós no envelope do correio aéreo com aquele selo esquisito. Penso nele caminhando pela rua com seu sobretudo e sua pasta, enquanto leva adiante seu curso superior. A rua continua lá, a chuva cai na rua mil vezes, as folhas continuam sobre a calçada junto ao gradil preto. Agora tenho vontade de andar eu mesmo naquela calçada, no meio das folhas esquisitas. Folhas esquisitas, flores esquisitas que às vezes eu apanho. Tenho papel; o papel tem linhas que nem o caderno de um aluno do fundamental, e um número; e Frank escreve meu nome com sua própria letra no alto da linha pontilhada. Mas não tenho ninguém para quem escrever e mandar uma folha ou uma flor.

A água preta, o navio branco, as luzes cintilantes. E dentro do navio, bem mais abaixo, todo mundo já se sente que nem prisioneiros. As luzes suaves, todos em seus beliches. De manhã a água está azul, mas não dá para ver a terra. A gente está só indo para onde o navio está indo, a gente nunca mais vai ser pessoas livres. O navio tem cheiro de vômito, como a porta dos fundos de um restaurante. Noite e dia, o navio se movimenta. O mar e o céu perdem a cor, tudo está cinzento.

Não quero que o navio pare, não quero chegar a terra outra vez. No beliche embaixo de mim está um joalheiro chamado Khan ou Mohammed. Vive com aquele chapéu na cabeça o tempo todo e a gente até pensa que usa o chapéu só de brincadeira. Mas ele não está rindo, sua cara é pequena e ele já fala em voltar. Eu não posso voltar, vou ter que ficar. Não sei como me meti nessa arapuca.

A terra se aproxima e certa manhã, no meio da chuva, a gente vê a terra, mais branca do que verde, não tem cor nenhuma lá. O navio para de repente, fica muito silencioso, e na água lá embaixo tem um bote e alguns homens em capas impermeáveis. A gente vê os homens se mexendo, mas não dá para ouvir o que falam. E depois de tantos dias no mar, tudo dentro e em redor daquele bote está muito brilhante, como se um filme em preto e branco tivesse ficado colorido de repente. A água balança muito e é profunda e verde, as capas impermeáveis são muito amarelas, os rostos das pessoas são muito rosados.

A terra misteriosa pertence a eles, os estranhos somos nós.

Nenhuma daquelas casas lá debaixo da chuva pertence à gente. A gente não consegue se ver caminhando por aquelas ruas tão planas ao pé daquele penhasco. Mas é para lá que a gente tem de ir e, assim que todo mundo desce para a lancha com sua bagagem, o navio toca o apito. Ele é branco, grande e seguro, está dando até logo, tem pressa para ir embora e deixar a gente para trás. O filme colorido acabou, a imagem muda. Agora só tem barulho, correria e bagagem, trem e trânsito. Pronto, aí está, e a gente já parece uma pessoa com antolhos na cara.

Digo a mim mesmo que venho para a Inglaterra para me encontrar com Dayo e procurar por ele, cuidar bem dele, enquanto faz seu curso superior. Mas não vejo Dayo no cais e não o vejo na estação de trem. Ele me deixa sozinho. Faço o que vejo as outras pessoas fazerem e vou tocando o barco. Arranjo um emprego, consigo um lugar para morar em Paddington. Decoro os números dos ônibus e os nomes dos lugares; observo a estação do ano mudar do frio para o quente. Vou tocando o barco, vou me virando, mas só porque tenho a sensação de que essa não é a minha vida. Sinto o mesmo que senti no navio, que perdi, que desperdicei.

Então, depois de tantas semanas em que ele me deixou só imaginando uma porção de coisas, Dayo me escreve. Tenta pôr a culpa em mim; diz que teve de escrever para casa para conseguir meu endereço. Ele está em outra cidade. Não escreve nada sobre seus estudos de engenharia aeronáutica, mas diz que acabou de concluir um curso particular e que tirou um diploma e agora quer uma ajuda para se mudar para Londres e continuar estudando mais um pouco.

Tiro um dia de folga na fábrica de cigarros, saco algumas libras na agência do correio e vou de trem para a cidade onde ele está. Agora é sempre assim. Vivo pegando trens e ônibus para lugares estranhos. A gente nunca sabe em que tipo de rua vai se encontrar, em que tipo de casa a gente vai bater.

A rua é sólida, cheia de casinhas cinzentas de tijolos. Só uns poucos passos do portão até a porta da casa e o homem que abre a porta fica doido assim que ouve meu nome. É um velho miúdo, o colarinho muito folgado no pescoço e não consigo entender direito seu sotaque. Mas entendo que diz que Dayo está devendo a ele doze libras de aluguel, que Dayo fugiu sem pagar e que não vai devolver a mala de Dayo até receber seu dinheiro. Começo logo a ter ódio do sujeitinho e de sua casa bolorenta. A sujeira brilha nas paredes e quando vejo o pequeno cubículo pelo qual cobra três libras por semana, tenho de fazer força para me controlar. Agora a gente tem de se controlar o tempo todo, e nem sei qual é a vantagem disso.

No cubículo, vejo a mala de Dayo, ainda com a etiqueta adesiva do navio *Colombie*. Pago a dívida e apanho logo a mala. Não sei em que lugar dessa cidade pode estar o Dayo, onde é que andou escondido nessas quatro semanas que passaram, mas, feito um bobo com aquela mala pesada, como se eu mesmo tivesse acabado de desembarcar do navio, fico andando para lá e para cá, pelas ruas, olhando.

Mesmo quando volto à estação de trem, não consigo me decidir a ir embora. A sala de espera vazia, os bancos riscados à faca, com traços compridos e fundos, que deixam os dentes tensos só de olhar. Tento pensar em todos os dias que Dayo passou sozinho nessa cidade, todos os dias em que ele também viu o dia virar noite sem saber a quem procurar nem a quem pedir ajuda. E enquanto o trem me leva de volta para Londres, sinto ódio de tudo que vejo, casas, lojas, trânsito, todas aquelas pessoas estabelecidas, aquelas crianças que brincam nas áreas livres.

Na estação de trem, de novo espero, pego o ônibus e depois

pego outro ônibus. E aí, lá na frente da minha casa, quando viro na esquina carregando aquela mala pesada, vejo o Dayo, com o mesmo terno que vestia quando embarcou no *Colombie*.

Parece que está esperando há muito tempo, como se tivesse quase esquecido o que é que estava esperando. Não está magro; na verdade, está mais corpulento. Assim que me vê, fica triste e as lágrimas escorrem de meus olhos. Quando descemos para o porão, nos abraçamos e sentamos juntos no sofá-cama. Sinto vergonha de notar isso, mas ele tem um cheiro ruim, suas roupas estão sujas.

Ele deita a cabeça no meu colo e dou umas palmadinhas de leve em sua cabeça, como se ele fosse um bebê, fico pensando em todos os dias que ele passou sozinho, sem mim. Ele bate a cabeça de leve no meu joelho e diz: "Não tenho confiança em mim mesmo, irmão. Perdi minha confiança". Olho para seu cabelo comprido em que nenhum barbeiro encosta há semanas, espio por dentro do seu colarinho sujo. Vejo seus sapatos sujos. Ele diz várias vezes: "Não tenho mais confiança em mim mesmo, não tenho mais confiança em mim mesmo".

Todas as coisas ruins que eu queria dizer para ele ficam de lado. Eu o balanço no meu colo até eu pôr a cabeça no lugar outra vez e vejo que escureceu lá fora, a luz do poste na rua está acesa. Não quero que ele faça nenhuma bobagem por causa de seu falso orgulho. Quero achar uma saída para ele. Então pergunto: "Você não quer continuar seus estudos?". Ele não responde. Apenas soluça e chora. Pergunto de novo. "Não quer continuar a estudar mais um pouco?" Dayo levanta a cabeça, assoa o nariz e responde: "Está certo, irmão. Eu gosto de estudar". E dá para ver que ele está mais feliz, que ele só estava um pouco preocupado, solitário e desanimado; e que agora na verdade tudo vai ficar direito.

Na cozinha, na hora em que acendo a luz, baratas saem

correndo para todo lado, por cima do fogão sujo, por cima da panela e da frigideira amassadas. Trago leite e pão e uma latinha de sardinhas New Brunswick.

É noite de lua cheia e a mulher branca e velha no andar de cima começa a cena que repete sempre que tem lua cheia, berra e briga com o marido, esbraveja e roga pragas, até que um dos dois põe o outro para fora de casa.

Acendo um foguinho na lareira, mais gravetos e jornal do que lenha mesmo, e Dayo e eu nos sentamos e comemos. Só lamento de verdade o fato do porão não ter nenhum lugar para tomar banho. Mas no dia seguinte Dayo irá a um banho público, custa seis *pence*, incluindo uma toalha macia e velha. Agora, a lareira acanhada deixa o quarto mais do que morno, a umidade seca um pouco. O rato logo sente o cheiro de comida: escuto o bicho raspando as unhas na caixa que coloquei na porta de sua toca. Nesse porão, é que nem morar num acampamento. Pouco depois de me mudar para lá, faço uma brincadeira que é colocar um espelhinho de mão de mulher bem no meio da parede em cima da lareira. Agora Dayo está presente para rir da brincadeira.

Puxamos a parte da cama do sofá-cama, arrumamos o lençol. Chego até a esquecer o cheiro de rato morto, de sujeira velha, de gasolina e de ferrugem. No andar de cima, a velha põe o marido para fora de casa. Quando acordo no meio da noite, é porque o marido está gritando da calçada ou está esmurrando a porta. De manhã, tudo está tranquilo. A loucura mensal passou.

Então, de repente, a tristeza e o temor passam e chega o tempo feliz. O tempo feliz chega e não vai embora, e eu começo a esquecer. Stephen e sua família, meu pai e minha mãe, a cana-de-açúcar, a lama e a casa do homem rico que vai apodrecendo, o navio de noite e a terra misteriosa ao amanhecer, esqueço tudo isso. Está longe, como uma outra vida; nada disso pode mais me tocar. E naquele porão, com a velha doida no andar de cima, à medida que os meses de Londres passam, tenho a impressão de que tomo minha vida de volta, morando sozinho com Dayo e sem conhecer mais ninguém.

Arrumo o quartinho dos fundos para Dayo, com uma luminária de leitura e tudo, e ele começa a estudar regularmente. Recupera sua confiança e parece que o que ele diz é verdade, que ele gosta mesmo de estudar, porque assim que tira um diploma começa a estudar para tirar outro. Nas roupas novas que compro para ele, Dayo parece bonito, até elegante. Aprimora sua maneira de falar e, para mim, parece que está muito bem, como qualquer pessoa formada num curso superior. Conheço minha própria ignorância e não me intrometo em seus estudos. Deixo que faça as coisas do seu jeito e não se apresse. Não quero que mais nada aconteça com ele. Para mim, já é ótimo que ele esteja aqui.

E dá até para dizer que comecei a gostar da vida na cidade grande. Lá em nossa terra, onde as pessoas tratam a gente com brutalidade e no geral se comportam como se trabalhar fosse um crime e um castigo, eu sempre preferi ser patrão de mim mesmo. Mas aqui comecei a gostar da fábrica. Ninguém fica vigiando você; você não é inferior a ninguém; ninguém zomba de você. Gosto do cheiro forte e gostoso de tabaco e passei até a gostar da máquina que manobro, com os cigarros que vêm vindo por uma peça comprida, tão comprida e tão forte que você pode até subir em cima dela. Nunca imaginei que o trabalho pudesse ser assim, que pensar que a fábrica está sempre lá e que eu posso sempre ir lá de manhã ia me fazer sentir bem.

Toda sexta-feira, dão para a gente cem cigarros de graça. Esses cigarros têm uma marca-d'água especial, mas aqueles caras do Paquistão nem sempre se contentam com isso e alguns arranjam confusão. Um cara branco, na saída, começou a andar que nem um caubói de salto alto. Quando pararam o sujeito, descobriram que seus sapatos estavam entupidos de tabaco. Essas coisas vivem acontecendo. A fábrica é feito uma escola, no início a gente não gosta, mas depois vai gostando cada vez mais.

Não tem aquela correria com o caminhão, ninguém fica batendo na gente o tempo todo e a gente recebe o dinheiro num envelopinho de papel pardo, como se a gente fosse uma espécie de funcionário público ou profissional formado. Trabalho direito, dinheiro direito. Depois de alguns meses, termino de pagar o empréstimo que peguei com o agiota em nossa terra e aí começo até a economizar um pouco para mim. Não guardo esse dinheiro em casa, como meu pai fazia com seus poucos centavos. Levo direto para a agência do correio; tenho minha própria conta lá. Um dia descobri que tinha cem libras. Minhas libras, não era dinheiro emprestado nem nada. Cem libras. Eu me sinto seguro. Nem consigo dizer como me sinto seguro. Toda vez que penso nisso, fecho os olhos e ponho a mão no coração.

Mas é o que acontece quando a gente fica feliz demais. A gente esquece coisas demais. Essas cem libras fazem com que eu me esqueça de mim mesmo. As cem libras enfiam umas ideias na minha cabeça. Me fazem esquecer por que estou em Londres. Agora quero me sentir mais do que seguro. Quero ver esse dinheiro crescer, quero ver os caixas anotando mais números no registro da minha conta toda semana, com sua caligrafia variada. Isso virou uma espécie de loucura dentro de mim. Sei que é bobagem e não conto nada para Dayo; mas ao mesmo tempo o segredo me dá prazer. E é porque eu quero ver esse dinheiro crescer semana após semana que arranjo um segundo emprego. Procuro um pouco e arranjo um trabalho noturno na cozinha de um restaurante.

E então começo a ficar zonzo de tanto trabalho e minha vida toda se transforma numa longa jornada de trabalho. Acordo às seis. Às sete, Dayo continua dormindo e eu saio de casa para ir à fábrica de cigarros. Volto para o porão às seis da tarde, às vezes Dayo está em casa, às vezes não está. Às oito, saio para trabalhar no restaurante e volto à meia-noite ou até mais tarde. Para mim, Londres são as viagens de ônibus, de manhã, de tarde, de noite, a fábrica, a cozinha do restaurante, o porão. Sei que é demais, mas para mim isso faz parte do prazer. É que nem quando a gente está magro e doente e aí a gente quer ficar cada vez mais magro só para ver até que ponto consegue emagrecer. Ou é que nem essas pessoas gordas que não gostam de ser gordas, mas mesmo assim querem ver até que ponto é possível engordar: ficam o tempo todo olhando para a própria sombra e é como se isso fosse seu passatempo secreto. Então agora eu vivo cansado quando deito para dormir, e estou cansado já de manhã, mas gosto do meu cansaço e tenho prazer com ele. Também é que nem o segredo, que nem o dinheiro que vai aumentando, cinquenta, sessenta libras por mês. E o cansaço vem sempre no meio da manhã.

Sinto que Dayo ia me avacalhar se soubesse que maluquice tomou conta da minha mente. Não fala nada, mas sei que ele, como um estudante em Londres, não pode na verdade ter nenhuma satisfação com o fato de seu irmão trabalhar na cozinha de um restaurante. Mas à medida que os meses passam, e passa um ano, e passam dois anos, e à medida que a vida resiste e o dinheiro vai aumentando, descubro que o dinheiro me dá força. E como o dinheiro me dá força, posso aguentar qualquer coisa. Não me importo com o que as pessoas dizem nem com o jeito como me olham. Quando eu não tinha dinheiro, sentia ódio do porão e tinha umas fantasias sobre comprar roupas bonitas não só para Dayo mas também para mim. Mas agora não me importo nem um pouco com minhas roupas e chego até a vibrar de entusiasmo quando penso que ninguém que me vê passar na rua ou sair do porão em minhas roupas de trabalho acreditaria que possuo mil libras depositadas na agência do correio, que tenho mil e duzentas libras, mil e quinhentas.

Eu mesmo mal consigo acreditar nisso. Vida em Londres! É isso o que as pessoas vivem falando na minha terra, querendo dizer uma porção de coisas boas. Eu não procurei por isso. Não foi por isso que vim para cá. Mas sinto que agora essa vida chegou e, se eu tinha medo de alguma coisa, era que minha força não fosse suportar, que Dayo fosse terminar seus estudos e me deixar sozinho no porão e que a vida fosse chegar ao fim.

É verdade. Aquele é o tempo feliz, a época em que Dayo mora no meu porão e eu trabalho feito um homem com antolhos na cara, quando tenho de ir para a fábrica todo dia de manhã e para o restaurante toda noite, quando posso aproveitar um domingo como nunca antes fui capaz de aproveitar um domingo. Às vezes penso no meu primeiro dia e naqueles homens de capas impermeáveis amarelas na água verde e profunda de manhã. Mas agora, para mim, isso parece uma memória de outra pessoa, feito alguma coisa que eu mesmo estou inventando.

Loucura. Como um homem é capaz de se enganar desse jeito? Olhe só para essas ruas agora. Olhe para essas coisas e para essas pessoas que eu nunca vi. Elas também têm sua vida; a cidade é delas. Não sei onde eu pensei que estava, me comportando como se a cidade fosse uma cidade fantasma, que funcionava sozinha, e isso é uma coisa que eu descubro por conta própria. Frank nunca vai entender. Ele nunca vai ver a cidade que eu vejo; ele nunca vai entender como eu trabalho desse jeito.

Ele está só me interrogando e sondando a respeito de capatazes que me insultam na fábrica, pessoas que brigam comigo no restaurante. Ele vive me aborrecendo com suas perguntas sobre discriminação. Ele é meu amigo, o único amigo que tenho. Só eu sei como ele me ajudou, de que buraco fundo ele me tirou. Mas ele vive me fazendo perguntas o tempo todo, porque prefere me ver fraco. Ele gosta de abrir buracos na minha frente para eu cair; fica aflito para me empurrar no escuro.

Sua atitude, no café e depois no ponto de ônibus e dentro do ônibus, é assim: cuidado, este homem aqui do meu lado é fraco, este homem está sob a minha proteção. Quando ele age desse jeito, tem a capacidade de retirar toda a força de mim, ele com seus sapatos brilhantes e seu bonito paletó de tweed. Como se no passado eu não fosse capaz de entrar numa loja e comprar doze ternos de tweed e pagar à vista.

Mas agora o dinheiro foi embora, tudo foi embora e eu só tenho este terno e ele está cheirando mal. Mas aqui tudo cheira mal mesmo. Na minha terra, lá na minha terra, as janelas estão sempre abertas e tudo fica limpo ao ar livre. Aqui, tudo vive fechado dentro de casa. Mesmo dentro do ônibus, não sopra nenhuma brisa.

Em algum lugar da cidade, Dayo está casando hoje. Não sei onde ele pensa que está.

Trabalho, trabalho, economizo, economizo, o dinheiro aumenta, aumenta, e quando chega a duas mil libras, fico atordoado. Não tenho a sensação de que aquilo pode continuar. Sei que a vida tem de parar em algum momento, que não posso continuar a viver com dois empregos, que alguma coisa tem de acontecer. E agora a ideia de trabalhar e economizar outros dois mil dólares é demais para mim. Então paro totalmente de trabalhar. Largo a fábrica de cigarro, largo o restaurante. Pego minhas duas mil libras na agência do correio e resolvo usar o dinheiro.

É ignorância, é loucura. É a loucura que o próprio dinheiro traz. O dinheiro me faz sentir forte. O dinheiro me dá a sensação de que dinheiro é fácil. O dinheiro me faz esquecer como é difícil ganhar dinheiro, que levei mais de quatro anos para poupar o que tenho agora. O dinheiro na minha mão, duas mil libras, me faz esquecer que meu pai jamais ganhou mais do que dez libras por mês pelo seu trabalho com a carroça de burro, que ele criou todos nós com essas dez libras por mês e que dez vezes doze dá cento e vinte, que o dinheiro que tenho na mão é o pagamento de quinze ou dezesseis anos de trabalho do meu pai. O dinheiro me dá a sensação de que Londres é minha.

Saco o dinheiro e faço com ele o que vejo as pessoas fazerem na minha terra. Compro um negócio. É a loucura que age dentro de mim, a loucura do dinheiro. Não conheço Londres e não sei nada de negócios, mas compro um negócio. Em minha mente, estou fazendo cálculos que nem essas pessoas que na minha terra compram um caminhão, trabalham com ele e aí compram um segundo caminhão, compram um outro e mais um.

O negócio que eu tinha em mente era montar uma pequena lanchonete de comida indiana. Não um restaurante, uma coisa mais parecida com uma barraquinha que o pessoal arma do lado de fora de uma pista de corrida, duas ou três baciazinhas de curry no balcão de um lado, um montinho de pães indianos *rotis* ou *chapattis* ou *dalpuris* no outro lado. Uma porção de mulheres na minha terra se dão muito bem desse jeito. A ideia me veio assim, do nada, um dia, quando eu ainda estava na fábrica de cigarros, e nunca mais me largou. E porque a ideia me veio assim, de repente, como se alguém tivesse me dado essa ideia, tenho a sensação de que é boa, de que está certo. Dayo não ficou muito interessado. Ele fala muito desse jeito que a gente tem de falar: fala, fala e acaba deixando a gente sem saber o que ele quer dizer. Não sei se ele está com vergonha ou se acha a ideia de uma barraquinha de comida indiana em Londres uma coisa engraçada demais, uma recordação de nossa terra e das coisas simples de lá. Deixo Dayo falar.

O primeiro choque que tenho é o preço das propriedades. Mas não fico assustado, não paro. Não, a loucura tomou conta de mim, não consigo recuar. Eu me comporto como se tivesse um trem para pegar em tal hora, mas antes disso, antes de pegar o trem, eu tivesse de gastar meu dinheiro. E o estranho é que, assim que a primeira soma de dinheiro vai embora, para pagar o aluguel de alguns anos de uma lojinha precária naquela rua degradada, assim que essa soma deixa de fato minha mão, entendo que é uma bobagem, sinto que todo o dinheiro foi embora e que não tenho mais nada. Sinto que o negócio já foi para o buraco. Sinto que começo a sangrar e que sou como um homem que anda atrás de um motivo para perder toda a coragem que tem.

Então, em apenas quatro ou cinco semanas, o mundo inteiro se transforma outra vez para mim. Não sou mais forte e rico, não sou mais aquele que não se importa com o que as pessoas dizem ou pensam. Agora, de repente, sou um pobre e minha miséria me deixa preocupado, eu começo a lamentar as pequenas coisas que não dei a mim mesmo, como paletós de tweed de doze libras, que agora, depois que paguei os decoradores, os eletricistas e os fornecedores, não posso mais pagar.

E aí esbarro em preconceitos e regulamentos. Na minha terra, a gente pode colocar uma mesa na porta de casa a qualquer hora e começar a vender o que quiser. Aqui, eles têm regulamentos. Esses homens desconfiados, em ternos de tweed e de flanela, alguns são jovens, uns caras bem jovens, e aparecem com seus formulários e me pressionam de todos os lados. Não querem me deixar em paz nem por um minuto. São cheios de advertências, não sorriem, não gostam de nada que eu faço. E tenho de fazer compras, cozinhar, limpar, e a região não é boa e o negócio vai mal, e por mais que eu trabalhe duro e acorde cedo, isso não adianta nada.

Já estou vendo que vou acabar me matando. A pouca coragem que ainda continua a existir dentro de mim vai embora, some, e a visão secreta que eu tinha de comprar Londres, a bobagem que na verdade eu sempre soube que era bobagem, explode. Sem minhas duas mil libras na agência do correio, sem meu dinheiro vivo, eu ficava sem minha força, feito Sansão sem seu cabelo.

Quando os homens de paletó de flanela vão embora, chegam os jovens ingleses mal-educados. Não sei por que são atraídos para minha lanchonete, por que foi que me escolheram. Metade do tempo, não consigo entender o que dizem, mas não são nem de longe pessoas com quem a gente possa fazer amizade. Eles apenas se vestem muito bem e depois vêm arrumar confusão. Às vezes comem e não pagam; às vezes quebram pratos, copos, e entortam os talheres. Isso vira mais ou menos o passatempo predileto deles, um monte deles contra mim, sozinho. Essa é a coragem e a educação que eles têm. E não tem ninguém do meu lado.

Antes, nos tempos do trabalho pesado, quando eu tinha dois empregos, no tempo do dinheiro, esse era o tipo de coisa que não me importava nem um pouco. Mas agora tudo me incomoda. Não consigo suportar a maneira como esses safados falam, riem, se vestem, e sinto que meu coração está ficando cheio de ódio outra vez, como era antes, com Stephen e sua família, aquele ódio que me dava enjoo.

Dayo devia ter me ajudado. Ele era meu irmão. Foi por causa dele que juntei o dinheiro. Foi por causa dele que embarquei naquele navio. Mas agora ele me abandona. Ele está lá comigo no porão; às vezes ainda comemos juntos no domingo; mas sua atitude é de quem diz que o que eu faço é só da minha conta, que ele tem suas próprias coisas para cuidar. Ele está levando a vida ao seu jeito, continua seus estudos ou faz sei lá o quê. Às vezes a luz de seu quarto está acesa quando chego em casa; às vezes ele chega na ponta dos pés mais tarde; de manhã, quando saio de casa, está sempre dormindo. Ele existe. Não dá para esquecer. E então meu coração começa a se voltar contra ele também.

Começo a sentir ódio do jeito como ele fala. Começo a pensar muito nele. Antigamente, ele era o menino bonito, que usava Tônico Capilar de Vaselina e penteava o cabelo que nem Farley Granger. Agora dava para ver que sua cara estava virando nada mais do que uma cara comum de trabalhador, e nem tinha a dureza que a cara de meu pai ganhou com o trabalho duro e o sol. E quando começa a falar daquele jeito que ele tem de falar — e ele pode começar a falar de qualquer assunto, é só a gente dizer: "Dayo, me dá um fósforo" —, me dá a sensação de que tem alguma coisa errada com ele, que alguém que usa as palavras desse jeito não está legal. Ele continua com seu sotaque, mas parece um homem que não tem nenhum controle sobre sua fala, como se fosse a primeira vez que falasse naquele dia, como se não houvesse ninguém em Londres com quem pudesse conversar.

E aí naquele tempo começo a me preocupar com o Dayo. A lanchonete de comida indiana está sempre lá para me dar preocupação, mas agora para mim isso é o passado. Faço meu trabalho duro, desperdiço meu dinheiro e minha recompensa. Não posso recomeçar tudo. Não posso voltar para a fábrica de cigarro, para aquelas ultrajantes garotas analfabetas e para aquela viagem comprida no frio da manhã até a fábrica. Isso acabou. Agora me concentro em Dayo, meu irmão. Observo seu rosto, observo a maneira como anda, como faz a barba. Ele não entende; fica só falando daquele seu jeito afeminado. Não digo nada para ele. Nem sei o que eu penso. Só olho para ele e observo bem.

Certa manhã, acordo cedo porque ejaculo no meio do sonho. É a segunda vez que acontece; a primeira foi quando eu era menino. Me deixa esgotado, sujo e com vergonha. Quero falar com Dayo, pedir que me desculpe, porque isso, a coisa que acaba de acontecer comigo, é uma coisa que nunca pensei sobre ele. Tenho a sensação de que decepcionei Dayo, de que eu o traí em meu coração e sinto que eu gostaria de falar com ele, fazer as pazes, conversar como nos velhos tempos. Sinto que tenho de mostrar para Dayo que eu sempre o amei e amo.

Entro no quartinho dele nos fundos, a luz do início da manhã no quintal atravessa as cortinas finas e eu olho para o menino que tem cara de trabalhador e dorme na estreita cama de ferro. Sobre a mesa, que eu cubro com um impermeável vermelho para ele, está a luminária de leitura que arranjei para ele poder estudar, seus livros grandes, e os livros de capa mole que ele às vezes lê para relaxar, e o pequeno rádio transistor que pediu para eu comprar para ele poder ouvir sua música pop.

Uma cara de trabalhador. Mas a tristeza do rosto que dorme me choca, e a pequenez do quarto, e a parede de concreto do lado de fora da janela, e aquele quintal onde não bate sol nenhum. E me pergunto aonde tudo isso está levando, o que vai acontecer com ele e comigo, se algum dia ele vai pegar aquele navio de volta, desembarcar numa bela manhã ensolarada, pegar um táxi para o entroncamento e passar por lugares que ele conhece.

Reparo no pires que ele usa como cinzeiro e nos cigarros caros que fuma. Reparo na sujeira nas unhas de seus dedos e em suas mãos, na gordura da parte superior de seus braços.

Antigamente esses braços eram muito fortes. Antigamente ele andava de um jeito tão bonito que eu pensava que até parecia Fonda.

Fico parado e observo Dayo no quarto frio. Ele se torce e se vira de lado, abre os olhos, me reconhece. Fica assustado. Levanta de um pulo. E como estão sujos os lençóis onde está dormindo. Que sujeira.

Ele diz: "O que aconteceu?".

Fala sem o seu sotaque. Olha para mim como se eu fosse matá-lo. Não diz mais nada; de repente perde seu jeito diferente de falar. A cara de trabalhador.

Tristeza, mas a minha tristeza. Ela flui por dentro do meu corpo que nem um fluido.

Eu digo: "O que é que você está estudando agora, Dayo?".

O medo vai embora de seu rosto. Ele tenta ficar aborrecido. Tenta. E diz: "Por acaso você agora virou policial, é?". Agora não está falando com o seu sotaque, não fica falando cheio de pose. É que nem uma criança outra vez, de volta para nossa terra.

Eu digo: "Só quero conversar com você. Sabe, ando muito ocupado com a lanchonete. Já faz muito tempo que a gente não tem uma conversa a sério".

Ele responde, e dessa vez volta a falar com seu sotaque: "Bem, já que está perguntando, e tem todo o direito de perguntar, vou contar para você. Não é nada fácil estudar por aqui, como você e tanta gente acredita. Uma porção de gente vem para cá cheia de ideias na cabeça, achando que vai chegar e vai logo começar a estudar...".

Tive de interrompê-lo. "O que você está estudando?"

"Estou me preparando para o mundo moderno. Estou fazendo um curso de programação de computadores, se quer mesmo saber. Pro-gra-ma-ção de com-pu-ta-do-res. Espero que você aprove e fique satisfeito."

Levanto o maço de cigarros que está sobre a mesa. Digo: "É caro".

Ele responde, com seu sotaque: "Eu fumo cigarros bons".

A cara de trabalhador. As respostas malcriadas de um trabalhador. Sinto que se eu ficar nesse quarto vou acabar batendo nele.

E, no entanto, fui para o quarto com amor e vergonha.

A vergonha continua dentro de mim o dia inteiro. De noite, depois de um dia péssimo na lanchonete, com mais encrenca com aqueles safados brancos e meus braços com a sensação de que tem um arame por dentro e que alguém está puxando o arame, eu pego o ônibus de noite para casa. Quando desço do ônibus, um cachorro preto com uma coleira no pescoço começa a me seguir. As luzes dos postes na rua brilham nas folhas das árvores, as árvores meio descascadas, com uma casca que parece um pouco a das goiabeiras lá da nossa terra. As calçadas molhadas, marcas de pés na lama preta e fina. O cachorro grande é amistoso. Sei que estou cometendo um erro e tento espantar o bicho. Mas ele fica só olhando para mim, balançando o rabo, e assim que recomeço a andar, ele vem atrás de mim outra vez, bem perto mesmo, como se quisesse sentir minha presença o tempo todo.

Ele me segue e não para de me seguir, passa pelas latas de lixo na frente do porão. Nessa altura é de imaginar que ele perceba que está enganado, que cometeu um erro. Mas não, ele se esgueira para dentro assim que abro a porta e avança ligeiro pelo corredor, para um lado e para o outro, sacudindo o rabo, feliz da vida, deixando marcas das patas por todo lado.

Procuro Dayo em seu quarto e o cachorro também procura. Quando acendo a luz, só vejo a cama suja, o lençol embolado no meio, o lençol e o travesseiro marrons de tão sujos, o pires cheio de guimbas de cigarros. Ah, meu Deus.

Estou com fome, mas não suporto nem pensar em comida.

Faço um pouco de Ovomaltine. Quando começo a beber, o cachorro vem para perto de mim outra vez, balançando o rabo. E, balançando o rabo, me segue até o corredor. Abro a porta. O cachorro agora sabe que cometeu um erro. Sobe a escada correndo, não olha para trás, para mim, e vai embora correndo no meio da noite. Me deixa com um sentimento de solidão.

Mais tarde, deitado, ouço Dayo chegar na ponta dos pés, ele entra, acende a luz de seu quarto.

E foi na manhã seguinte, quando deixei Dayo dormindo em seu quarto e peguei o metrô para o mercado, foi nessa hora que vi o anúncio no vagão: PREPARE-SE PARA O MUNDO DE AMANHÃ FAZENDO UM CURSO DE PROGRAMAÇÃO DE COMPUTADOR.

Eu entendo. Não fico surpreso. Mas o ódio enche meu coração. Quero ver a cara dele ficar com medo outra vez. Desço do metrô depois de algumas estações. Caminho pela plataforma, não sei o que eu quero fazer. Fumo alguns cigarros, deixo os trens passarem. Percebo que as pessoas começam a olhar para mim. Atravesso para a outra plataforma, daquele lado não tem muita gente esperando o metrô, e pego o metrô de volta.

O jovem trabalhador esperto. Só fuma cigarros bons. Ah, meu Deus. Vejo a mim mesmo descendo para o porão, para aquele quarto com lençóis sujos e com o pires cheio de guimbas de cigarros caros. Vejo a mim mesmo levantando Dayo da cama e batendo nele, batendo naquela boca mentirosa de trabalhador.

Mas não consigo tomar coragem para descer a escadinha para o porão. Fico parado por muito tempo, olhando para baixo, para as latas de lixo, para a grade quebrada, com duas ou três plantas de cerca viva que cresceram demais, como se fossem árvores pequenas, ninguém faz a poda, a janela do porão embaçada de sujeira, pedaços de papel que molharam e secaram e mais um bocado de lixo espalhado pelo jardinzinho onde, sei lá como, ainda tem uma espécie de grama que continua a crescer.

A mulher branca que fica louca com a lua cheia abre a porta da frente. Seu rosto está enrugado e amarelo e dá para ver de relance o negror que tem por trás dela. A mulher está zonza; a loucura mensal a deixa esgotada; dá para ver que toda noite ela se debate enquanto dorme. Quando se abaixa para pegar o leite, vejo seu cabelo amarelo fino como o de um bebê. Olha para mim e vejo que me reconhece, mas não tem certeza. Quase digo bom-dia. É a única coisa que dizemos um para o outro, depois de cinco anos. Mas aí mudo de ideia e me afasto depressa na direção da esquina. E penso: "Ah, meu Deus, estou feliz por ter mudado de ideia".

Mas não consigo ir embora e seguir para o mercado. Agora não sou capaz de encarar isso, sinto que primeiro tenho de acertar essa situação. Espero, espero um tempão na esquina, nem sei o que estou esperando. Não sei o que quero fazer. Até que vejo Dayo aparecer, com seu terno, com seus livros.

Sei para que ponto de ônibus ele vai. Viro para a esquerda e caminho para o ponto antes do ponto dele. O ônibus chega; eu entro e tomo um lugar no lado direito. No ponto seguinte, Dayo está esperando. É engraçado observar Dayo desse jeito, como se fosse um estranho, e sem que ele saiba que está sendo observado. Dá para ver que ele apenas jogou um pouco de água fria na cara essa manhã, que sua camisa está suja, que ele não está cuidando direito de si mesmo. Dayo embarca; vai para o andar de cima do ônibus; ele fuma cigarros bons.

Sai do ônibus em Oxford Circus e, no sinal, eu salto e vou atrás dele pela rua Oxford no meio da multidão. No final da rua Oxford ele compra um jornal e entra numa lanchonete Lyons. Fico esperando muito tempo. Agora está ficando tarde, a manhã já está na metade. Vou atrás dele pela rua Great Russell e agora vejo que na verdade ele está andando à toa, olha para a vitrine de uma mercearia de comida indiana, olha para os murais de uma banca que vende jornais e revistas estrangeiros, atravessa a rua para ver os livros empoeirados expostos na frente de uma livraria. Tem uma porção de africanos batendo pernas por ali, de paletó, gravata e pastinha na mão; não sei que benefício os estudos que fazem vão poder trazer para eles.

Não tem mais lojas, só cercas pretas de ferro junto à calçada, e aí Dayo entra no grande jardim do Museu Britânico. Tem uma porção de turistas estrangeiros ali, em roupas leves de turista. Parece uma cidade diferente e ele parece um homem no meio dos turistas: olhe só como ele sobe a escada larga com seu terno e seus livros. Mas essa gente vai lá passear; estão felizes, têm ônibus para levar todas elas de volta para o hotel; têm países para onde voltar, têm casas. A tristeza que sinto aperta meu coração.

Ele entra. Eu sei que não tenho mais nada para ver, mas resolvo esperar. Olho para os turistas e fico andando. Ando pelo pórtico, pelo pátio, ando pela rua em frente, embaixo das árvores. Uma vez volto até perto de Tottenham Court Road. O restaurante indiano está quente e exala um cheiro forte. Me faz pensar na minha lanchonete, a maneira como me meti numa arapuca e joguei minha vida fora. Hora do almoço, quase esqueço. Volto depressa para o museu e subo direto a escada, passando pelos turistas que entram e saem, e quase atravesso a porta. Mas aí vejo Dayo do lado de fora, no pórtico, sentado num banco de madeira, fumando.

Continua com os livros na mão, está muito esparramado no banco. O ódio enche meu coração, quero castigá-lo em público, quero armar uma grande confusão bem ali, ao ar livre, na frente de todo mundo. Mas então vejo seu rosto e fico parado atrás da coluna e observo Dayo.

Não é só a tristeza do rosto. Não é seu jeito de fumar, deixando a mão com o cigarro baixar da boca como uma pessoa que não se importa com nada. Ele não está esparramado no banco só para fazer pose. Na verdade, parece um homem que está esgotado pelo esforço. É a cara de um menino cansado, tolo. É a cara de alguém perdido. É a mesma cara do menino que acordou no quarto e olhou para mim apavorado. E sinto que, se acontecer agora alguma coisa que o assuste, essa boca vai abrir e dar um grito.

O sol agora brilha com força. A grama verde, nivelada e bonita. Dá para ver as bordas do gramado pretas e densas, como na primeira vez em que a gente capina um mato e sabe que qualquer coisa ali vai crescer: dá para sentir a umidade com os pés quando a gente anda, dá para sentir as sementes germinando, abrindo e brotando miúdas, dia após dia. As meninas estudantes estão sentadas de um jeito indecente no meio-fio de concreto, com suas saias azuis e curtas, riem e falam alto para chamar a atenção das pessoas. Os ônibus passam para lá e para cá. Os táxis chegam, dão a volta e homens e mulheres saem e entram nos táxis. O mundo inteiro continua a rodar. E eu me sinto fora dele, só vejo a mim e meu irmão aqui nesse lugar, no meio das colunas, eu com minhas roupas de trabalho, ele com seu terno, que é tão barato que não se pode fazer nem um vinco, nenhuma prega naquele pano, e fuma seu cigarro. Eu gostaria que ele fumasse os melhores cigarros do mundo.

Não quero que faça papel de bobo, que nem aconteceu com o filho de Stephen. Não quero que isso aconteça. Quero chegar perto dele, abraçá-lo, pôr minha mão na sua cabeça e sentir o cheiro de seu corpo. Quero dizer para ele que está tudo bem, que vou protegê-lo, que ele não deve mais estudar, que ele é um homem livre. E eu gostaria que aí ele sorrisse para mim. Mas não vai sorrir para mim. Se eu chegar perto dele agora, vou deixar Dayo assustado e ele vai abrir a boca para gritar. O que faço é isso, o que resolvo é isso. Não posso chegar perto dele. Só posso ficar parado atrás da coluna e observar.

Ele joga fora o cigarro. Depois, com seus livros, sai através do portão no meio da grande cerca preta. É hora do almoço agora, bar, sanduíche, gente saindo dos escritórios, caminhando embaixo das árvores. Dayo se mistura com as pessoas. Mas não tem nenhum lugar para ir. E depois de observar Dayo sair, sinto que eu também não tenho nenhum lugar para ir e que a vida em Londres está terminada.

Não tenho nenhum lugar para ir e agora caminho, como Dayo, onde os turistas caminham. A lanchonete de comida indiana: essa forca em que enfiei meu pescoço. Penso como seria bom se eu pudesse simplesmente abandonar a lanchonete, largar tudo de uma vez. Que o curry de ontem mofe e apodreça e fique vermelho como um veneno, que a poeira caia do teto e fique depositada onde cair. Levar Dayo para nossa terra antes que ele vire um bobo de uma vez. Quem dera um homem pudesse fazer isso, quem dera um homem pudesse simplesmente deixar para trás uma vida que está estragada.

Ir embora do porão onde, no andar de cima, está aquela mulher que enlouquece com a lua cheia, ir embora daquelas janelas que não dão vista para nada, atrás e na frente. Noite após noite no porão o rato arranha. Certa noite, quando retirei a caixa para bloquear a toca do rato de uma vez com um resina para tapar buracos, vejo o lugar onde as garras arranham no escuro sem parar. Uma coisa parecida com um pelo recobre aquela parte da caixa. Deixe o rato sair da toca. A vida acabou. Sou que nem um homem que renuncia, desiste. Saio com nada. Não tenho nada, vou embora com nada.

A tarde inteira, enquanto caminho, me sinto como um homem livre. Zombo de tudo o que vejo e, quando me canso de andar e a tarde vai embora, continuo a zombar. Zombo do ônibus, do motorista, da rua.

Zombo dos rapazes brancos que entram na lanchonete à tardinha. Eles vêm só para criar confusão. Mas nessa noite é diferente. Estou aqui lutando por nada. Eles estão me provocando. Mas eles me dão força. Sansão está de novo com seus cabelos, está forte. Nada pode tocá-lo. Ele vai voltar para o navio e, por mais que a água esteja preta de noite, não importa, de manhã vai estar azul. Ele deve ser forte só por um pouco mais de tempo e então irá embora. Ele irá embora e vai deixar a poeira cair e deixar os ratos saírem da toca.

Os copos e os pratos estão quebrando. As palavras e os risos estão por todo lado. Deixe tudo quebrar mesmo. Vou levar Dayo comigo naquele navio e a cara dele não estará triste, sua boca não vai abrir e gritar. Vou para fora, dessa vez eu vou, a faca está na minha mão. Mas então na porta sinto que quero berrar. Vejo o rosto de Dayo de novo, sinto a força escorrer de mim e ir embora, meus ossos viram arames dentro dos braços. Essa gente vem tomar meu dinheiro, essa gente estraga minha vida. Fecho a porta e viro a chave e só sei que então dou meia-volta e ouço minha voz dizer: "Vou pegar um de vocês hoje. Nós dois vamos embora hoje", e não ouço mais nada.

Então, sempre, no silêncio, vejo a cara surpresa do rapaz. E é estranho, porque ele e Dayo são colegas de faculdade e Dayo está morando com ele na sua casa de madeira, de estilo antigo, na Inglaterra. É um acidente; eles estavam só brincando. Mas como a faca entra fácil, como ele cai fácil no chão. Não consigo olhar para baixo. Dayo olha para mim e abre a boca para berrar, mas não sai nenhum grito. Ele quer que eu o ajude, seus olhos estão saltados de tanto medo, mas agora eu não posso ajudá-lo. Para ele, é hora de ir para a prisão. Não posso resolver isso para ele. Só sei que dentro de mim está uma confusão e que o amor e o perigo que carrego comigo o tempo todo se quebram e cortam, e minha vida termina. Nada faz barulho agora. O corpo está dentro do baú, como no filme *Festim diabólico*, só que nessa casa inglesa. E então vem a pior parte: a viagem silenciosa no escuro e a hora de sentar-se à mesa de jantar com os pais do menino. Dayo está tremendo; não é um bom ator; ele vai se denunciar. É como se o corpo dele estivesse dentro do baú, é como se fosse o meu corpo. Não consigo ver como é a casa. Não consigo ver os pais do menino. É como um sonho em que a gente não consegue se mexer e quer acordar logo, depressa.

Então o barulho volta e sei que alguma coisa ruim acontece com meu olho direito. Mas não consigo nem mexer a mão para tocar no olho.

Frank está sentado a meu lado no ônibus agora. Estou no lado da janela, olhando para a estrada. Ele está no lado do corredor e me aperta. Vamos para outra estação ferroviária e pegamos um trem; depois vamos pegar outro ônibus. E no final, em algum prédio, em alguma igreja, vou ver meu irmão e a garota branca com quem ele vai casar. Nesses três anos, Dayo seguiu seu rumo. Largou os estudos, arranjou um emprego.

Eu pensava nele quando voltou para o porão naquele dia e não encontrou ninguém, e ninguém apareceu em casa; e eu pensava naquilo como se fosse o fim do mundo. Mas ele se sai melhor sem mim; não precisa de mim. Perdi Dayo. Não consigo imaginar que tipo de vida ele vai levar, não consigo imaginar com que tipo de gente ele vai se misturar agora. Às vezes penso nele como um estranho, diferente do homem que eu de fato conheci. Às vezes eu o vejo como ele era e sinto que está sozinho, como eu estou.

A chuva para, o sol aparece. Na chuva, passamos pelos fundos de casas altas. Os tijolos cinzentos; nenhuma pintura aqui, exceto nas esquadrias das janelas, vermelho brilhante e verde brilhante. Pessoas morando umas em cima das outras. Todo tipo de lixo amontoado em cima de telhados retos que esticam as casas para formar quartos de fundos, e às vezes tem uma plantinha num vaso lá dentro, atrás de janelas molhadas ou enfumaçadas. Cada um na sua prateleira, na sua lareira, todo mundo lá dentro. Mas um homem pode largar tudo, um homem pode simplesmente desaparecer. Alguém vai vir depois dele para limpar tudo e jogar fora e essa pessoa nova vai se instalar ali, até chegar também sua vez.

Quando chegamos à estação é como se estivéssemos fora de Londres de novo. O prédio da estação é pequeno e baixo, as casas são pequenas e bem cuidadas, de tijolos vermelhos e com as chaminezinhas fumegando. Os anúncios pequenos no pátio da estação de trem dão na gente a sensação de que todo mundo aqui é muito feliz, sempre rindo embaixo de um guarda-chuva em forma de telhado de casa, comendo salsicha e fazendo caras gozadas, a família inteira sentada junta para comer.

Enquanto esperamos o ônibus, para a última etapa da viagem, meu nervosismo volta. A rua é larga, tudo é limpo e eu me sinto exposto. Mas Frank me conhece bem. Fica bem perto de mim, como se quisesse me proteger do ventinho frio que está soprando. O vento faz a cara de Frank ficar branca e levanta um pouco seu cabelo fino, com isso ele fica um pouco com a cara de um menino.

Vejo Frank brincando quando menino em ruas feito essa aqui. Não sei por que, eu o vejo com a cara suja e as roupas sujas, feito as crianças que pedem moedinhas para quem passa. E na hora em que estou pensando nisso, olhando para baixo, na direção dos sapatos grandes e lustrosos de Frank, uma menininha com um jeans muito pequeno vem direto para Frank, abraça seus joelhos e pede uma moeda. Ele diz não e ela dá um chute na sua perna e diz: "Eu sei que você *tem* moedinhas no bolso". É uma criança muito pequena; não sabe o que está fazendo, daquele jeito, se esfregando em desconhecidos; ela nem sabe o que é dinheiro. Mas o rosto branco de Frank fica muito duro e, mesmo depois de a garota ir embora, Frank continua nervoso. Fica feliz de entrar no ônibus, quando ele chega afinal.

Agora, nessa última etapa da viagem para a igreja, sinto que estou entrando em território inimigo. Não consigo ver meu irmão morando nesse tipo de lugar. Não consigo ver meu irmão se misturando com essa gente. As ruas largas, as árvores sem folhas, e tudo parece novo. Até a igreja parece nova. É feita de tijolos vermelhos; não tem grade nem nada; simplesmente está lá, na rua principal.

Ficamos parados na calçada e esperamos. O vento agora está frio e eu estou nervoso. Mas sinto que Frank está mais nervoso ainda. Uma mulher num conjunto de tweed sai da igreja. Tem uns cinquenta anos mais ou menos e o rosto é bonito. Sorri para nós. E agora Frank está mais acanhado do que eu. Não sei se a mulher é a sogra de meu irmão ou se é só uma pessoa que veio nos ajudar. A gente pensa num casamento e imagina as pessoas esperando do lado de fora da igreja ou no salão ou sei lá o quê. Ninguém imagina uma coisa assim.

Mais algumas pessoas saem da igreja, não muitas, com uma ou duas crianças. E olham para mim de cara feia, como um inimigo, essa gente que estragou minha vida.

Frank toca em meu braço. Fico feliz por ele ter tocado em mim, mas afasto sua mão com um gesto brusco. Sei que não é verdade, mas digo para mim mesmo que ele está do outro lado, junto com aqueles outros, que ficam olhando para mim sem olhar para mim. Sei que isso não é verdade sobre Frank porque, olhe só, ele também está nervoso. Quer ficar sozinho comigo; não gosta de ficar com seu próprio povo. Não é igual a ficar num ônibus ou num bar, onde ele pode ser como um homem que diz:

eu protejo este homem que está comigo. É diferente aqui fora da igreja, com nós dois parados na calçada de um lado e as outras pessoas tristes do outro lado, o sol vermelho feito uma laranja, as árvores mal conseguem fazer sombra, a grama descuidada em redor da igreja de tijolos.

Um táxi para. É meu irmão. Está com um menino magro e branco e os dois estão de terno. Táxi hoje, dia de casamento. Sem turbante, sem procissão, sem tambores, sem cerimônia de boas--vindas, sem arcos verdes, sem luzes na tenda do matrimônio, sem canções de casamento. Só o táxi, o menino branco e magro, com sapatos pontudos e de cabelo curto, fumando, e meu irmão com uma rosa branca no paletó. Está exatamente igual. A cara feia de trabalhador, e está falando com seu amigo, mostrando para todo mundo que ele está ótimo. Não sei por que, mas achei que naqueles três anos ele ia ficar diferente.

Quando ele e seu amigo chegam perto de mim, olho bem para os olhos do meu irmão, para suas bochechas grandes e sua boca risonha. É uma cara mansa e uma cara assustada. Tomara que ninguém meta na cabeça um dia a ideia de quebrar essa cara. O amigo olha para mim, fumando, estreitando as pálpebras atrás da fumaça, olhos malandros numa cara fina e rude.

Dá para sentir que Frank ficou tenso e mais nervoso. Mas aí a mulher bonita vestida num conjunto de tweed chega e começa a falar do seu jeito muito animado. Ela faz um barulho, quebra o silêncio mais do que fala, leva embora meu irmão e o amigo dele e começa a se movimentar no meio das pessoas do outro lado, sempre fazendo aquele barulho. É uma mulher gentil; tem um rosto gentil; nesse momento ruim, ela está sendo muito gentil.

Entramos na igreja e a senhora gentil nos faz sentar no lado direito. Não tem ninguém ali, a não ser eu e o Frank, e aí as outras pessoas entram e sentam no lado esquerdo e a igreja feia é tão grande que parece que não tem ninguém lá dentro. É a primeira vez que entro numa igreja, e não estou gostando dela. Parece que estão me obrigando a comer carne de boi e de porco. As flores, o cobre, o cheiro de velho e o corpo na cruz me fazem pensar nos mortos. O gosto engraçado na minha boca, minha antiga náusea, e tenho a sensação de que vou vomitar, se engolir.

Olho para baixo, faço a mesma coisa que o Frank, e o gosto fica o tempo todo na minha boca. Não olho para meu irmão e para a garota até que tudo tenha terminado. Aí vejo aquela garota de branco, com seu véu e suas flores, como uma pessoa morta, e seu rosto é inexpressivo, largo e muito branco, o pouquinho de maquiagem rebrilha nas bochechas e nas têmporas feito cera. Ela é uma estranha. Não sei como meu irmão se permite fazer uma coisa dessas. Não é direito. Aqui ele é um homem perdido. Dá para ver no rosto de todo mundo, menos no da garota.

Do lado de fora, o ar está fresco. Tiram uma porção de fotografias e ainda assim continua a parecer mais um enterro do que um casamento. Aí a senhora gentil conduz a mim e ao Frank para o carro do fotógrafo. Ele é um homem de negócios cheio de preocupações, o fotógrafo. Com seus óculos de aros dourados e seu bigodinho, ele só sabe falar de negócios e dirige o carro muito depressa, como um dos nossos taxistas malucos. Fala dos trabalhos que tem de fazer, conta como começou a carreira de fotógrafo, fala de seus contatos nos jornais e por aí afora, e, embora esteja dirigindo, nem por isso deixa de enfiar a mão no bolso do peito do paletó, se virar para o lado e nos entregar seu cartão de apresentação.

Ele nos leva para uma espécie de restaurante e na mesma hora está ocupado com sua câmera e se esquece de nós. É um prédio de estilo antigo, a gente entra num pátio no meio, com umas varandas em volta. Uma porção de vigas marrons curvadas por todo lado, como numa pintura inglesa antiga, e nos levam para dentro de uma salinha meio curvada também, com umas vigas muito curvadas no alto. Nessa sala, todo mundo se reúne outra vez e todos são fotografados. Nessa sala pequena cabe todo mundo, todo mundo que foi ao casamento.

Algumas mulheres choram, meu irmão parece cansado e aturdido, a garota parece cansada. Sua esposa. Como uma coisa importante assim é resolvida tão depressa, como um homem estraga sua vida tão depressa? Frank fica bem perto de mim e, quando chega a hora de nós dois sentarmos, ele senta do meu lado. Ninguém fala muito. Até num velório as pessoas falam mais. Só a garçonete bonita está feliz, tão gentil e elegante em seu avental branco e em seu vestido preto. Ela está fora daquilo e só ela se comporta como se fosse uma festa de casamento.

Nada de carne para mim, e Frank também diz nada de carne para ele. Frank quer fazer tudo como eu, agora. A garçonete bonita nos traz uma truta. A pele queimada, preta e crocante por cima, e quando como um pedaço do peixe, ele está cru e estragado, e aí o gosto da igreja volta para minha boca e penso nos mortos de novo, e no cobre e nas flores.

A garçonete entra, agora seus sovacos estão com um cheiro forte, e pergunta se alguém quer vinho. Diz que se esqueceu de perguntar na primeira vez. Ninguém escuta, ninguém responde. Ela pergunta outra vez; diz que algumas pessoas bebem vinho nas festas de casamento. Mesmo assim ninguém responde. E aí um velho que nunca falou nada até aquele momento, com uma cara muito triste, levanta o rosto, dá uma risada e diz: "*Aí* está sua resposta, senhorita". E tenho a sensação de que ele deve ser que nem o Stephen, o homem sensato e engraçado da família, e que as pessoas esperam sempre rir das coisas que ele fala. E as pessoas riem e eu me sinto que nem aquele homem.

Eu amo essas pessoas. Elas tomam meu dinheiro, estragam minha vida, nos separam um do outro. Mas não dá para matar todos eles. Ah, Deus, me mostre meu inimigo. Quando a gente descobre quem é o inimigo, pode matá-lo. Mas essas pessoas aqui, elas me deixam confuso. Quem me feriu? Quem estragou minha vida? Me diga, por favor, em quem devo retaliar. Trabalho anos a fio para economizar meu dinheiro, trabalho feito um burro noite e dia. Era para meu irmão ser uma pessoa instruída, uma pessoa bonita. E é assim que ele está terminando, nessa sala, comendo junto com essa gente. Me diga quem tenho de matar.

E agora meu irmão chega perto de mim. Ele vai embora com a esposa, para sempre. Ele me segura pela mão, olha para mim, lágrimas aparecem em seus olhos, e ele diz: "Eu amo você". É verdade, é que nem naquela vez em que ele chorou e disse que não tinha confiança em si mesmo. Sei que ele me ama, que agora isso é verdade, mas isso não vai ser mais verdade assim que ele sair dessa sala, ele vai ter de me esquecer. Porque foi ideia minha, depois da encrenca, que ninguém devia saber, que tinha de chegar lá à nossa terra uma mensagem dizendo que eu tinha morrido. E durante todo esse tempo eu sou o homem morto.

Tenho minha casa para voltar. Frank vai me levar para lá quando isso aqui acabar. E agora que meu irmão me deixa para sempre, eu já esqueço sua cara, só vejo a chuva, a casa e a lama, o campo nos fundos com o capim-de-angola curvado debaixo da chuva, o burro e a fumaça que vem da cozinha, meu pai na varanda e meu irmão no quarto, no chão, e aquele menino abrindo a boca para gritar, como no filme *Festim diabólico*.

Num Estado livre

1.

Naquele país na África havia um presidente e também um rei. Os dois pertenciam a tribos diferentes. A inimizade entre as tribos era antiga e, com a independência, as antipatias de uma contra a outra ficaram mais agudas. O rei e o presidente faziam intriga com os representantes locais dos governos dos brancos. Os brancos a quem eles apelavam gostavam do rei pessoalmente. Mas o presidente era mais forte; o novo exército estava todo em sua mão, era da sua tribo; e os brancos resolveram que o presidente devia ser apoiado. Então, afinal, naquele fim de semana, o presidente pôde enviar seu exército contra o povo do rei.

O território do povo do rei fica no sul e ainda é conhecido pelo nome colonial de Coletoria do Sul. Era lá que Bobby trabalhava como agente administrativo num dos departamentos do governo central. Mas durante essa semana de crise, ele estava na capital, a seiscentos e quarenta quilômetros de distância, participando de um seminário sobre desenvolvimento comunitário; e na capital não havia nenhum sinal de crise nem de guerra. O seminário tinha mais participantes ingleses do que africanos; os africanos eram bem vestidos e sérios, sem muita coisa para dizer; e o seminário terminou no domingo, com um almoço de bufê num jardim de meio acre no que ainda era um subúrbio de ingleses.

Parecia mais um domingo como os outros na capital, que, apesar do êxodo dos brancos para a África do Sul e apesar das deportações, continuava a ser uma criação inglesa e indiana no meio do descampado africano. Não devia nada à capacidade africana; nada requeria dessa capacidade. Não muito distante da capital, havia aldeias de chalés rústicos, excursões de meio dia para turistas. Mas na capital a África só se manifestava nos jardins semitropicais do subúrbio, nas lojas para turistas que exibiam entalhes, produtos de couro, tambores e lanças de suvenires, e também nos rapazes meio desajeitados vestidos de libré nos novos hotéis de turismo, onde os supervisores brancos ou israelenses estavam sempre à vista. África ali era um cenário. Glamour para o visitante branco e o expatriado; glamour também para o africano, o homem que saiu da mata, para o qual, na cidade, com a independência, a civilização parecia algo concedido por completo. Ainda era uma cidade colonial, com glamour colonial. Todo mundo ali estava longe de sua casa.

No bar de New Shropshire, antigamente de brancos, agora o ponto de paquera inter-racial da capital, com uma reputação de "incidentes" inter-raciais, os brancos usavam camisas desabotoadas e tomavam cerveja. Os africanos tomavam bebidas mais chiques e pequenas, com varinhas de coquetel, e vestiam ternos indianos *dak*, feitos na Inglaterra. Usavam o cabelo repartido bem embaixo no lado esquerdo e mais volumoso no lado direito, no estilo conhecido entre os africanos da cidade como estilo inglês.

Os africanos eram jovens, por volta dos vinte anos, e rechonchudos. Sabiam ler e escrever e eram altos funcionários do serviço público, políticos ou conhecidos de políticos, diretores não executivos e diretores administrativos de filiais recentemente abertas de grandes empresas internacionais. Eram os homens novos do país e se viam como homens de poder. Não pagaram pelos ternos que vestiam; em certos casos, deportaram os vendedores das roupas. Iam ao New Shropshire para serem vistos e notados pelos brancos, ainda que fossem visitantes de passagem; para serem cortejados; para criarem encrenca. Não havia asiáticos no bar: as liberdades que o bar oferecia eram só para negros e brancos.

Bobby estava com uma camisa de algodão cor de açafrão de um tipo que começava a ser chamado de "camisa nativa". Parecia um guarda-pó, de mangas curtas e largas e com o colarinho aberto e baixo; o tecido, com sua forte padronagem "nativa" em cor preta e vermelha, era desenhado e tecido na Holanda.

O pequeno e jovem africano na mesa de Bobby não era um nativo. Como rapidamente tratou de informar Bobby, era um zulu, um refugiado da África do Sul. Estava de calça azul-clara e camisa branca comum, e, além disso, se distinguia dos outros africanos no bar por causa de seu boné de pano xadrez, com o qual, enquanto permanecia afundado em sua cadeira, suas mãos não paravam de brincar, ora o colocava na cabeça e baixava a pala acima dos olhos, ora o usava como um leque, ora o apertava contra o peito e o amassava com as mãos pequenas, como se estivesse fazendo algum exercício de isometria.

Conversar com o zulu não era fácil. Também nisso ele era irrequieto. O rei e o presidente, sabotagem na África do Sul, seminários, turistas, os nativos: ele saltava de um assunto para outro. E o boné de pano era como que uma parte de sua atitude esquiva. O boné fazia o zulu parecer ora um dândi, ora um trabalhador explorado nas minas da África do Sul, ora um cantor americano, e às vezes até o revolucionário que ele disse a Bobby que era.

Estavam juntos já fazia mais de uma hora. Eram quase dez e meia; estava ficando tarde para Bobby. Então, após um silêncio durante o qual ambos ficaram olhando para o bar em redor, o zulu disse: "Nesta cidade, agora, há até prostitutas brancas".

Bobby, olhando para sua cerveja, bebendo a cerveja devagar, sem a menor pressa, recusando-se a fitar os olhos do zulu, estava contente de ver que a conversa havia passado para o assunto sexo.

"Não é bom", disse o zulu.

"O que não é bom?"

"Olhe." O zulu ergueu os ombros, com o boné na cabeça, e enfiou a mão no bolso detrás da calça, inclinando para a frente seu peito pequeno mas bem desenvolvido, apertado dentro da camisa branca. Pegou uma carteira e percorreu com a ponta do polegar a borda de muitas cédulas de dinheiro novinhas. "Eu agora poderia ir a lugares onde isto aqui faria de mim uma pessoa bem-vinda. Não pense que isso é bom."

Bobby pensou: esse rapaz é um prostituto. Bobby ficava nervoso com a presença de prostitutas africanas em bares de hotéis. Mas se preparou para chegar a um acordo. Disse: "Você é um homem corajoso. Andando por aí com todo esse dinheiro no bolso. Nunca levo comigo mais de sessenta ou oitenta xelins".

"É preciso duzentos para fazer qualquer coisa nesta cidade."

"Para mim, bastam cem, no máximo."

"Faça bom proveito."

Bobby ergueu os olhos e encarou o olhar do zulu. O zulu não se esquivou. Foi Bobby quem desviou o olhar.

Bobby disse: "Vocês da África do Sul são todos uns arrogantes".

"Mas não somos como os nativos daqui. São as pessoas mais ignorantes do mundo. Olhe só para eles."

Bobby olhou para o zulu. Tão pequeno para um zulu. "É melhor tomar cuidado com o que fala. Podem deportar você."

O zulu se abanou com o boné e virou-se. "Por que esses brancos querem ficar com os nativos? Alguns anos atrás, os nativos nem podiam entrar aqui. E agora, olhe só. Não é bom. Eu não acho que isso seja bom."

"Deve ser diferente lá na África do Sul", disse Bobby.

"O que o senhor quer ouvir? Escute, vou lhe contar. Eu me dei muito bem lá na África do Sul. Eu comprava meu uísque. Eu tinha minhas mulheres. Você ia ficar admirado."

"Não acredito que muita gente achasse você atraente."

"Pois vou lhe contar." A voz do zulu ficou mais baixa. Seu tom se tornou conspiratório quando ele começou a dar os nomes dos políticos sul-africanos com cujas esposas e filhas ele havia dormido.

Bobby, fitando o rosto tenso e pequeno do zulu e os olhos que abrigavam tanta dor, sentiu compaixão e excitação. Era a vibração africana: Bobby esqueceu seu nervosismo.

"Sul-africanos", disse o zulu, erguendo a voz de novo. "Por aqui, nunca deixam a gente em paz. Ficam sempre de olho na gente. 'Você é da África do Sul?', vivem perguntando. Estou cansado de ser abordado por eles."

"Não me admira que façam isso."

"Pensei que você era sul-africano quando entrou no café."

"Eu?"

"Eles sempre sentam comigo. Sempre querem conversar."

"Que boné bonito, o seu."

Bobby se inclinou para tocar o boné xadrez e, por um tempo, os dois seguraram o boné; Bobby apalpando o tecido com os dedos, o zulu deixando que o boné fosse apalpado.

Bobby disse: "Você não gosta da minha camisa nova?".

"Nem morto eu usaria uma dessas camisas nativas."

"É por causa da cor. Nós não costumamos usar essas cores lindas que vocês podem vestir por aqui."

Os olhos do zulu ficaram mais severos. Os dedos de Bobby foram percorrendo a beirada do boné até chegarem bem perto dos dedos do zulu. Então Bobby baixou os olhos para os dedos, que eram rosados na parte detrás.

"Quando eu nascer de novo..." Bobby se interrompeu. Tinha começado a falar em língua *pidgin*; isso não servia para conversar com o zulu. Bobby ergueu os olhos. "Se eu voltar ao mundo de novo, quero vir com a sua cor." Sua voz estava baixa. No boné xadrez, seus dedos se moveram até pousarem sobre um dedo do zulu.

O zulu não se mexeu. Seu rosto, quando o ergueu para encarar Bobby, estava sem nenhuma expressão. Os olhos azuis de Bobby ficaram úmidos e pareciam vidrados; seus lábios finos tremiam e pareciam fixados num semissorriso. Houve um silêncio entre os dois homens. Então, sem mover a mão nem mudar de expressão, o zulu cuspiu no rosto de Bobby.

Por um segundo mais ou menos os dedos de Bobby continuaram sobre os dedos do zulu. Então ele afastou a mão, pegou seu lenço, esfregou na cara; e quando guardou o lenço, seus olhos continuavam fitando o zulu, os lábios pareciam fixados num semissorriso. O zulu não se mexeu.

As pessoas no bar tinham visto. Os negros olhavam com atenção, os brancos desviaram os olhos. As conversas vacilaram, depois foram retomadas.

Bobby se levantou. O zulu continuava a olhar fixamente, agora para o vazio, nunca alterava a direção do olhar. Lentamente, Bobby recuou sua cadeira. Depois, meio sem jeito e com ar de vítima em sua camisa nativa folgada e dançante, sem olhar para baixo, o braço esquerdo baixado ao lado do corpo, o braço direito balançando do cotovelo para baixo, ele caminhou rumo à porta com um sorriso fixo no rosto.

O zulu afundou mais ainda em sua cadeira de braços. Pôs o boné na cabeça e tirou-o depois; afundou o queixo no pescoço, abriu a boca, fechou a boca. Seu rosto havia ficado tenso e inexpressivo; agora tinha a calma de uma criança. Foi aquilo o que sobrou da sua revolução: aquelas visitas ao New Shropshire, aquela pescaria de homens brancos. Na capital, o zulu era um solitário, sem emprego, morava de favor, nas instalações de uma fundação americana. Naquela parte da África, os americanos — ou simplesmente americanos — financiavam tudo.

O garçom, de libré, lembrando suas obrigações, correu na direção de Bobby para apresentar a conta. Deteve Bobby na porta, ao lado de um grande tambor nativo, parte da nova decoração do New Shropshire. Bobby, de início sem escutar, em seguida aliviado ao ver que era só o garçom, exagerou sua confusão. Apalpando a parte de baixo de sua camisa nativa amarela em busca da carteira, no bolso detrás de sua calça de flanela cinza-claro, ele sorriu como se fosse uma piada particular, sem olhar para o rosto do garçom. Entregou uma nota de vinte xelins. Depois, dominado por um sentimento de cortesia absurdo, entregou ao garçom mais uma nota, para pagar os drinques do zulu também; e não esperou pelo troco.

No saguão, estava pendurada a nova fotografia oficial do presidente. Só naquele fim de semana a foto tinha aparecido na cidade. Nas fotos antigas, o presidente usava na cabeça o adorno cerimonial do rei da tribo, um presente do rei na época da independência, um símbolo da unidade entre as tribos. A nova fotografia mostrava o presidente sem aquele adorno na cabeça, de paletó, gravata e camisa social, com o cabelo penteado no estilo inglês. As bochechas infladas rebrilhavam sob as luzes do estúdio; os olhos opacos e duros fitavam diretamente a câmera. Diziam que os africanos atribuíam poderes mágicos aos olhos do presidente; e os olhos pareciam conhecer sua reputação.

Do pátio muito bem iluminado do New Shropshire — o jardim de pedra, o mastro branco com a bandeira nacional flácida —, Bobby seguiu em seu carro pela ladeirinha que ia dar na rodovia escura. De noite, em todos os subúrbios, a mata começava ali, na rodovia. Toda semana, vinham homens da floresta para se estabelecerem na cidade usurpada. Traziam consigo apenas os conhecimentos da floresta; não encontravam lugar para morar e à noite ficavam vagando pelos espaços abertos da cidade. Corriam muitas histórias apavorantes. Normalmente, Bobby fazia pouco das histórias, rejeitava tanto as histórias quanto os expatriados que as relatavam. Mas agora estava dirigindo muito depressa, seguia as estradas margeadas pela mata, passava por demorados desvios, pelas alamedas esburacadas do bazar indiano — casas, lojas e armazéns — rumo ao centro da cidade, com seu complexo sistema de ruas de mão única, sua meia dúzia de arranha-céus escuros acima da praça iluminada e do amplo estacionamento poeirento.

No apertado saguão de seu hotel, lá estava de novo a fotografia do presidente, no meio das gravuras inglesas de caça à raposa. O hotel, construído nos tempos coloniais, estava onde os funcionários do governo do interior, como Bobby, ficavam hospedados quando vinham à capital tratar de assuntos do governo. Parecia mais velho do que era na verdade. Pedaços de madeira bruta se cruzavam num falso estilo arquitetônico Tudor: o hotel era em parte "pioneiro", em parte suburbano, e ainda inglês: era como estar na Inglaterra. Bobby não gostava do hotel. Seu quarto, que tinha uma lareira aberta, era branco e com muita coisa estofada, com paredes brancas, tapetes de pele de carneiro, colcha bordada e um pufe forrado com pele de zebra.

A noite havia chegado ao fim, a semana havia chegado ao fim. Era sua última noite na capital; de manhã cedo, ele ia voltar de carro para a Coletoria. Suas malas já estavam feitas. Dentro de um envelope, deixou uma gorjeta para o camareiro. Em pouco tempo, já estava na cama. Sentia-se perfeitamente calmo.

A África para Bobby eram os espaços abertos, a aventura segura de longas viagens fatigantes por estradas desimpedidas, os outros africanos, meninos constituídos como homens. "Você quer uma carona? Você já é bem grande, não vai para a escola? Não, não, não tenha medo de mim. Olhe, eu lhe dou um xelim. Segure minha mão. Olhe a minha cor, a sua cor. Eu lhe dou um xelim para você comprar livros para a escola. Compre livros, aprenda a ler, arranje um bom emprego. Quando eu nascer de novo, quero ter a sua cor. Não tenha medo. Você quer cinco xelins?" Doce infantilismo, quase sem falar nada: na língua, moram a zombaria e a vergonha.

Durante a semana inteira, tempo em que desempenhou a função de funcionário de governo no seminário, ele havia ensaiado aquela viagem de volta para a Coletoria. Mas aí, no bufê de almoço, recebeu o pedido de dar uma carona para Linda em sua viagem de volta; e não pôde recusar. Linda era uma das "esposas de condomínio fechado" da Coletoria, uma das esposas que residiam no condomínio fechado que pertencia ao governo. Tinha vindo de avião à capital com o marido, que também participara do seminário; mas não ia voltar de avião com o marido. Bobby conhecia Linda e seu marido e tinha ido jantar na casa deles uma vez; mas depois de três anos continuavam a ser apenas conhecidos. Era uma dessas relações difíceis, só pela metade, com mais incertezas do que desconfianças de ambas as partes. Então a perspectiva de aventuras na estrada evaporara; e a viagem de carro, que havia prometido tanto, parecia que, ao contrário, ia ser cheia de tensão.

Portanto, foi mais a frustração do que a necessidade que levou Bobby ao New Shropshire. E mesmo na hora em que estava se preparando para sair, já sabia que a noite não ia terminar bem. Não gostava de lugares como o New Shropshire. Bobby não tinha a habilidade do garçom, a resistência do garçom. O instinto lhe dissera, desde a primeira troca de olhares, que o zulu era só um importuno. Mas Bobby foi até a mesa e acabou se comprometendo. Ele não gostava de prostitutos africanos. Na África, um prostituto era um rapaz que queria mais de cinco xelins; qualquer rapaz que quisesse mais de cinco xelins só estava pensando no dinheiro e estava errado. Bobby havia resolvido aquilo muito tempo antes; mesmo assim tentou pechinchar um preço mais baixo com o zulu.

Naquela noite, ele tinha violado todas as suas regras; a noite mostrou como as suas regras estavam corretas. Bobby não sentia nenhuma amargura, nenhuma mágoa. Não culpava o zulu, não culpava Linda. Antes da África, o incidente da noite poderia ter levado Bobby a vagar durante horas em busca de aventuras em lugares perigosos; e depois, em seu quarto, poderia levá-lo a outros atos de excesso e de automortificação. Mas agora ele sabia que aquele estado de ânimo ia passar, a manhã ia chegar. Mesmo com Linda como sua passageira, a viagem permanecia.

Bobby foi despertado por um som parecido com o canto de galos. Vinha da alameda no lado do hotel. Era um dos sons da noite africana: uma das pessoas que vagam à noite tinha sido perturbada, o alarido e os gritos africanos foram despertados. Mais tarde, Bobby viu a si mesmo de novo num lugar parecido com o New Shropshire. Estava deitado de costas e o rapaz de libré estava de pé junto dele; mas Bobby não conseguia levantar a cabeça para ver o rosto do rapaz, para ver se o rosto estava rindo. Sua cabeça doía; a dor começou a aumentar e depois teve a impressão de que sua cabeça ia explodir. Mesmo quando acordou, a dor continuava, a sensação da cabeça espremida. Foi um pouco antes de Bobby adormecer outra vez. E quando acordou de novo, com o barulho do helicóptero rodando perto do hotel, depois mais distante, depois de novo tão perto que parecia estar bem em cima do prédio do hotel, já passava muito das cinco horas, havia luz no quarto branco, e estava na hora de levantar.

2.

Iak-iak-iak-iak. O helicóptero, voando baixo, como se estivessem examinando o estacionamento do hotel, abafou o zurro do alarme antifurto do carro quando Bobby abriu a porta. Sentindo-se observado, Bobby não olhou para cima. O helicóptero ficou parado, depois subiu de novo numa linha oblíqua.

Na área do bazar, pela qual Bobby havia passado de carro na noite anterior de modo tão imprudente, as lojas e os armazéns de alvenaria e de ferro corrugado estavam fechados; os nomes indianos compridos, em tabuletas simples, pareciam tão espremidos quanto os prédios. Quando a rua deixou o bazar para trás, seguiu à margem de uma vala seca e larga. Agora estava frio, mas o dia prometia ficar muito claro e poeirento mais tarde; e depois a vala sumiu, a rua virou uma estrada de duas pistas, com flores e arbustos no canteiro central.

O Union Club tinha sido fundado por alguns indianos nos tempos coloniais como um clube multirracial; era o único clube na capital que admitia africanos. Após a independência, os fundadores indianos foram deportados, o clube foi expropriado e convertido num hotel para turistas. O jardim era um vasto e seco emaranhado de plantas agrestes em volta de um pátio vazio. E na porta principal, no mesmo nível do chão poeirento, abaixo de uma laje de concreto escorada sobre vigas apoiadas só numa das extremidades, Linda estava de pé ao lado de sua mala cor de marfim e acenava com a mão.

Estava alegre, sem nenhum traço da tensão de quem acorda muito cedo, em seu rosto fino. Não era preciso perguntar o que a mantivera à noite na capital. A blusa creme pendia solta por fora da calça azul, que era um pouco folgada em torno dos quadris estreitos e baixos; o cabelo estava oculto atrás de um lenço marrom-claro. Naquelas roupas, e embaixo da laje de concreto, ela parecia pequena, juvenil, inacabada. Nada tinha de bonita e não escondia sua idade; mas, no condomínio fechado da Coletoria, gozava da reputação de ser uma devoradora de homens. Bobby tinha ouvido histórias apavorantes sobre Linda. Tão apavorantes, pensou ele ao sair do carro, quanto as histórias que ela também devia ter ouvido sobre ele.

Com palavras ditas em voz alta no pátio vazio, os dois se cumprimentaram, conduzindo aquele encontro, seu primeiro encontro sem testemunhas, como se tivessem testemunhas; assim, de uma hora para outra, depois do silêncio e da tensão, os dois eram como atores numa peça, nenhum dos dois ouvia de verdade o que o outro dizia. Linda falava em voz cantada, se desculpou, agradeceu, se explicou, e Bobby, ao mesmo tempo em que recusava as explicações e a gratidão, tomava um cuidado exagerado com a mala cor de marfim, como se fosse um acessório de palco.

Iak-iak-iak-iak-iak.

Forçados a fazer silêncio, os dois olharam para o alto. Os homens dentro do helicóptero eram brancos.

"Estão procurando o rei", disse Linda, quando o helicóptero se afastou. "Dizem que ele está na capital. Saiu da Coletoria num desses táxis africanos. Disfarçado de alguma coisa."

Uma fofoca que correu na noite anterior entre expatriados: Bobby começou a se sentir desanimado a respeito de sua passageira. Passando por cima de pedras e da calçada quebrada, saíram do pátio.

"Tomara que não tenham feito nada de muito horrível com as pobres viúvas", disse Linda. Ela ainda tinha as maneiras afetadas. "Você era uma *persona* muito *grata* naquele setor?"

"Não muito. Não sou grande coisa para a alta sociedade."

Ela deu uma risadinha, por causa de sua própria alegria.

Bobby fez cara de sério. Decidiu assumir um ar sombrio, não revelar nada. Tinha demonstrado boa vontade e isso já era o suficiente, por ora.

Então, sombriamente, dirigiu o carro pela estrada de duas pistas; e sombriamente, muitos minutos depois, começou a fazer as curvas suaves da estrada do subúrbio, com suas margens largas cheias de capim silvestre, suas sebes, seus casarões, seu grandes jardins e, aqui e ali, um ou outro jovem jardineiro descalço, em roupas cáqui.

"A gente nem acredita que está na África", disse Linda. "Aqui é muito parecido com a Inglaterra."

"É um pouco mais suntuoso do que a Inglaterra que eu conheço."

Ela não respondeu. E por algum tempo não falou nada.

Bobby sentiu que tinha sido agressivo demais. Falou: "É claro, não permitem que africanos residam por aqui".

"Mas eles têm seus criados, Bobby."

"Criados, sim." Linda o apanhou desprevenido. Bobby não esperava que ela se mostrasse tão provocativa, e tão cedo. Com o calmo sorriso de satisfação de um homem que professa o holocausto racial, Bobby disse: "Suponho que seja por isso que alguém como John Mubende-Mbarara se recusou a mudar-se do bairro *dos nativos*".

"Como você pronuncia bem esses nomes."

O ar sombrio de Bobby tornou-se melancólico. "Bem, ele

não vai vir até você. Se quiser conhecer o trabalho dele, terá de ir até ele. No bairro dos nativos."

Linda disse: "Quando Johnny M. começou, era um bom pintor primitivo e todos nós adorávamos suas pinturas do encantador gado esquálido de sua família. Mas depois ele trabalhou tanto em alguns quadros que acabou se tornando melhor do que um pintor primitivo. Agora ele é só um pintor ruim. Portanto suponho que não tenha mais importância se ele continua a pintar seu gado lá no bairro dos nativos".

"Isso já foi dito antes."

"Sobre ele morar no bairro dos nativos?"

"Sobre a pintura dele." Bobby sentiu ódio de si mesmo por ter dado aquela resposta.

"Ele ficou horrivelmente gordo", disse Linda.

Bobby resolveu não falar mais. Decidiu tornar-se sombrio de novo e dessa vez não ia ceder.

Os jardins do subúrbio deram lugar a lotes urbanos de africanos. Com menos árvores, na periferia da cidade a terra parecia descoberta e a luz era como a luz que anuncia a proximidade do oceano. Ali, a serviço tanto da cidade quanto da mata, cartazes pintados e castigados pela chuva e pelo sol, pendurados em postes altos, mostravam africanos risonhos fumando cigarros, bebendo refrigerantes e usando máquinas de costura.

Os lotes se converteram em pequenas chácaras e em vegetação baixa. Uns poucos africanos circulavam, a maioria a pé, um ou dois em bicicletas velhas. Suas roupas eram feitas de retalhos emendados, com grandes retângulos vermelhos, azuis, amarelos, verdes; era um estilo local. Bobby estava prestes a dizer alguma coisa sobre a sensibilidade dos africanos para cores. Mas se conteve; era um assunto próximo demais à questão do pintor.

A terra começou a se inclinar; a paisagem se tornou mais ampla. A cidade indiano-inglesa já parecia bem distante. De um lado da estrada, a terra era cheia de elevações, como se fossem formigueiros cobertos de capim. Cada elevação assinalava o lugar onde uma árvore havia sido derrubada. Agora um deserto, um ermo; mas apenas setenta anos antes, ali, africanos como aqueles na estrada tinham vivido, escondidos do mundo, sob o abrigo de suas florestas.

Iak-iak. De início, só um rumor distante, o helicóptero apareceu depressa no alto; e por um tempo ficou parado, agora iluminado pela luz da manhã, abafando o barulho do carro e a sensação do motor ligado. A estrada fazia uma curva morro abaixo, ora sob uma luz amarela, ora sob uma sombra úmida. O helicóptero recuou, o som do vento e dos pneus do carro voltou.

De trás de montes de frutas e legumes, meninos africanos de pernas fortes saíram correndo e vieram para a estrada, segurando couves-flores e repolhos. Ocorreram acidentes ali; os motoristas infratores foram maltratados por bandos enfurecidos, que se juntavam rapidamente, vindos do mato à beira da estrada. Bobby diminuiu a velocidade. Debruçou sobre o volante e fez um aceno lento para o primeiro menino. O garoto não respondeu, mas Bobby continuou sorrindo e acenando até que tivesse passado por todos os meninos. Então, lembrando-se de Linda, ficou sorumbático de novo.

Ela estava serena, plena de sua própria alegria. E, quando disse: "Você notou o tamanho daquelas couves-flores?", parecia que não sabia que os dois tinham discutido.

Bobby disse, em tom severo: "Sim, notei o tamanho das couves-flores".

"É uma coisa que me surpreendeu."

"Ah, é?"

"É uma bobagem, na verdade, mas nunca imaginei que eles

fossem ter plantações. De algum modo, imaginei que eles todos fossem viver na selva. Quando Martin me disse que íamos ser transferidos para a Coletoria do Sul, imaginei que o condomínio era uma espécie de clareira no meio da floresta. Nunca imaginei que haveria estradas, casas e lojas..."

"E rádios."

"Foi uma coisa ridícula. Sei que foi ridículo, mas em pensamento eu via aquelas pessoas encostadas em suas lanças debaixo de uma árvore e paradas de pé numa roda, em volta de um daqueles aparelhos antigos, grandes, aqueles gramofones."

Bobby disse: "Você se lembra daquele americano da fundação que veio para nos incentivar a fazer estatísticas ou sei lá o quê? Dei uma volta de carro com ele um dia e, assim que saímos da cidade, o americano ficou morto de medo. Não parava de perguntar: 'Onde fica o Congo? Aquilo lá é o Congo?'. Ele ficou o tempo todo completamente apavorado".

A estrada agora passava num corte feito num morro e as curvas eram fechadas. Uma placa dizia: *Cuidado com as pedras caídas.*

"Essa é uma das minhas placas de estrada favoritas", disse Bobby. "Sempre olho para ela."

"É tão precisa."

"Não é mesmo?"

O ar sombrio de Bobby desaparecera; agora seria difícil para ele retomar a mesma atitude. Ele e Linda já haviam se tornado companheiros de viagem, sensíveis às mesmas paisagens e em qualquer coisa achavam motivo para conversa.

"Adoro sair assim bem cedinho", disse Linda. "Me faz lembrar as manhãs de verão na Inglaterra. Se bem que na Inglaterra eu nunca gostei do verão, tenho de confessar."

"Ah, é?"

"Sempre tive a impressão de que eu tinha de gostar, mas

parecia que não gostava nunca. O dia se arrastava e eu nunca conseguia achar muita coisa para fazer. O verão sempre me dava a sensação de que estava perdendo muita coisa. Eu preferia o outono. Nessa época, eu tinha muito mais controle da situação. Para mim o outono é a grande estação da renovação. Tudo isso é muito juvenil, imagino."

"Eu não diria juvenil. Diria fora do comum. Uma vez conheci um psiquiatra que achava que outubro fazia todo mundo se lembrar da morte. Disse que, assim que ele se deu conta disso, parou de ter reumatismo no inverno. É claro que, ao mesmo tempo, havia instalado um sistema de aquecimento central."

"Bobby, por algum motivo eu bem que achei que você devia ter um psiquiatra." Ela estava animada de novo. "Conte-me exatamente qual era o problema."

Bobby respondeu, com toda calma: "Tive uma crise nervosa em Oxford".

Tinha falado com calma demais. Linda continuava animada. "Faz muito tempo que eu queria fazer uma pergunta para alguém que tivesse sofrido isso. O que é exatamente uma crise nervosa?"

Aquilo era uma coisa que ele já havia definido mais de uma vez. Mesmo assim fingiu procurar as palavras. "Uma crise nervosa é como ver a si mesmo morrer. Bem, não morrer propriamente. É como ver a si mesmo virar um fantasma."

Linda passou a falar no mesmo tom que ele. "E durou muito tempo?"

"Dezoito meses."

Linda ficou impressionada. Bobby viu logo.

Com uma risadinha, como se falasse com uma criança, ele disse: "Olhe só aquela árvore incrível ali". Ela obedeceu. E quando a árvore já tinha sido observada, ele disse, de novo em tom solene: "A África salvou minha vida". Como se fosse uma afirmação completa, que explicasse tudo; como se ele, ao mesmo tempo, estivesse castigando e perdoando todos que não o compreenderam.

Ela ficou paralisada. Não conseguiu encontrar nada para falar.

Aquela era a paisagem famosa. Era a vastidão que o céu vinha prometendo. A terra baixava e baixava. O continente ali tinha fendas colossais. Os olhos se perdiam nas distâncias sem cor do vale amplo, que em todas as direções se dissolvia em nuvem e neblina.

Linda disse: "África, África".

"Vamos parar e apreciar a paisagem?"

Bobby estacionou o carro num ponto em que o acostamento era mais largo. Os dois saíram do carro.

"Tão frio", disse Linda.

"A gente nem acredita que está quase na linha do equador."

Os dois tinham apreciado aquela paisagem muitas vezes e nenhum dos dois queria dizer algo que o outro já tivesse ouvido antes, nem nada que fosse extravagante demais.

"São as nuvens que fazem isso", disse Linda afinal. "Quando vimos pela primeira vez, Martin ficou o tempo todo tirando fotografias de nuvens."

"Eu nunca soube que Martin era fotógrafo."

"Não era. Apenas comprou uma câmera. Ele usava meu nome quando mandava um filme para ser revelado e assim ninguém na Kodak ia saber que ele tinha tirado as fotografias. Suponho que eles recebam uma tremenda quantidade de lixo. Depois que se cansou de nuvens, Martin passou a rastejar apoiado nas mãos e nos joelhos, para fotografar cogumelos e as flores silvestres mais minúsculas que conseguia encontrar. A câmera não era feita para isso. Tudo o que conseguia eram uns borrões amarelos e esverdeados. O pessoal na Kodak, zelosamente, lhe devolvia revelados todos os borrões, endereçados a mim."

Eles estavam correndo o risco de não apreciar a paisagem.

"É tão frio aqui", disse Bobby.

Um Volkswagen branco passou, vindo da cidade. Um homem branco estava no volante. Tocou a buzina demoradamente e com força, quando viu Bobby e Linda, e acelerou na ladeira que descia o morro.

"Eu queria saber para quem ele fez tanto estardalhaço", disse Bobby.

Linda achou aquilo muito engraçado.

"É um absurdo", disse Bobby, quando se sentaram de novo no carro. "Mas tenho a sensação de que tudo isso", e acenou para o grande vale, "pertence a mim."

Ela já estava bem perto de rir. Agora se inclinou para a frente e riu de fato. "Mas é mesmo um absurdo, Bobby. Você falar desse jeito."

"Mas você sabe do que estou falando. Eu não poderia suportar nem olhar para isso, se eu não soubesse que iria olhar para isso outra vez. Sabe", disse ele, erguendo os ombros, tão tenso quanto um aluno de autoescola durante o treinamento, olhando para a esquerda e para a direita, a fim de conduzir o carro de volta para a estrada, "eu nunca tinha imaginado que existia um lugar como a África. Eu não me interessava, eu acho. Como você, eu pensava em tribos de selvagens e em lanças. E, é claro, eu sabia a respeito da África do Sul."

"Pois é, pensei nisso agora. Já faz tempo que não ouvimos o barulho do helicóptero."

"Os helicópteros não têm uma autonomia de voo muito grande. É uma das poucas coisas que aprendi na Força Aérea."

"Bobby!"

"Foi só o período do serviço militar obrigatório."

"E você acha que eles pegaram o rei?"

"Deve ser terrível para ele", disse Bobby, "ter de fugir da polícia. Estou em minoria nessa questão, eu sei, mas sempre achei o rei embaraçoso. Era um sujeito inglês demais para mim. Vamos ver agora o que seus amigos sabidos de Londres fazem por ele. Que homem tolo. Tenho certeza de que algumas pessoas o incentivaram a começar com essa conversa de secessão e tudo o mais."

"'Puxa, o ar aqui está deveras sufocante, com toda essa gente africana, não acha?'", disse Linda, com voz caricata.

"E eles acharam isso muito engraçado e encantador. Eu não, nunca achei, confesso a você. Sabe, vai haver uma tremenda quantidade de críticas mal informadas. E nós mesmos não estaremos isentos. Por servir um regime ditatorial africano e tudo o mais."

"É uma coisa que preocupa o Martin", disse Linda.

"Ah, é?"

"As críticas."

"Estou aqui para servir", disse Bobby. "Não estou aqui para dizer a eles como devem governar seu país. Já fizeram isso demais. Não é da minha conta o tipo de governo que os africanos escolhem para si. Isso não modifica o fato de que precisam de escolas, de comida e de hospitais. Pessoas que não querem servir não têm nada o que fazer por aqui. Sei que soa brutal, mas é assim que encaro a situação."

Linda não respondeu nada.

"Não é uma atitude popular, eu sei", disse ele. "O que diz a nossa duquesa?"

"Duquesa?"

"É assim que a chamo."

"Você se refere a Doris Marshall?"

"'Eu faço o possível e o impossível pelos pretos'. Não é o que ela diz?"

Linda sorriu.

"Muito original", disse Bobby. "Mas não sei por que achamos que os africanos não têm olhos. Você acha que os africanos não sabem que os Marshall estão do lado da África do Sul?"

"Ela é sul-africana."

"E conta isso para todo mundo", disse Bobby.

"'E disso eu muito me orgulho, minha cara.'"

"'Quando eu estudei etiqueta na África do Sul...'"

"Exatamente", disse Linda. "Você imitou igualzinho. E tem aquela coisa com a 'caixa de luvas'. Sabia dessa?"

"Quer dizer que não falam porta-luvas?"

"Sempre dizem caixa de luvas."

"'Porque isso é a etiqueta na África do Sul, minha cara.'"

"Exatamente, exatamente", disse Linda.

"Acho que quanto mais cedo puserem as mãos em Dennis Marshall e mandarem os dois de volta para África do Sul melhor para todo mundo."

Linda arrumou de novo o lenço em volta do cabelo e abaixou um pouco o vidro da janela.

"Está quase frio", disse ela, e respirou fundo. "Isso é que é bonito na capital. O fogo nas lareiras."

Depois da maneira como vinham conversando, aquele lugar-comum de expatriados deixou Bobby frustrado. Disse: "A coisa mais bonita na capital é isto aqui. Essa viagem de volta. Acho que nunca vou me cansar de olhar".

"Pare. Assim você me deixa triste."

"Tem uma coisa esplêndida que li sobre Somerset Maugham, não sei onde. Agora ele não é mais muito admirado, eu sei. Mas ele disse que se a gente quiser só o melhor e se persistir com todo o empenho, de verdade e a sério, em geral vai acabar alcançando o que deseja. Tenho de reconhecer que passei a pensar do mesmo jeito. Tenho a impressão de que sempre podemos fazer aquilo que de fato queremos."

"Agora é fácil para você, Bobby. Mas você mesmo estava dizendo que houve um tempo em que nem sabia que existia no mundo um lugar como a África."

"Agora eu sei."

"Eu também sei. Mas não adianta. Posso querer ficar aqui, mas sei que não posso."

Ela fechou o vidro da janela e respirou fundo outra vez. Olhou para o vale amplo.

Disse: "Se eu não fosse inglesa, acho que gostaria de ser massai. São tão altas aquelas mulheres. Tão elegantes".

Era um elogio à África: ele entendeu aquilo como um sinal da nova atitude de Linda em relação a ele. Mas Bobby disse: "Uma boa frase para uma colonizadora do Quênia. Os negros românticos são os que ficaram para trás".

"Ficaram para trás? Eu estava pensando nos *manyattas* ou sei lá como se chamam. Como os desenhos num livro de geografia. Sabe, com sua pequena cabana, a cerca alta, trazendo o gado de volta para casa para abrigá-lo durante a noite, protegido dos saqueadores."

"É a isso mesmo que eu estava me referindo. Peter Pan na África."

"Mas às vezes esse lado pré-homem da África não produz um efeito sobre você?"

Bobby não respondeu. Os dois ficaram embaraçados.

Ele disse: "Não consigo ver você num *manyatta*, tenho de confessar".

Ela aceitou aquilo.

Um pouco depois, Linda disse: "Saqueadores. Eu adoro essa palavra".

Agora já não podiam ter como certo que a estrada ia ficar vazia. O trânsito para a capital era leve, mas constante; caminhões velhos, caminhões-tanque pilotados por siques de turbante, alguns carros europeus e asiáticos, carros Peugeot oficiais dirigidos por africanos, muitas vezes com aspecto de serem novinhos em folha, sempre em alta velocidade, repletos de africanos, que balançavam lá dentro.

Os carros Peugeot eram os táxis-lotação de longa distância do país. Um deles, tocando a buzina, surpreendeu e ultrapassou Bobby numa ladeira íngreme. Os africanos na parte detrás viraram-se para rir. Linda desviou os olhos. A buzina continuou a tocar. Quase imediatamente, a estrada fazia uma curva e as luzes traseiras do freio do Peugcot acenderam.

"Não sei por que algumas pessoas gostam de dirigir com os freios", disse Bobby.

Linda disse: "Pela mesma razão que vendem os estepes".

Curva a curva, com as luzes do freio acendendo de modo intermitente, o Peugeot se afastava cada vez mais.

"Foi uma das coisas que percebi assim que cheguei aqui", disse Linda. "Quase todo mundo que a gente encontrava já tinha sofrido algum acidente de trânsito ou conhecia alguém que tinha sofrido um acidente. No condomínio, havia tanta gente de tipoia ou com a perna engessada que parecia que a gente estava numa estação de esqui."

Era uma piada velha, mas Bobby reagiu com um riso. "Houve um acidente bem aqui, não faz muito tempo. Um de nossos amigos siques Singer-Singer desligou a ignição para descer. Mas, por algum motivo, isso acabou travando a direção."

"E o que aconteceu?"

"Saiu da estrada e morreu."

"Martin diz que eles são os piores motoristas do mundo."

"Toda vez que a gente vê um Mercedes no meio da estrada,

pode ter certeza de que é um asiático na direção. Não consigo suportar esses comerciantes. Não vendem um maço de cigarros para os africanos. Só vendem um ou dois cigarros de cada vez. Fazem uma fortuna com os africanos."

"Uma boa maneira de conseguir arrancar alguma coisa deles é dizer: 'Oi, isso não é feito na África do Sul?'. Ficam tão apavorados que quase entregam de graça tudo o que têm para vender."

Então ela parou, sentindo que tinha ido longe demais.

Por fim chegaram ao pé do penhasco e no fundo do vale. O sol estava mais alto; a terra tinha arbustos esparsos; dentro do carro ficou mais quente. Linda abaixou um pouquinho o vidro da janela. Do outro lado do vale, a serra estava um pouco velada; lá, a cor não tinha substância, como uma ilusão causada pela luz e pela distância. O carro seguia na direção da serra, rumo ao platô elevado; e a estrada à frente deles era reta.

Noventa, cem, cento e vinte quilômetros por hora: sem esforço e sem pensar, Bobby estava acelerando, arrastado pela estrada. Ali, depois das curvas da serra, sempre começava a aventura da viagem como velocidade, distância e tensão. Concentrado no carro na estrada preta, o sentido de tempo de Bobby ficou aguçado. Sem olhar para o relógio de pulso, ele conseguia medir cada quarto de hora.

Uma construção de madeira degradada; uma placa avisando que devia reduzir a velocidade, numa tábua gasta, preta e vermelha, e depois o mesmo aviso em letras brancas e alongadas, sobre a própria pista. Uma curva em ângulo reto à beira dos trilhos da ferrovia desolada, de bitola estreita; e a rodovia se transformava na surrada rua principal de um povoado perdido: folhas de flandres e pedaços de madeira, tapumes retorcidos, uma comprida cerca de arame com avisos de perigo, gravados em tinta vermelha, ruas transversais de terra, árvores que subiam de quintais empoeirados, lojas precárias erguidas no meio do nada. E então, estreitando o espaço da estrada, uma multidão de africanos.

Usavam chapéus de feltro com coroas em forma de cone e as bordas puxadas para baixo. Muitos vestiam paletós compridos e folgados, marrons ou cinza-escuros, que pareciam roupas europeias descartadas. Alguns poucos, homens e mulheres, usavam roupas esplêndidas, feitas de retalhos. Dois ou três homens de lápis e blocos de papel na mão conduziam os africanos para dentro de caminhões abertos, providos de uma estrutura para instalar toldos. Policiais de uniforme preto vigiavam.

"Hoje eles estão agitados", disse Linda.

Bobby, dirigindo o carro bem devagar, deixou a velha piada passar em branco. Os africanos olhavam fixamente da estrada e de cima dos caminhões, seus rostos negros sem expressão embaixo dos chapéus de feltro. Bobby começou a fazer um comprido cumprimento com a mão, porém não continuou. Linda, em face dos olhares em redor, arrumou melhor o lenço na cabeça e mirou para a frente, sem desviar os olhos. Mesmo depois que a multidão já tinha ficado para trás, Bobby continuou a dirigir o carro devagar, ansioso para não dar a impressão de que estava fugindo. No espelho retrovisor, os africanos de rosto inexpressivo, com suas roupas de retalhos e seus chapéus, ficaram cada vez menores. Já fora do povoado, depois de fazer uma curva, Bobby conferiu outra vez no espelho retrovisor: a estrada atrás deles estava vazia.

A luz feria. Linda pôs os óculos escuros. A mata rasteira se estendia em todas as direções e só parecia terminar nas montanhas nebulosas. No céu alto, nuvens cresciam e passavam depressa de meros filetes brancos para nuvens prateadas e negras de tempestade, depois se desintegravam e assumiam outro formato.

Bobby e Linda não falavam. Passou algum tempo antes que Bobby voltasse a pôr o carro de novo em alta velocidade.

Linda disse: "Você sabe o que eles estão tramando, não sabe?".

Bobby não respondeu.

"Vão fazer suas juras de ódio. Sabe o que isso quer dizer, não sabe? Sabe que coisas nojentas eles vão fazer? A imundície que vão comer? O sangue, o excremento, a lama."

Bobby curvou-se na direção do volante. "Não sei até que ponto se deve acreditar nessas histórias."

"Acho que você sabe sim. Está acontecendo todo fim de semana na capital."

"Correm muitas fofocas horríveis na capital. Algumas pessoas sempre vão insistir em sua busca de emoções."

"Ódio contra o rei e contra o povo do rei. E contra você e contra mim. Posso passar perfeitamente sem esse tipo de emoções."

"Eu sei, eu sei. A gente pensa em juramentos, pensa em terroristas e em *pangas*. Mas não é essa a questão hoje, graça a Deus. E, você sabe, a única coisa que eu acredito que eles fazem é comer um pedaço de carne. Acho até que nem chegam a comer. Dão só uma mordida."

"Bem, suponho que ir ao Palácio do Governo para comer lama, apertar as mãos e dançar pelado no escuro não é melhor nem pior do que assinar o livro de visitantes."

Ela deu um suspiro. Aquilo desfez o clima.

"Devo admitir que não gostei das caras que vimos por aqui", disse Bobby. "Por um minuto me deu a sensação de que estávamos de volta aos velhos tempos. Eu detestaria viver aqui naquela época. Você também?"

"Ah, não sei. Acho que eu teria me adaptado. Eu me adapto com muita facilidade."

"Fico pensando se nós não estamos um pouco enciumados

do presidente e de seu povo. Numa hora como esta, nós nos sentimos excluídos e naturalmente nos sentimos magoados com isso. Tenho certeza de que gostaríamos muito mais deles se fossem mais tranquilos. Como os massai. Falando pessoalmente, não encontrei nenhum... 'preconceito'."

Acima dos óculos escuros, a testa estreita de Linda se contraiu. "Ah, para você é fácil, Bobby."

"O que você quer dizer?"

"Acho que vai chover nesta tarde. Bem na hora em que deixarmos o asfalto. Estou vendo aquelas nuvens se avolumarem lá longe. Quando a gente viaja muito com o Martin acaba ficando com um olho bom para nuvens. Aquele trecho da estrada sem asfalto é o meu pesadelo particular. Basta meia hora de chuva para virar um lamaçal só. Não suporto derrapagens. É que nem estar no meio de um terremoto. É a única coisa que me deixa histérica de verdade. Isso e os terremotos."

"Eu não diria que as nuvens estão se avolumando."

"Mesmo assim, não seria romântico se tivéssemos de passar a noite no hotel do coronel, vendo a chuva varrer o lago de uma ponta à outra?"

"Ele é exatamente o tipo de pessoa de quem eu prefiro ficar bem longe. Tudo o que ouço a respeito dele me leva a crer que é um chato de galochas."

"Ele é um colonizador de quatro costados, tenho de admitir. Não liga para ninguém."

"Suponho que você se refira aos africanos."

"Bobby. Preste atenção. Na primeira vez que os Marshall foram para lá, ela pediu um vinho do Porto com limão."

"'Céus!', exclamou em tom caricato.

"Céus, mesmo. Ele apenas ergueu seu braço esquelético, apontou para a porta e gritou: 'Fora daqui!'. Até o garçom deu um pulo."

"Etiqueta da África do Sul. Eu perdoo o Marshall por isso. Quase posso dizer que é um ponto a favor dele. Mas por que diz que é mais fácil para mim?"

"Ah, Bobby, já falei tantas vezes sobre isso com o Martin. Até parece que não falamos sobre mais nada senão isso. Quando eu era menina, absorvia o meu Somerset Maugham e aprendia como era o vasto mundo, nem sequer sonhava que uma parte tão grande de minha vida de casada seria consumida por aflições a respeito de coisas como 'condições de prestação de serviço'."

"Ogguna Wanga-Butere é o meu superior", disse Bobby. "Ele é o meu chefe. Eu demonstro todo respeito por ele. E acho que ele me respeita também."

"Desculpe, mas quando esses nomes passam ligeiro pela sua língua desse jeito, não consigo deixar de achar graça."

"Tenho a forte sensação de que os europeus têm de pôr a culpa em si mesmos se existe algum preconceito contra eles. Todo dia o presidente viaja para lá e para cá, dizendo ao seu povo que somos necessários. Mas ele não é nada bobo. Sabe que as antigas mãos coloniais estão estendidas e prontas para agarrar cada centavo que puderem, antes de fugirem correndo para o sul. Isso me faz rir. Nós fazemos sermões para os africanos sobre corrupção. Mas há muita conversa e aflição em torno do preconceito quando eles descobrem nossas pequenas falcatruas. E não só as pequenas. Nós gastamos milhares em franquias de bagagem em viagens internacionais para bagagens que nunca foram para lugar nenhum."

"Era bom", disse Linda.

Ela estava distraída; seu bom humor havia desaparecido. Sua testa magra, que fazia uma curva suave a partir do cabelo fino abaixo da borda do lenço, tinha começado a brilhar; acima dos óculos escuros, as rugas de preocupação começavam a aparecer.

"Busoga-Kesoro me trouxe os documentos. Ele disse: 'Bobby, essa demanda de Dennis Marshall já foi aprovada e paga. Mas sabemos que ele não levou nenhuma bagagem para nenhum lugar na última viagem. O que vamos fazer?'. O que eu podia dizer? Eu sabia muito bem que, enquanto as pessoas tomavam cafezinho, iam correr fofocas sobre minha 'deslealdade'. Mas a quem devo minha lealdade? Falei para B-K: 'Acho que a questão deve ser levada ao ministro'."

Ele estava exagerando seu papel; estava falando demais. Percebeu isso; percebeu que estava perdendo o interesse de Linda. Inclinou-se na direção do volante, sorriu na direção da estrada, ajeitou-se no banco e disse: "Onde vamos parar para tomar um café?".

"Na Pousada de Caça?"

Ele não aprovou. Mas disse: "Que boa ideia. Ouvi dizer que está sob nova administração".

Do seu novo jeito distraído, Linda disse: "Depois do pânico dos proprietários".

"Os asiáticos se deram muito bem nessa história."

Linda não respondeu. Ficou calada. Ele gostaria de abolir a impressão de tagarelice, voltar a ser, como no início, o homem de personalidade reservada. Mas agora a pessoa sombria era Linda.

A estrada corria preta e reta no meio da vegetação plana e esparsa.

"Acho que você tem razão", disse Bobby depois de uma pausa. "As nuvens estão se avolumando. Numa situação como essa, a gente não sabe se vai mais depressa ou se diminui a velocidade."

A atitude de Bobby era conciliadora. Linda não fez nenhum esforço para acompanhá-lo. Falou em tom firme: "Eu quero tomar café".

Os dois olharam para a estrada.

"Ouvi dizer", falou Bobby, "que Sammy Kisenyi não era um homem nada fácil. Mas eu não sabia que Martin estava tão descontente assim."

Ela suspirou. Bobby ficou quieto; recostou-se em seu banco. Depois, deixando-o mais quieto ainda, aumentando a tensão, Linda, com um autocontrole cansado e solene, arrumou o cabelo e o lenço na cabeça.

Longe, na estrada, algo cintilou. Era mais do que uma miragem. Os dois se concentraram naquele ponto. Um cão mutilado.

"Ainda bem que vimos", disse Linda. "Já estava contando que ia ver." Seu tom de voz era místico. "A gente sempre tem de ver um desses."

"Então quer dizer que vai embora?"

"Ah, Bobby, para você é muito diferente. No seu departamento, o trabalho continua e tem sempre alguma coisa para mostrar. Mas o rádio é o rádio. A gente tem de produzir programas. E se você for um velho homem do rádio, como é o caso do Martin, sabe quando está pondo no ar porcarias. E sem dúvida o sentido de vir para cá e se demitir da BBC era fazer alguma coisa um pouco melhor. Acho que, de certa forma, é culpa do próprio Martin. Ele nunca foi do tipo muito entusiasta do Serviço de Relações Públicas."

"Entendo. No caso do rádio, acho que de fato eles exageram na política e nos discursos. A coisa podia ter um pouco mais de preparação."

"E pensar que ofereceram ao Martin o cargo de Diretor Regional. Mas ele disse: 'Não. Este é um país africano. É um cargo para alguém como o Sammy'."

"Dizem que o Sammy passou maus bocados na Inglaterra."

"É claro que não foi um desastre. Ainda há pessoas na BBC que se lembram do Martin. Quando estivemos lá nas férias do ano passado, alguém no clube disse para Martin: 'Ah, mas você lá tem um cargo de grande poder, não é?'."

"É claro. Ninguém vem para cá e estraga sua carreira à toa. Então quer dizer que você acha que vai voltar para a Inglaterra?"

"É preciso pensar no futuro. Mas a Inglaterra: não sei. Martin fez algumas sondagens aqui e ali. Não tenho dúvida de que alguma coisa vai acontecer."

"Tenho certeza que sim." Mas sua pergunta não foi respondida. Ele perguntou: "Para onde você acha que vai?".

Ele esperou.

Ela respondeu: "Para o sul".

Ele disse: "Minha vida está aqui".

3.

A vegetação baixa, quando dominava a paisagem, parecia estender-se em todas as direções rumo à serra do outro lado do vale plano. Mas durante algum tempo a terra se mostrou acidentada e mais verde. A serra escarpada ainda delimitava a paisagem, mas de maneira cada vez menos abrupta. Agora havia montes baixos, dispersos e isolados; árvores escuras ao longe indicavam a presença de água e de riachos; e aqui e ali campos elevados aludiam a florestas recentes. Estradas de terra começaram a desembocar na estrada principal; simples placas de trânsito indicavam os nomes das localidades, a quarenta, sessenta, oitenta quilômetros de distância. Havia pequenos armazéns. O trânsito ainda era leve.

Linda disse, com sua nova voz mística: "Esse é meu monte predileto nesta viagem. Dá a impressão de que uma gigantesca mão escavou a beirada".

A descrição era precisa. Era a impressão que o próprio Bobby tinha também a respeito daquele monte.

Ele disse: "Sim".

À frente, uma caminhonete alta e com a traseira coberta entrou na rodovia, vindo de uma estrada secundária. Cães beagles punham a cabeça para fora, por cima da mureta da caminhonete. Pendurados na traseira, sacudindo muito, vinham dois africanos com calças e botas de montaria, bonés vermelhos e paletó.

"Que parte estranha da África", disse Linda.

Ela pôs as costas retas, pegou sua bolsa no chão e de dentro dela tirou a bolsinha de cosméticos. Começou a maquiar o rosto. Seu jeito místico tinha sumido. Agora era Bobby quem se mostrava sombrio.

"Quando estávamos na África Ocidental durante aqueles poucos meses", disse ela, enquanto passava pó de arroz com a almofadinha e espiava seu reflexo no espelho de mão, "nunca diríamos que os africanos de lá eram sequer remotamente ingleses. Mas assim que atravessamos a fronteira para o lado francês, vimos negros iguais aos nossos sentados na beira da estrada, comendo pão francês, tomando vinho tinto e usando pequenas boinas francesas. Agora a gente chega aqui e vê aqueles negros ingleses tratadores de cães."

A estrada tinha começado a fazer curvas; o caminho à frente já não era mais tão desimpedido. Estavam atrás da caminhonete com os beagles curiosos, que latiam. Os tratadores dos cães espiavam o carro deles sem simpatia. Uma placa avisava que a Pousada de Caça estava chegando, faltava um quilômetro e meio.

"Vamos ter de ser rápidos", disse Bobby. "Não gosto da maneira como aquelas nuvens estão se avolumando lá adiante."

"Eu avisei a você que sou uma especialista."

A estrada por onde viraram descia numa ladeira acentuada a partir do acostamento da estrada principal. Era uma pista estreita e vermelho-escura, com fundos sulcos de pneu, uma crista mais alta no meio e campos acidentados dos dois lados. A chuva tinha caído no dia anterior ou bem cedo naquela manhã. O carro derrapava nos sulcos de pneu; o volante sacudia com força nas mãos de Bobby.

"Ainda não secou", disse Bobby. "Deve ter chovido muito forte."

"E vai chover de novo daqui a pouco", disse Linda. Mas sua voz não parecia aflita.

A estrada vermelha fez uma curva, acompanhava uma depressão rasa entre declives suaves. Bobby e Linda estavam rodeados de verde; a estrada principal estava oculta. Não muito longe, à frente deles, uma faixa de árvores, algumas brancas e sem folhas, assinalava o curso de um rio. Além dali, a terra se elevava outra vez, formando a área de um parque.

"Igual à Inglaterra", disse Linda.

"Ou à África."

Depois de uma curva, a terra do lado esquerdo fora nivelada, não tinha irregularidades, se mostrava lisa como um pântano, com tufos de capim esparsos e bambus que rompiam a superfície, como num brejo. Numa extremidade da área nivelada havia uma cabana de jardim de madeira quase em ruínas, o telhado parcialmente desmoronado.

"Polo", disse Linda.

"O Martin joga polo?"

Enquanto o carro passava, eles viram a ruína na elevação. A luz transparecia entre as tábuas que faltavam na parede exposta dos fundos, no alto, e, mais abaixo, entre as tábuas quebradas da escada, de modo que a cabana de jardim parecia um entalhe verde-escuro contra o fundo verde. A cabana do jardim não tinha sido construída até o fim. Era como uma estrutura que qualquer exército poderia montar, utilizar e depois deixar para trás.

"Você acha que aqueles beagles vão voltar para casa quando chegar a hora?", perguntou Linda. "Ou vão virar cães selvagens?"

A estrada vermelha passava ao lado da faixa de árvores,

algumas das quais tinham morrido com as raízes afogadas na margem do rio. A água rugia entre as pedras e podia ser ouvida por cima da trepidação do motor do carro. Às vezes dava para ver o próprio rio, turvo de lama e cheio até a borda.

"Minha nossa", disse Bobby. "Deve ter chovido muito mesmo."

A estrada fazia uma curva, serpenteava e subia. Pedras quebradas tinham sido socadas naquele trecho do leito da estrada e agora se mostravam muito salientes nos locais onde a terra em torno fora arrastada pela água. O carro sacudia, mas não derrapava; o morro se aplainou, se abriu; e então eles se viram na Pousada de Caça; havia um escritório separado, numa cabana pequena, isolada e creosotada, a pousada era assinalada por um letreiro de madeira, tinha um salão em falso estilo dos pioneiros e em falso estilo Tudor, e havia duas filas de chalés no nível do chão, com telhados de telhas, chaminés e janelas de caixilhos rústicos, acima de uma profusão de flores, plantadas de pacotinhos de sementes, que agora estavam inclinadas por causa da chuva recente.

Um Volkswagen branco estava estacionado no pátio, as manobras de suas rodas se mostravam bem frescas na areia molhada. Bobby reconheceu-o como o Volkswagen que havia passado por eles quando pararam a fim de contemplar a paisagem. O motorista, o homem que tocara a buzina, um homem parrudo e baixo de uns quarenta anos, de óculos escuros, calça cáqui folgada e uma camisa esporte convencional, estava esperando.

Bobby, sentindo que Linda estava alerta e reanimada a seu lado, se perguntou como ele se permitira esquecer. Mais que isso, se perguntou como se deixara levar tão diretamente para a Pousada de Caça. Ele decidiu se mostrar carrancudo.

Com as sobrancelhas franzidas, estacionou o carro.

"Tarde demais para o café", disse o homem do Volkswagen. Era americano, com um sotaque moderado.

"Mas talvez a tempo do almoço", disse Linda.

Bobby, concentrado em seu ar carrancudo, na manobra para estacionar e em seu silêncio em geral, perdeu aquela chance de fazer uma objeção.

"Bobby", disse Linda, "você conhece o Carter?"

Enquanto trancava a porta do carro, Bobby mal ergueu os olhos. "Acho que não."

"Bem, este é Bobby, este é Carter."

"Bonita camisa essa que está usando, Bobby", disse Carter, tirando os óculos escuros e estendendo a mão.

E Bobby entendeu que Linda já havia falado sobre ele com Carter.

"Aqui só começam a servir o almoço ao meio-dia", disse Carter. "Mas vamos ter de fazer o pedido agora, se quisermos almoçar. Como podem ver, o lugar não está exatamente lotado. E então, tudo bem? Vamos ao almoço? Vou avisar a ela."

"Deixe que eu vou", disse Bobby.

Adiantou-se na direção do salão.

"No escritório, Bobby", disse Carter. "Ela está no escritório."

Bobby virou-se e sorriu, como se soubesse, mas tivesse esquecido. Em seguida achou que era bobagem sorrir; e, de cara séria, o braço esquerdo duro, a boca relaxada, os olhos inexpressivos, a camisa nativa balançando, Bobby atravessou o pátio e subiu a escadinha para dentro da cabaninha separada onde ficava o escritório.

Abaixo da nova fotografia do presidente, com o cabelo cortado e penteado no estilo inglês, uma mulher branca de meia-idade estava de pé, escrevendo com a mão esquerda, apoiada numa pequena bancada. O braço direito estava engessado e numa tipoia. Ergueu os olhos quando Bobby entrou, em seguida continuou escrevendo. Noutro país, nada haveria de notável naquilo; ali, era algo fora do comum. No canto do escritório, fora do

161

alcance da luz que entrava pela porta, Bobby viu um africano. O africano estava sorrindo.

O africano estava vestido como os trabalhadores que eles tinham visto naquela manhã, sendo conduzidos para caminhões. Mas as roupas desse africano pareciam mais pessoais, menos semelhantes a roupas descartadas. Seu paletó marrom listrado estava manchado em muitos lugares e as pontas estufadas das lapelas largas estavam curvadas; mas o paletó caía bem nele. O pulôver, grosseiro e com pequenos borrões de poeira, também caía bem nele; e a camisa, oleosa e encardida em redor do colarinho, com duas ou três marcas antigas de suor, era como uma segunda pele para ele. Vistos do carro, os trabalhadores na estrada pareciam inexpressivos e perplexos, seus rostos negros na sombra debaixo dos chapéus muito puxados para baixo e enterrados na cabeça. Mas o africano no escritório levava na mão seu chapéu de copa arredondada e seu rosto estava exposto. Era um rosto simples como o do presidente na fotografia oficial, mostrando apenas a idade e não alguma virtude derivada da experiência. A vivacidade e a emoção se manifestavam apenas nos olhos.

Os olhos agora sorriram, ao passar da mulher de meia-idade, que escrevia na bancada, para Bobby. Quando Bobby sorriu em resposta, o africano não reagiu. Seu sorriso era fixo.

A mulher ergueu os olhos.

"Podem nos servir um almoço para três pessoas?"

"Abrimos ao meio-dia."

E então, como se não quisesse demonstrar grande interesse por Bobby enquanto o africano sorridente observava, ela retornou à escrita.

Quando saiu do escritório, Bobby não viu Linda e Carter. Caminhou pela trilha de cascalho entre os chalés e as flores inclinadas. Fora de cada porta havia uma pequena pilha de lenha de eucalipto molhada por causa da chuva. Um cachorro spaniel velho e cinza bisbilhotava uma das pilhas, farejava ruidosamente. A partir dos chalés, a terra aberta e acidentada, uma floresta até bem recentemente, descia até aquilo que continuava a ser um bosque. O rio ali rugia, seu curso marcado pelos galhos brancos e nus daquelas árvores cujas raízes ele havia afogado.

Um rio de floresta, como se viu depois, com os escombros da floresta, formados por árvores tombadas. Mas, da margem alta em que estava, Bobby via pedras lisas e pedregulhos angulosos abaixo da água vermelha e bravia; pedras que formavam um caminho: pequenos encantos, talvez, de um jardim bem-arrumado numa estação do ano mais amena. Um pouco mais acima, havia os remanescentes de um muro de arrimo feito de tijolos. O rio rompera o muro fazia muito tempo e agora a enxurrada estava formando outro canal através do que, em outros tempos, tinha sido um jardim, inundando os lírios que haviam crescido desordenadamente. A luz do sol, atravessando as árvores, iluminava uma parte dos lírios brancos e os exibia como trechos de pura cor, contra o fundo da vegetação rasteira emaranhada, achatada pelo fluxo da água, aqui silenciosa, e que em certos pontos já se avolumava em poças de água parada.

De uma hora para outra, os lírios perdiam seu brilho; atrás das árvores, estava escuro; o jardim inundado estava silencioso. O rio corria com fúria. Na outra margem, os troncos de árvores estavam pretos na penumbra; folhas e galhos pendiam baixos. O bosque de um conto de fadas, um outro mundo: aquilo que fora feito pelo homem tão recentemente, depois que as florestas foram cortadas e os habitantes da floresta foram varridos ou descartados, aquilo que talvez tivesse a intenção de ser apenas um efeito artístico numa paisagem que se transformou num lugar seguro, tornou-se também parte da natureza. Exprimia uma ausência do humano, o perigo. Bobby pensou no rei, caçado até do céu. Ergueu os olhos. As nuvens de chuva tinham se tornado mais densas; por cento e oitenta quilômetros, a estrada à frente não era asfaltada.

Ele saiu do bosque para um terreno aberto e caminhou de volta para o morro. O cão spaniel continuava fuçando na pilha de lenha e havia derrubado uma parte dos pedaços de lenha. O africano sorridente agora estava fora do escritório, com o chapéu ainda na mão. Bobby respondeu ao olhar do africano, virou para o corredor e entrou na sala que tinha a tabuleta *sala de estar*.

Era uma sala comprida e larga, janelas com vidros pequenos, decoradas com cortinas de chita, ofereciam uma vista ampla do bosque e dos morros mais além, com trechos irregulares de florestas de pinheiros, a dança das nuvens de chuva. A mobília parecia usada, mas não recentemente usada. A nova fotografia do presidente, o homem da floresta, com seu cabelo agora em estilo inglês, estava pendurada entre gravuras coloridas de cenas inglesas. Havia algumas revistas velhas: fotos de festas, danças, casas de campo, mobílias: uma Inglaterra para exportação, por assim dizer, cuidadosamente fotografada, deixando de fora tudo o que havia de ofensivo. A zona rural inglesa que Bobby conhecia muito bem era uma vasta confusão semi-industrial de condomínios de casas, semelhantes a cidades de barracas, casas velhas, perdidas em estradas movimentadas, trilhos de trem, prédios de fábricas; um lugar onde aquilo que havia restado da natureza — um riacho, talvez, com alguns chorões podados — parecia apenas um deserto semiurbano. Mas a sala onde ele estava fazia eco às fotografias das revistas. A escala era grande demais para Bobby, para a mulher machucada no escritório minúsculo; e talvez tenha sido sempre grande demais.

Alguém gritou: "Três almoços, não é?".

O grito, na verdade um sussurro rouco e penetrante, veio de um homem branco de meia-idade, num estado deplorável. Tinha uma perna inteira e um braço enfaixados e engessados. Mal conseguia se aguentar de pé apoiado em muletas de metal e, a cada passo, parecia à beira de cair de cara no chão.

"Acidente de carro", sibilou o homem, com certo orgulho. "Dizem que um raio não cai duas vezes no mesmo lugar..." Balançou a cabeça. "Você viu minha esposa?"

"No escritório?"

"Acertou ela também." Inclinou-se para a frente num ângulo bem oblíquo, como um comediante. "Ah, sim. Mas agora está melhor. Só coça. Tem uma coisa gozada no gesso. Sabe, na hora em que tiram o gesso, no final, ainda encontram um pontinho molhado lá bem no meio. E você, está indo para o sul? Trabalha lá? Faz trabalhos com contratos de curta duração?"

Bobby fez que sim com a cabeça.

"Você é que tem sorte. Todo mês manda metade do dinheiro para o banco em Londres, não é? Vai fazendo uma reserva. Mas agora lá na Coletoria as coisas andam feias. Vai haver um bocado de encrenca por aquelas bandas, eu acho."

"Não sei o que você entende por encrenca", disse Bobby.

O homem em condições deploráveis se pôs em guarda. "Aqui não tem nenhuma encrenca." Fez que sim com a cabeça voltada para a fotografia do presidente. "O grande curandeiro é gente boa. Ah, não. Por aqui não tem encrenca. O turismo vai ser um grande negócio e o africano sabe que não pode dar conta do recado sozinho. Digam o que disserem, o africano não tem nada de bobo."

Bobby baixou a revista e começou a se afastar. Não tinha pressa; não havia necessidade. O homem em estado deplorável veio atrás dele, mas não conseguiu alcançá-lo.

O africano estava do lado de fora do escritório. O cachorro spaniel estava sentado, velho e impassível, na escadinha da porta do escritório. A pilha de lenha na frente da porta do chalé tinha sido derrubada. Perto dela, Bobby viu agora um velho arbusto de lavanda florindo. Quando se curvou para pegar alguns raminhos, viu no meio dos pedaços de lenha o rabo de um lagarto, cortado, morto. Depois viu Linda e Carter. Linda acenou. Foi um gesto largo; a calça azul e a camisa creme, vistas à distância, se mostravam muito nítidas contra o fundo formado pela trilha de cascalho e pela luz oscilante da encosta do morro; e de novo, como no início do dia, era como se eles tivessem uma plateia e estivessem, os três, num filme ou numa peça de teatro. Bobby se virou: era só o olhar do africano, que passava a língua pelo lábio superior.

Linda disse: "O que foi que pegou aí, Bobby?".

"Lavanda." Passou um raminho por baixo do nariz de Linda. "Adoro lavanda. Será um toque afeminado da minha parte?"

Ela riu. Pela primeira vez ele via os dentes ruins de Linda. "Eu não diria efeminado. Diria, sim, antiquado."

Ela era a mais animada dos três quando entraram no salão de jantar alto e revestido de madeira.

Sentaram no canto da sala desolada, perto da lareira alta. Não havia fogo aceso, mas a lenha estava empilhada lá dentro. O criado negro estava nervoso e distraído e ficava o tempo todo ajeitando os talheres sobre a mesa. Sua camisa branca era menos do que fresca; sua gravatinha-borboleta preta estava torta.

Carter disse: "Vocês colonialistas fizeram um belo trabalho".

"Que mundo maravilhoso", disse Linda. "É muito raro ouvir isso numa conversa. Você faz o assunto parecer uma coisa muito grande e muito técnica."

"Sentado aqui, tenho mesmo a sensação de que eles devem ter sido uma gente muito grande. Gigantes, na verdade. Acho que é por isso que não acenderam a lareira para nós. Somos pequenos demais."

Ou feios demais, pensou Bobby, saindo de seu papel.

O criado, assustado, trouxe a sopa, um prato de cada vez, apertando os polegares na borda dos pratos. Andava meio inclinado, erguia os joelhos bem alto; os pés grandes, moles na articulação com os tornozelos, balançavam para cima e para baixo.

"Ele é quase igual a um de nós", disse Carter.

"Carter diz que na Coletoria do Sul está em vigor um toque de recolher às quatro horas, Bobby. Parece que o exército está fazendo algumas barbaridades por lá."

"É para isso que servem os exércitos africanos", disse Carter. "Destinam-se ao uso civil."

"Então parece que vamos ter de passar a noite no hotel do coronel", disse Linda. "Ou então ficar aqui mesmo."

"O 'criado' podia acender a lareira para vocês", disse Carter para Bobby.

Havia alguma coisa errada nos molares de Carter e ele comia que nem um cachorro, mantinha a cabeça debruçada sobre o prato, ajeitava a comida dentro da boca cada vez que mastigava e ao mesmo tempo emitia um leve sibilo, como se tudo o que punha na boca estivesse quente demais.

Ele terminava de mastigar um bocado e conversava. Disse: "Não consigo me acostumar com essa palavra, *criado*".

"Doris Marshall tentou chamar o seu de mordomo", disse Linda.

"Não é mesmo uma coisa bem típica?", comentou Bobby.

"No final ela acabou optando por camareiro. Essa palavra sempre me parece absurda", disse Linda.

Bobby disse: "Isso ofendia o Luke. Ele depois me disse: 'Não sou um camareiro, senhor. Sou um criado doméstico'".

"E quem é Doris Marshall?", perguntou Carter.

"É uma sul-africana", respondeu Linda.

Carter pareceu espantado.

"Luke é o criado doméstico do Bobby", explicou Linda.

167

"Eu imagino", disse Bobby, olhando para Linda, "que ela achou que estava fazendo como os negros quando tentam agir como os brancos."

Linda gritou: "Bobby!".

"Estamos tratando do meu assunto predileto", disse Carter. "Serviçais."

Bobby disse: "É uma coisa que sempre deixa nossos visitantes fascinados".

Carter comeu.

"Não consigo", disse ele mais tarde, olhando para a sala de jantar em redor, mais uma vez fazendo o papel de um visitante, "não consigo aguentar o jeito inglês deste lugar."

"Quando eu estava na África Ocidental", disse Linda, "todo mundo vivia dizendo que éramos uns colonialistas nojentos e que os franceses eram melhores. E quando a gente atravessava a fronteira, parecia mesmo verdade. A gente via todos aqueles negros iguaizinhos aos nossos sentados na beira da estrada, comendo pão francês e tomando vinho tinto, com aquelas boinazinhas francesas engraçadas na cabeça."

"Então pelo menos", disse Bobby, "aqui talvez sejamos poupados."

Carter olhou para Bobby e disse, num tom de agressão direta: "Você vai ser mesmo".

Começou a chover. A sala de jantar escureceu; a chuva tamborilava no telhado.

"Aquele trecho de estrada lamacenta", disse Linda. "É o tipo de coisa que me deixa histérica, derrapar na lama."

"Eu gostaria de saber se é mesmo verdade essa história do toque de recolher", disse Bobby.

"Você não precisa acreditar na minha palavra a respeito disso", disse Carter.

"Não preciso acreditar na sua palavra a respeito de nada."

Linda pareceu não notar. "Coitado do rei", disse ela, tomando um ar juvenil e afetado. "Coitadinho do rei africano."

Depois disso não houve nada parecido com uma conversa. Terminaram a garrafa de Riesling australiano; e então, para visível alívio do criado, o almoço chegou ao fim. Bobby apanhou a conta quando o criado trouxe o papel. Carter mostrou-se irritado.

"No escritório", disse o criado. "Você paga no escritório."

O africano continuava lá, abrigando-se embaixo das calhas estreitas. A chuva embaçava a borda do morro, escorria pelo telhado dos chalés, caía em cima das flores, lavava a trilha de cascalho. Fazia quase frio. Carter estava sozinho na sala de jantar quando Bobby voltou. Eles não conversaram; Carter se virou e olhou para a chuva lá fora. Linda, quando entrou, estava tão animada quanto antes.

Era hora de partir. Bobby começou a ficar inquieto.

"Vou ficar aqui mais um tempinho", disse Carter.

"Talvez a gente se veja depois, não é?", perguntou Bobby.

"Vamos deixar isso em aberto", respondeu Carter.

Bobby saiu correndo debaixo da chuva na direção do carro e voltou dirigindo até perto da entrada. Linda entrou no carro. Olhou para Carter; agora parecia preocupada. Houve uma espécie de movimento nas sombras por trás de Carter e o homem em péssimas condições apareceu, inclinado para a frente, como se estivesse com um interesse exagerado. Enquanto Bobby conduzia o carro para fora, a mulher com a tipoia no braço saiu até a escadinha na porta do escritório. Acenou para o africano com o braço bom e gritou no meio da chuva.

Bobby parou e baixou o vidro da janela.

"Pode levá-lo até a estrada?"

"Ah, meu Deus", exclamou Linda, inclinando-se por cima do banco a fim de retirar suas coisas do banco detrás.

❈ ❈ ❈

O próprio africano abriu a porta. Encheu o carro com seu cheiro. No meio da chuva, as janelas embaçadas, eles partiram; Linda estava tensa, enquanto Bobby esfregava o para-brisa com as costas da mão. Quando Bobby olhou pelo espelho retrovisor, viu os olhos sorridentes do africano.

"Você trabalha aqui?", perguntou Bobby com a voz simples, amistosa e brusca que sempre usava ao falar com os africanos do campo.

"De certa maneira."

"O que é que você faz? Qual o seu trabalho?"

"Sundicato."

"Ah, você quer dizer que trabalha num *sindicato*. Você *organiza* os trabalhadores, *negocia* com os patrões. Consegue mais dinheiro para seus afiliados, melhores condições de trabalho. Não é isso?"

"Certo, certo, sundicato. E o que você faz?"

"Trabalho aqui."

"Não vejo você."

"Trabalho no sul. Na Coletoria do Sul."

"Sei, sei, no sul." O africano riu.

"Sou funcionário público. Um burocrata. Tenho a prateleira de entrada e a prateleira de saída. E também tenho a minha prateleira de chá."

"Funcionário público. Isso é bom."

"Eu gosto."

O carro seguia devagar pela ladeira pedregosa, a chuva escorria com força pelo para-brisa, caía tão rápida que os limpadores quase não conseguiam desimpedir a visão. Um africano apareceu na esquina no final da ladeira e veio subindo na direção da Pousada de Caça. Ele viu o carro e ficou parado na beira da estrada a fim de esperar que passasse. Seu chapéu estava muito empurrado para baixo, em cima da cabeça, e as lapelas de seu paletó estavam levantadas.

"Ele vai ficar todo ensopado", disse Bobby, ainda com sua voz simples e amigável.

"Isso é óbvio", disse Linda.

"Pare o carro", disse o africano dentro do carro para Bobby.

Quando Bobby olhou no espelho, topou com o olhar fixo do africano.

"Pare", disse o africano, olhando para o espelho. "Pegue ele."

"Mas ele não está indo na nossa direção", disse Bobby.

"Pare o carro. Ele é meu amigo."

Bobby parou ao lado do africano. A chuva escorria pelo brim inclinado do chapéu do africano; não se podia ver nada de seu rosto. Embora estivesse embaixo da chuva, tirou o chapéu; parecia apavorado. O africano no banco detrás abriu a porta. O homem entrou. Falou "Senhor" para Bobby e sentou-se na beiradinha do banco forrado de plástico, até que o primeiro africano o puxou para trás.

Os africanos faziam o carro parecer lotado. Linda baixou o vidro de sua janela e respirou fundo. A chuva respingava no seu lenço de pescoço.

O campo liso de polo estava inundado e agora, com os tufos de capim e de bambu que se erguiam da água, se parecia mais ainda com um pântano. A chuva tinha escurecido a cabana de jardim quase em ruínas.

"Seu amigo também trabalha no sindicato?", perguntou Bobby.

"Sim, sim", respondeu depressa o primeiro africano.

"Espero que vocês não tenham de andar muito nessa chuva", disse Bobby.

"Não muito", respondeu o primeiro africano.

A chuva espirrava nas poças espumantes e vermelhas formadas nos profundos sulcos abertos pelos pneus dos carros. Às vezes o carro deles derrapava. A estrada começou a subir rumo ao elevado aterro onde tinham construído a rodovia.

"Agora dobre à direita", disse o africano.

"Nós estamos indo para a esquerda", disse Bobby. "Vamos para a Coletoria."

"Dobre à direita."

Agora estavam quase no ponto onde a estrada de terra vermelha virava uma estrada de areia e de pedra e se alargava para a última subida acentuada na direção da rodovia. O africano continuava olhando para o espelho retrovisor.

"Fica longe o lugar para onde vocês querem ir?", perguntou Bobby.

"Não fica longe. Dobre à direita."

"Meu Deus!", disse Linda. Ela se inclinou para trás e pôs a mão na maçaneta da porta traseira. "Para fora!"

Bobby parou o carro. O africano molhado, atrás de Linda, saltou para fora na mesma hora. Quase ao mesmo tempo, o africano que estava falando abriu sua porta, saiu e pôs o chapéu na cabeça. Imediatamente ficou sem rosto, seu sorriso e seu ar de ameaça perderam toda importância. Bobby fez o carro subir na direção do aterro, deixando os dois africanos ali, parados um de cada lado da estrada de terra, os chapéus enterrados até tomarem o formato de suas cabeças, ensopando na chuva, dois africanos de beira de estrada.

"Que cheiro!", exclamou Linda. "Verdadeiros gângsteres. Não vou me deixar assassinar simplesmente porque sou boazinha demais para agir de maneira rude com os africanos."

Pouco antes de tomar a rodovia, Bobby deu uma olhada no espelho retrovisor: os africanos não tinham saído do lugar.

"Já passei por isso muitas vezes antes com o Martin", disse Linda. "São esses malditos juramentos que eles vivem fazendo. Por causa disso acham que todo mundo morre de medo deles."

"Mesmo assim, fico muito envergonhado. Tanta arrogância, para depois sair do carro desse jeito. O que não consigo entender é porque ele teve de ficar lá por tanto tempo. A gente não precisa ser de nenhuma fundação para achar isso um pouco sinistro."

"Sinistro uma ova. É pura burrice, mais nada. Vamos abrir esta janela. Dá para sentir o cheiro da porcaria que eles andaram comendo."

A chuva caía oblíqua, em pingos grandes. Bobby, olhando no espelho, viu os africanos parados na estrada. Negros, emblemáticos: no espelho, ficavam cada vez menores, cada vez menos definidos na chuva, contra o fundo escuro formado pelo asfalto. Os dois começaram a caminhar, saíram da estrada, voltaram para a estrada que ia para a Pousada de Caça. Bobby achava que Linda não tinha visto. Não contou para ela.

4.

"É tão patético", disse Linda.

"Desculpe. Eu devia ter sido mais firme."

"A gente tem pena deles, fica sentindo pena o tempo todo e dizendo coisas gentis, coisas simpáticas e animadoras, e antes que a gente perceba tem nas mãos um Sanny Kisenyi. Acho que temos de fechar a janela. Os Marshall falam do cheiro de África... Já ouviu como ela fala?"

"Eu devia ter sido mais firme."

"Esse cheiro tão diferente."

"Nunca fui capaz de me dar bem com pessoas que falam

coisas do tipo cheiro de África", disse Bobby. "É como as pessoas que falam sobre, digamos, os massais."

"Talvez tenha razão. Mas antigamente eu pensava que eu não era muito sensível para esse cheiro de África que os Marshall e todo mundo dizia que adorava tanto. Mas daquela vez eu senti, quando a gente voltou da licença. Dura mais ou menos meia hora, não mais do que isso. É um cheiro de planta podre e de africanos. São muito parecidos."

Era o cheiro de que Bobby gostava, que sentia num quarto fechado e quente. Disse: "Talvez esteja na hora de você ir para o sul".

"É tão tremendamente patético! Lembra quando o presidente foi à Coletoria? Todos aqueles brancos magros e esgotados, todos aqueles negros gordos."

"Não sei por que você tem toda essa cisma por eles serem gordos."

"Gosto de pensar nos meus selvagens como pessoas esbeltas. Agora você nem vai acreditar, mas o Sammy era magro feito um ancinho quando voltou da Inglaterra. Martin mostrou os estúdios para o presidente. Sammy, é claro, não sabe a diferença entre um microfone e uma maçaneta de porta. Sabe qual foi a primeira coisa que Martin falou depois? É constrangedor dizer isso. Martin falou assim: 'Vou contar isso para o curandeiro. Ele tem o cheiro de um gambá'. O Martin! Pois é, você sabe, esse tipo de coisa deixa a gente com vergonha de todo mundo, e até da gente mesmo. Pois é."

"Puxa vida."

"Talvez a fofoca se espalhe e acabem me deportando. Eu bem que gostaria."

"O almoço não foi uma boa ideia."

"Talvez não."

"Seu ponto de vista parece ter mudado bastante desde hoje de manhã."

"Na verdade, nem sei se tenho algum ponto de vista." A voz de Linda estava ficando mais alegre. "É por isso que seria bom ser deportada. Podíamos contar para Busoga-Kesoro."

Bobby não gostava de brincadeiras; não gostava de indiretas. Começou a dirigir mais depressa, depressa demais para a estrada molhada.

Ele falou: "Dizem que o animal, depois, fica sempre triste".

"Que romântico, Bobby."

Bobby resolveu não falar mais nada.

A chuva ficou mais fina. O céu começou a se abrir. A estrada brilhava com uma luz prateada.

Havia uma barreira na estrada, formada por jipes da polícia, policiais de capas e duas cancelas de madeira pintadas com listras diagonais.

Linda disse: "Suponho que isso seja o que eles chamam de barreira na estrada".

Reduzindo a velocidade, preparando-se para encarar um policial, Bobby começou a sorrir.

"Por favor, não seja muito simpático, Bobby. Esses policiais são tão ingleses com seus uniformes pretos, suas capas e seus quepes. Dá para adivinhar que o chefe é o mais gordo, em trajes civis, elegantes."

Bobby ficou momentaneamente enraivecido porque o homem de quem Linda estava falando parecia estar no comando. Era jovem e barrigudo; um chapéu de feltro marrom-escuro estava pousado suavemente sobre sua cabeça; por baixo de uma capa padrão da polícia, vestia uma camisa esporte estampada com flores.

Com dois policiais uniformizados, ele veio do centro da estrada até o carro.

Bobby disse: "Sou funcionário do governo. Trabalho no departamento de Ogguna Wanga-Butere na Coletoria do Sul".

O policial em trajes civis disse: "Habilitação".

Enquanto examinava a carteira de habilitação de Bobby, seus lábios e sua língua brincavam e ele mantinha os cotovelos colados ao corpo, e fazia a pança subir e descer de vez em quando.

"Meu passe para o conjunto residencial está no para-brisa", disse Bobby.

"Capô e chaves, por favor."

Bobby puxou a alavanca que abria o capô e entregou as chaves do carro. Os homens uniformizados deram uma busca embaixo do capô e no porta-malas, enquanto o homem em trajes civis apalpava o estofamento interno das portas e tateava o vão entre os bancos. Abriu a mala de Linda e apertou o delicado conteúdo para baixo com a mão larga e indiferente.

"Desculpe o incômodo", disse ele, afinal.

Era a fórmula para indicar que podiam ir embora. Em seguida, às pressas, quando o carro estava partindo, como um homem que se recorda de uma etapa do treinamento que recebeu, sorriu e levantou o chapéu. O cabelo onde o chapéu estava pousado com tamanha leveza tinha sido cortado num estilo extravagantemente inglês, bem escovado num bolo alto flexível de um lado, com uma risca divisória larga e baixa do outro lado.

"De todo modo, é um consolo que ele seja um dos 'nossos'", disse Linda, enquanto Bobby dirigia o carro que passava entre as cancelas pintadas com listras diagonais. "Mas eu pensei que estavam procurando o rei na capital, você também não pensava isso? A história que correu na noite passada foi que ele fugiu num daqueles táxis."

"Eles estavam procurando armas. Por acaso eu sei que existe uma grande preocupação com rumores de que tem gente contrabandeando armas para a Coletoria. Turistas e outras pessoas do mesmo tipo. Dizem que no palácio do rei existe um arsenal completo. No entanto, você não acha que foram extremamente educados?" A barreira na estrada, os policiais, a chuva nas capas pretas, a estrada liberada, a confiança dele mesmo: havia uma agitação na voz de Bobby. "Isso é coisa de Simon Lubero. Ele é muito sagaz quando se trata de manter boas relações com o público e tudo isso. Todo mundo diz que o Hobbes põe o Simon no chinelo, mas eu o encontrei na conferência no ano passado e fiquei muito impressionado. Outro dia tinha uma entrevista com ele no jornal que achei excelente, tenho de admitir."

"Em nosso próprio *Dois Minutos de Silêncio*.* Preparando todos nós. Simon é muito britânico."

"Isso não fica ruim. No caso dele."

"'Desculpe pelo incômodo'", Linda arremedou o policial. "Tenho a impressão de que deve haver mesmo um toque de recolher, não acha? Sei que somos brancos e neutros, mas estou começando a me perguntar se não devíamos estar 'correndo' na direção contrária. Parece que não temos muita companhia."

Ele de fato estava correndo, meio que para extravasar, depois do nervosismo peculiar que sentira na barreira da estrada, um perigo e uma fuga simulados na estrada africana deserta, agora margeada, de um lado, pelos ramos de sisal, altos, nus, feito candelabros: a chuva quase terminara, as nuvens andavam altas, a luz estava diminuindo, a cor brilhante ora acendia, ora apagava, nas montanhas ao longe.

Bobby olhou para o medidor de combustível e disse: "Vamos parar em Esher e reabastecer o tanque".

"Na época do boicote asiático, todo mundo no condomínio

---

* Dois Minutos de Silêncio é uma cerimônia do Dia do Armistício, na Inglaterra, que celebra o final da Primeira Guerra Mundial. Aqui, é o nome de um periódico. (N. T.)

mantinha seus tanques sempre cheios, prontos para fugir para a fronteira a qualquer hora do dia ou da noite."

"Puxa", disse Bobby, "que emocionante. Notícias diárias na BBC, reservas na ponte aérea no Alto Comissariado, armazenar alimentos enlatados."

"Eu fiz meu estoque de enlatados."

Linda estava dando sinais do efeito do almoço, do vinho Riesling e da viagem. Tinha o rosto branco e tenso, uma faixa escura embaixo dos olhos e o bronzeado de suas têmporas proeminentes pareciam manchas amarelas, quase marrons.

De repente, ela disse: "Adoro essa luz dramática, você não? E o sisal. Tudo parece muito vazio, até que a gente começa a ver aquelas choupanazinhas marrons. Dá a sensação de que nunca aconteceu nada por aqui". Sua voz estava ficando mística; ela ouvia a si mesma falar; Bobby percebia isso agora. "Ninguém jamais vai saber o que aconteceu aqui."

Ele disse: "Alguns de nós sabemos o que aconteceu aqui."

"Vinte ou trinta pessoas foram mortas durante o boicote asiático. E não foram só aqueles dinamarqueses especialistas em laticínios que foram obrigados a cortar um dobrado. Eu me pergunto se aquelas coisas que não saem no jornal nem aparecem no rádio estão relatadas em algum lugar especial, em algum pequeno livro negro. Ou grande livro negro."

Bobby pensou: ela não está preocupada com isso; está pensando em outras coisas; está só tentando, sem nenhum motivo, me enfraquecer e transferir seu estado de ânimo para mim. Ao pensar isso, ele descobriu que sua própria agitação sumira, descobriu que estava esperando que ela o irritasse.

"Você não estava aqui na época do terremoto", disse Linda. "Eu tinha acabado de chegar. O criado doméstico chegou para mim de manhã com lágrimas nos olhos e disse que sua família morava numa das aldeias que foram destruídas. Levei-o para a delegacia de polícia para ver se tinham uma lista das vítimas. Não tinham, e todo mundo nos tratou muito mal. Fui lá todos os dias durante uma semana. Não existia lista nenhuma e até o criado doméstico parou de se preocupar com o assunto. Nada no jornal *Dois Minutos de Silêncio*. Nada no rádio. Todo mundo simplesmente tinha esquecido o assunto. Houve mesmo um terremoto? Aquilo tinha importância? Talvez toda aquela gente não tenha morrido, e se morreram mesmo também não tem importância. Talvez o tal criado doméstico estivesse só tentando chamar a atenção. Talvez nada que aconteça aqui seja mais interessante do que qualquer outra coisa que aconteça. Talvez num lugar feito este não existam notícias. Sammy Kisenyi pode pôr o pai-nosso para tocar todo dia no rádio e chamar isso de noticiário."

Bobby achou que tinha detectado ali um dos gracejos amargos de Martin. Mas limitou-se a dizer: "Se a gente encarar as coisas desse jeito, talvez não existam notícias em lugar nenhum".

"Não quero ficar discutindo. Acho que você entende o que estou dizendo."

"Vamos parar em Esher para reabastecer."

Meio que se desculpando, ela disse: "Estou com um pouco de dor de cabeça".

Linda pegou a bolsa no chão e colocou sobre os joelhos, olhou para o próprio rosto no espelho de mão e disse: "Minha nossa". Com movimentos bruscos, como se quisesse enxotar aquele estado de ânimo, maquiou o rosto; sem sinal de cansaço, ajeitou o cabelo e refez o nó do lenço de pescoço, tinha os braços ainda jovens, as mangas curtas da blusa deixavam à mostra o sinal de nascença no sovaco depilado. Em seguida pôs os óculos escuros, recostou-se no espaldar do banco do carro e se mostrou bastante refeita.

Bobby estava com ódio dela.

ESH, os marcos da estrada vinham anunciando a cada três quilômetros, E S H. e agora, enfim, a placa — com um aspecto inglês: devia ter sido importada da Inglaterra — dizia ESHER. Mas só havia mato e mais nada.

Então, velhos pinheiros surgiram entre cercas de arame; trilhas de terra com sulcos de rodas de trator desembocavam na rodovia em torrentes de lama derretida. E depois era o mato outra vez. Os morros se erguiam em corcovas de um lado; a rodovia avançava em zigue-zague. Uma placa desbotada deu informações insuficientes sobre uma passagem de nível; o carro sacolejou. Altos eucaliptos formavam uma alameda ampla, encharcada, troncos retos e descascados; contra o fundo formado pelas grandes montanhas ao longe, os morros se erguiam com uma mistura de pastos cercados, descampados com desníveis do solo, barreiras de eucaliptos contra o vento, trechos de florestas antigas: uma paisagem inacabada, uma esfoladura no continente.

As margens da estrada se alargaram; algumas casas de campo embaçadas no meio de jardins amplos. Havia um contorno, o canteiro no centro continuava preservado e ali a rodovia penetrava na cidade. Ruas transversais, cada uma com uma nova placa em branco e preto com o nome de um ministro na capital, podiam ser vistas e terminavam em lama depois de duzentos ou trezentos metros. A cidade foi construída para crescer. Não tinha crescido. Continuava a ser um amontoado de velhos prédios de madeira e de folhas de flandres, sua precariedade dos tempos dos pioneiros contrabalançada com o pequeno prédio novo do banco e com a loja de carros e tratores. O quartel da polícia chapiscado de barro, alojamentos brancos e baixos, ao nível do chão, já estava parecido com o casario precário do bairro africano na capital.

O posto de gasolina em que Bobby parou pertencia a uma empresa petrolífera que viera para o país após a independência. Uma placa alta, amarela e preta, anunciava os serviços em símbolos internacionais bem visíveis. Mas um dos símbolos, o telefone, tinha sido coberto por um quadrado feito de papel preto; e outro símbolo, o garfo e a faca cruzados, fora riscado, pelo visto por um dedo embebido em óleo de motor. Na margem inferior da placa amarela, assim como nas paredes brancas do escritório, havia marcas de dedos sujos de óleo e às vezes de mãos inteiras que tentaram se limpar esfregando-se ali. A parte coberta do pátio asfaltado estava negra de tanto óleo: a parte descoberta, ainda molhada depois da chuva, estava iridescente.

Quatro africanos em macacões de brim grosso e azul, que pareciam roupas descartadas por outras pessoas, observaram a chegada do carro. Quando Bobby parou fora da área coberta e tocou a buzina, os quatro africanos se moveram; mas aí, olhando uns para os outros, os quatro hesitaram. Um dos africanos era muito pequeno; seu macacão de brim azul pendia muito folgado embaixo da virilha e estava muito embolado nas canelas, por causa da bainha arregaçada.

"Vou arriscar dar um pulo no banheiro de mulheres", disse Linda.

Andou com passinhos atrapalhados, mantendo a cabeça baixa. As calças eram bem folgadas abaixo do joelho e havia uma grande mancha de suor em sua blusa, entre as escápulas.

O africano pequeno e outro africano se aproximaram do carro, o africano pequeno parecia dar um pontapé a cada passo, brigando com o estorvo de seu macacão. Ele trazia um balde, uma esponja e um limpador com cabo de metal. Em silêncio, começou a limpar os vidros das janelas do carro.

Linda voltou. "O lugar está trancado."

O africano grande enfiou a mão no bolso e entregou uma chave Yale suja de graxa, entre o dedo indicador e o polegar também sujos de graxa. Linda pegou a chave sem fazer nenhum comentário e se afastou ligeiro outra vez.

Óleo, gasolina, água, bateria, pneus: ansiosamente, Bobby vigiava e incentivava o africano grande. Usava sua voz simples e amigável e ria muito. O africano estava concentrado demais para reagir. Quando Linda voltou, Bobby ficou em silêncio. Reservada, imperscrutável por trás dos óculos escuros, Linda ficou parada na beirada da área asfaltada do posto, olhando para o outro lado da estrada, na direção dos morros e das montanhas.

Enfim Bobby pagou e ele e Linda voltaram para o carro. Enquanto esperavam o troco, perceberam que o africano pequeno estava escurecendo uma janela e depois a outra. A testa de Linda começou a se contrair; ela deu um suspiro. O africano grande voltou com o troco. Se ela suspirar de novo, pensou Bobby, vou lhe dizer umas verdades. O africano contou o dinheiro do troco, moeda por moeda, enquanto colocava na palma da mão de Bobby. Tinha dinheiro demais; era mais do que Bobby havia pagado.

"É patético", murmurou Linda.

O africano pequeno passou da janela de Linda para o lado do para-brisa bem na frente dela. Puxou para trás o limpador do para-brisa de um jeito alarmante e começou a limpar, seu rosto na mesma altura do rosto de Linda e só a uns poucos centímetros de distância. Ele franzia o rosto enquanto executava seu trabalho, fazendo questão de não olhar para Linda.

Linda baixou os olhos para os joelhos e sussurrou: "É patético".

Se ela usar essa palavra mais uma vez, pensou Bobby, vou lhe dar um murro. Ele estava separando o troco a mais, colocando na paciente mão em concha do africano grande, e contava o dinheiro lentamente com sua voz simples e amigável. Devolveu a última moeda, que continha uma gorjeta, e sorriu para o africano. O africano grande se afastou e o africano pequeno deu a volta com seu balde até o lado de Bobby, do para-brisa.

Linda disse: "Olhe só o que esse daí está fazendo".

Bobby olhou para o lado do para-brisa de Linda. Depois olhou para o africano pequeno. O africano estava usando um limpador de vidros com duas bordas, uma de borracha e a outra de esponja; mas tanto a borracha como a esponja estavam gastas demais e ele esfregava a barra de metal do meio no vidro do para-brisa. Tinha deixado um rastro complicado de arranhões profundos nos vidros do carro todo. Raspando com vontade agora, sem olhar para Bobby, ele franzia o rosto para demonstrar sua compenetração no trabalho.

Bobby viu a finura das feições do africano, o negror diferente e sem brilho da pele e reconheceu-o como um homem da tribo do rei. Bobby na mesma hora ficou profundamente irritado. O africano, ciente da vigilância de Bobby, franziu o rosto mais ainda.

"Que diabo você pensa que está fazendo?"

Quando abriu a porta, Bobby empurrou com tanta força que o africano foi atingido e perdeu o equilíbrio.

O africano se refez e se afastou do carro em passos cambaleantes. Falou: "O quê?", e abriu a boca para dizer mais alguma coisa. Mas limitou-se a olhar para Bobby com olhos chocados e molhados, a grande esponja em frangalhos, segura na mão esquerda, o limpador de cabo de metal ainda na mão direita.

"Olhe só o que você fez", gritou Bobby. "Estragou meu para-brisa todo. Estragou todas as janelas do meu carro. Rebaixou em muitas centenas de *shillings* o valor de revenda do meu carro. Quem é que vai me reembolsar por isso? Você?"

"O seguro", respondeu o africano. E de novo pareceu prestes a dizer mais alguma coisa; mas as palavras não vieram.

"Ah, sei, você é mesmo muito esperto. Como todos vocês. Sempre sabem das coisas, não é? O seguro! Quero ser indenizado, e é você que vai me pagar."

E Bobby deu um passo na direção do africano. O africano recuou um passo desajeitado por causa do macacão.

Os outros três africanos estavam parados, em seus macacões azuis e encardidos, um perto da porta do escritório, encostado na parede branca, um na frente da placa amarela, o outro na frente da bomba de gasolina.

"Vou fazer você ser demitido", disse Bobby. "Vai ser mandado de volta para seu povo. Quem é o gerente aqui?"

O africano que estava encostado na parede branca do escritório levantou a mão. Era o homem que tinha atendido Bobby, o homem que dera o troco. Ele hesitou, depois foi na direção de Bobby. Parou a certa distância, cruzou as mãos nas costas e disse: "Gerente".

Normas da empresa, obviamente; mas Bobby não acreditava que aquele gerente tinha poder para contratar e demitir funcionários.

"Vou mandar uma cobrança para o escritório central", disse Bobby. Pegou um envelope e uma caneta esferográfica no bolso da camisa nativa. "Quem é seu chefe? Quem é o diretor?"

"O superintendente do distrito. O indiano."

"O velho truque asiático do controle remoto. E ele vai vir aqui hoje, esse seu superintendente do distrito?"

"Hoje não. Em casa. Mora lá." O gerente acenou para a parte da cidade por onde Bobby tinha acabado de passar.

"Ah, sim, eles vivem se escondendo, todos eles. Me dê o endereço do sujeito. O diretor, onde ele mora?" E, enquanto rabiscava no envelope, sentiu tamanha impaciência que quase na mesma hora parou de escrever palavras e, lentamente, limitou-se a fazer rabiscos, e disse: "Essas pessoas não deveriam ser empregadas por vocês. Eles e o seu rei já ficaram tempo demais no comando. Mas agora suas trapalhadas terminaram. Olhe só como ficou meu para-brisa".

O gerente olhou, inclinando-se para o lado para mostrar que olhava.

O africano pequeno, em seu macacão de brim, tinha começado a relaxar. Olhava com ar de arrependimento para o pátio oleoso, ainda com a esponja e o limpador na mão e com a boca pequena contraída.

Bobby ficou ofendido com aquela desatenção. Falou: "Isso já é um caso de polícia".

O africano levantou os olhos arregalados de terror. Abriu a boca outra vez para dizer alguma coisa, mas não falou nada. Em seguida, fazendo um gesto como se estivesse disposto a jogar para o lado as ferramentas de trabalho, a esponja e o limpador com cabo de metal, virou-se e começou a andar, dando pontapés na bainha de seu macacão, até a beirada do pátio.

"Sou funcionário do governo!", gritou Bobby.

O africano se deteve e virou-se: "Senhor".

"Como se atreve a dar as costas para mim quando estou falando com você?"

Com a camisa nativa oscilando, dobrando o braço direito, a palma da mão aberta e voltada para trás, Bobby avançou na direção do africano pequeno.

O africano não estava fazendo nenhum esforço para se esquivar do golpe. Em seus olhos brilhantes, havia só expectativa e mais nada.

Os outros três africanos estavam parados no mesmo lugar de antes, um na frente da placa amarela, um do lado da bomba de gasolina, o gerente perto do carro.

"Bobby", disse Linda, através da janela do carro, aberta até a metade. Sua voz estava neutra, sem nenhum traço de reprovação; falou o nome dele como se o conhecesse havia muito tempo.

"Como você se atreve a me dar as costas?"

"Bobby." Linda tinha aberto a porta e se preparava para sair do carro.

Os quatro africanos ficaram onde estavam enquanto Bobby, com a camisa nativa amarela balançando, voltava bruscamente para o carro. E eles continuaram onde estavam, enquanto Bobby ligava o motor e saía na direção do final do pátio. Ali, parou o carro.

"Aquele endereço desgraçado", disse Bobby. "Onde foi que enfiei?" Simulou uma busca furiosa pelo envelope no qual não tinha escrito nada.

"Acho que é melhor esquecer o assunto", disse Linda.

"Ah, essa não."

"Mande um bilhete para o escritório central, como você disse que ia fazer. Não acho que a gente deva sair por aí em busca de nenhum endereço que aquele homem tenha dado."

Bobby continuou procurando.

Muito depressa, então, pondo o motor em movimento outra vez, com um jato de fumaça azul e um ganido dos pneus, ele dobrou à esquerda, na direção da saída da cidade, desistindo do superintendente do distrito.

Os quatro africanos ficaram parados onde estavam.

"A humilhação", disse ele, inquieto no banco do carro.

Linda não falou nada.

A cidade ficou rapidamente para trás: três ou quatro galpões grandes de alvenaria e uma fundição entre terrenos baldios com mato crescido de uma "área industrial", um trecho esburacado de uma estrada de duas pistas, cercas de tapumes desbotados com fotos de africanos sorridentes e de aspecto quase caucasiano, a rodovia de novo, e depois, na encosta de um morro, filas e filas de choupanas de madeira sem pintura, remanescentes de uma grande plantação colonial falida.

"A humilhação."

Nuvens de chuva escureciam os morros distantes à direita e as montanhas ao longe estavam ocultas. Mas à esquerda, onde o terreno era desimpedido, o céu continuava alto e, quando o sol batia através das nuvens, a estrada molhada reluzia e os pastos cercados tomavam a cor verde mais viçosa.

De repente Bobby freou, mas com cuidado, sem derrapar, e estacionou na beira da estrada. A pista estava vazia; a manobra foi tranquila. As rodas do lado esquerdo afundaram no capim macio e na lama; mas Bobby manteve as rodas do lado direito sobre o asfalto. Inclinou-se sobre o volante e bateu a testa de leve de encontro a ele. Ao erguer a cabeça, apoiando o cotovelo direito no volante, apertou com força a palma da mão contra a boca, segurou a testa, baixou os olhos e apertou a palma da mão na boca outra vez.

"Ah, meu Deus", disse ele. "Que horrível."

Nuvens ameaçavam no céu. Os campos ficavam escuros e clareavam. Ora parecia o crepúsculo, ora parecia de tarde.

"Horrível", disse ele, bateu na boca com a parte mais carnuda da palma da mão. "Horrível."

Segurou o volante com as mãos e inclinou-se sobre ele, as mangas da camisa nativa subiram pelos braços, que estavam rosados por causa da exposição ao sol ao longo daquele dia.

Linda não falou nada. Nem se virou para olhar. Os óculos escuros não deixavam nada transparecer.

Bobby ergueu os olhos. "Eu conheço o povo do rei", disse ele. "Provavelmente ele é cristão. Vai à igreja todo domingo. Mantém as roupas sempre muito limpas. Lava e passa ele mesmo suas duas camisas com todo o cuidado. Sua esposa dá aulas na escola do povoado deles, na Coletoria. Ele lê. Vi que estava com um livrinho de capa mole no bolso detrás do macacão." Bobby estava pensando no seu próprio criado doméstico, que também era pequeno, tinha os traços do rosto bonitos e era da tribo do rei:

frequentador da igreja, leitor de manuais de devoção ou livros educacionais na segunda metade do mês, quando ficava sem dinheiro, e um bebedor na primeira metade, muitas vezes atormentado por ressacas, momentos em que ficava silencioso e calmo, com o atributo adicional da delicadeza. Bobby exclamou com voz suave: "Meu Deus". Mas agora sua voz tinha mudado. "Meu Deus, que beleza." Estava falando da luz do sol sobre os campos verdes.

Por fim, Linda reagiu. Virou-se para olhar para os campos.

Bobby disse: "E agora eu destruí a patética e pequenina dignidade dele".

"Não acho", disse Linda. Viu as lágrimas nos olhos de Bobby e sua atitude mudou. "Não acho que ele tenha sequer entendido do que se tratava. E seja como for, eles bem que estavam merecendo levar uma bronca. Sem dúvida, não fez mal nenhum a eles. Você devia ter visto o banheiro aonde eu fui. Sabe, acho até que fiquei com a chave."

"Talvez eu deva voltar."

"Para quê? Isso sim iria deixá-los assustados de verdade. Poderiam até chamar a polícia."

"Na certa vou acabar chorando." Seus olhos, que já estavam clareando, ficaram inundados. Ele sorriu.

"Eu duvido. Acho que você vai acabar é ficando com raiva de novo se voltar lá e descobrir que eles estão morrendo de rir."

"Vou voltar."

"Já passei por isso tantas vezes com meus criados domésticos. A gente perde doze latas de leite em pó e dá uma bronca neles. Há uma cena tenebrosa e depois a gente fica andando na ponta dos pés dentro de casa. A gente já está até se preparando para receber a notícia de que alguém se suicidou, mas lá nos alojamentos eles estão só se divertindo a valer como sempre. Convidaram todos os amigos e estão se matando sim, mas é de tanto rir."

"Nós interpretamos mal os risos deles", disse Bobby, enquanto a mão mexia com indolência na alavanca de marcha.

"Isso pode até ser. É o constrangimento, ou a desaprovação, ou alguma coisa parecida. Sammy Kisenyi andou me explicando. E algum europeu na certa explicou para ele. Mas ainda tenho a impressão de que boa parte disso são as boas e antiquadas risadas."

Bobby girou a chave na ignição.

Linda deu um berro, levantou a blusa, virou-se violentamente em seu banco na direção da porta.

"Fui picada! Veja o que foi. Não tenho coragem de olhar."

Meio virada e apoiada sobre o quadril esquerdo, com a blusa levantada, Linda olhava para cima, para o teto, através dos óculos escuros, enquanto Bobby examinava o local. Logo abaixo das costelas, viu um calombinho vermelho que estava aumentando.

"O que é?", perguntou Linda. "O que é?"

"Estou vendo onde foi que ele picou você. Mas não estou vendo qual foi o bicho."

"Ah, meu Deus."

Ela continuou dura e Bobby examinou o corpo que Linda exibia agora, como uma criança: as dobras finas e amarelas da pele úmida, as costelas frágeis, o sutiã vestido especialmente para a aventura daquele dia e que envolvia os pobres seios miúdos, e, abaixo da cintura da calça azul, a roupa de baixo, que parecia tão firmemente amarrada e tão cirúrgica quanto o sutiã.

Bobby se curvou para a frente e deu um beijo no pontinho vermelho. Linda baixou os olhos do teto para a parte de cima da cabeça de Bobby. Agora ela tomava cuidado para manter a blusa levantada e evitar que cobrisse a cabeça de Bobby; e tomava cuidado também para ficar parada, não perturbá-lo.

Ele beijou o pontinho vermelho de novo e perguntou: "Está melhor agora?".

"Está melhor."

Bobby afastou a cabeça. Ela se ajeitou no banco e baixou a blusa.

"Espero que você não interprete mal minha intenção", disse Bobby.

"Ah, Bobby, foi uma das coisas mais bonitas que já me aconteceram."

"Ah, minha cara", disse ele, ligando o carro. "Do jeito que você fala até parece o nascimento de um filho."

"Mulheres são capazes de acreditar em tudo."

Linda falou em tom incisivo. Mas era o que Bobby já estava esperando. Dava um equilíbrio ao estado de ânimo; foi como amigos, personalidades estabelecidas, personalidades aceitas, que os dois retomaram a viagem pela estrada.

Ficou muito escuro. As nuvens negras e muito carregadas estavam baixas; o último raio de luz nos campos verdes se apagou. E a chuva caiu de fato, pesada, afogava o barulho do motor, espirrava branca sobre o carro. Já não havia mais nenhuma paisagem; só havia chuva. Dentro do carro, era aconchegante.

"Esses arranhões", disse Bobby. "Acho que vou acabar me acostumando com eles. Uma vez o cachorro de minha mãe me mordeu. Você pode imaginar o transtorno. Para mim, para minha mãe e até para o coitado do cachorro. Foi uma mordida bem feia. De um jeito bastante curioso, ficaram marcadas na pele duas linhas perfeitamente paralelas. Logo abaixo da panturrilha. Agora o cachorro já morreu. Ainda tenho as marcas na pele, sabe, e gosto bastante disso."

Um pouco depois, disse: "Certa vez um médico me deu uns tranquilizantes. Isso faz alguns anos. Tive uma recaída dos meus antigos problemas e achei que estava à beira de sofrer um colapso nervoso outra vez. Na verdade, acho que a gente nunca perde o medo por completo".

"Tranquilizantes. Ah, meu caro. Não me diga que você está sob o efeito dessas coisas."

"Escute só. Ele me deu os tranquilizantes. Tinham um aspecto inofensivo, umas pastilhazinhas brancas. Produziram um efeito estranho. Depois de três dias... você quer mesmo que eu conte?" Ele sorriu.

"Quero."

"Depois de três dias, eles queimaram a pele na ponta do meu pênis."

Linda não hesitou: "Que horrível deve ter sido".

"Ficou totalmente assado." Ele continuava sorrindo.

A chuva continuava.

"É estranho", disse Bobby. "Só aprendi a dirigir depois que vim para cá. Mas, durante minha doença, sempre me consolei com a fantasia de dirigir um carro no meio de uma noite fria e chuvosa, por quilômetros e quilômetros sem fim, até chegar a um chalé que ficava no topo de um morro. Lá haveria uma lareira acesa, estaria quente e eu ficaria perfeitamente a salvo."

"Chuva do lado de fora, lareira acesa do lado de dentro. Isso é sempre romântico."

"Sem dúvida. Muito romântico. Mas me dava muito conforto." Havia uma ponta de reprovação na voz de Bobby. "E depois tinha aquele quarto, dentro do qual eu me via. Tudo absolutamente branco. Cortinas brancas, balançando com a brisa. Paredes brancas, cama branca. Uma porção de janelas altas, todas abertas. Do lado de fora, os morros mais verdes do mundo e, embaixo, um mar muito azul."

"Parece um hospital numa ilha grega."

"Acho que era isso mesmo. Um desejo de desistir, de não ser nada, de não fazer nada. Só ficar olhando, uma espécie de fantasma. Eu passava horas naquele quarto, todo dia. E todas as noites. Não tinha mesinha de cabeceira. Eu punha meu relógio no chão. Certa manhã, pisei no relógio e o vidro quebrou. Eu ia mandar consertar, mas aí mudei de ideia e resolvi não consertar o relógio antes de eu melhorar."

"Agora já ficou macabro."

"Ficar andando com um relógio quebrado. É uma coisa bem maluca para se fazer. Mas o mais terrível em tudo isso é como a gente consegue se adaptar rapidamente ao fato de ter nossa vida inteira riscada, apagada. No princípio, eu dizia assim: vou melhorar na semana que vem. Depois era no mês seguinte. Depois, no ano seguinte."

"Não existe uma espécie de tratamento de choque para isso?"

"É como os tranquilizantes. Eu não sabia distinguir as coisas. Eu achava que a psiquiatria era uma piada americana e que o psiquiatra era alguém como Ingrid Bergman no filme *Quando fala o coração*."

"Isso mostra nossa idade. É um filme excelente, não acha?"

"Não acho. Por outro lado, de certo modo, você tem razão quanto ao choque. Foi assim que comecei a melhorar. Aquele psiquiatra com quem eu me tratava, aquele que curou o próprio reumatismo dizendo para si mesmo que estava apenas com medo de morrer, me disse, depois de uma sessão: 'Minha esposa vai lhe dar uma carona até a cidade'. Eu nunca tinha visto a mulher dele. Sentei na sala de estar e esperei a esposa do psiquiatra. Era um desses psiquiatras, sabe? Nada de consultório, tudo era na casa dele mesmo. Talvez eu devesse ter ido esperar em outro lugar. Ouvi aquela mulher falando com outras pessoas. Aí escutei a mulher dizer com sua voz forte: 'Mas eu posso levar você. Tenho de levar para casa um dos veadinhos do Arthur'. Ela não sabia que eu estava perto. Pensei que tudo o que eu tinha contado para o psiquiatra era confidencial. Acho que nunca senti tanto ódio por uma pessoa em toda minha vida. Eu queria que os dois morressem, mas morressem mesmo. Foi uma coisa muito desleal, porque ele tinha feito um bom trabalho comigo. Suponho que, sem saber disso, eu estava melhorando. Mas aquele choque, como você diz, me deu o tranco de que eu estava precisando."

Linda olhou para a chuva através do vidro arranhado.

"Um dos veadinhos do Arthur." Bobby sorriu.

Linda não falou nada.

Bobby sabia que tinha deixado Linda embaraçada e comovida. Ele disse, com uma pitada de agressão: "Não creio que eu tenha dito nada que deixe você surpreendida, não é?".

"Nós fazemos coisas terríveis", disse ele após uma pausa, o sorriso sumira, sua voz estava alterada. "Fazemos coisas terríveis para provar a nós mesmos que somos pessoas reais. Acho que nunca na vida me senti tão explorado."

"A opinião pública mudou muito."

"Eu me pergunto por que será. Detesto os veados ingleses. São horríveis e obscenos. E depois, é claro, fui preso. Numa noite de sábado, no lugar de costume. O policial era a gentileza em pessoa. Tentou me 'regenerar'. Foi engraçado. Tentou encher minha mente com imagens de desejo. Foi como uma incitação ao estupro. A certa altura pensei que ele ia abrir sua carteira e me mostrar fotos pornográficas. Mas fez as coisas de costume. Tomou de mim meu lenço, com todo cuidado. Meu lenço! Achei que eu ia morrer de vergonha. Era um lenço muito sujo. Meu caso foi julgado segunda-feira de manhã. Depois das prostitutas. Culpada, culpada; dez libras, dez libras. Contei para o juiz que agi 'no calor do momento'. Isso provocou alguns risinhos e, assim que falei isso, entendi que eu não poderia ter dito nada mais tolo ou mais prejudicial. No entanto fui dispensado rapidamente e ainda pude pegar o trem expresso para Oxford. Ah, sim, depois do meu fim de semana desvairado em Londres, consegui chegar a tempo para almoçar. Mas acho que Dennis Marshall contou para você. Eu 'sucumbi' e 'confessei' para ele algum tempo atrás. Isso sempre acaba me trazendo problemas, mas no final eu sempre sucumbo e confesso. É o lado efeminado de minha natureza. O que é que Doris Marshall diz que fazem com as pessoas como eu lá na África do Sul? Raspam nossa cabeça, nos classificam como nativos, nos vestem com roupas de mulher e nos mandam morar nos bairros dos nativos?"

Linda continuou a olhar fixamente para Bobby.

"Desculpe. Falei demais, como sempre, e acho que deixei você deprimida."

"Eu estava pensando na estrada", disse Linda. "Ainda que a lama não esteja tão ruim, não consigo imaginar que a gente consiga chegar ao condomínio antes das oito ou nove horas. Acho que a gente devia decidir logo de uma vez se vamos ou não vamos dormir no caminho, no hotel do coronel. Eu estava começando a sentir que tem alguma coisa verdadeira na máxima dos colonos que diz que a gente deve ter como objetivo chegar ao nosso destino às quatro horas. E agora já são duas e meia."

"Nunca ouvi falar que alguém morreu de fome na estrada para a Coletoria."

"Temos de tomar nossa decisão bem depressa. Vamos chegar ao entroncamento daqui a pouco."

"Nem preciso perguntar quais são os seus desejos nessa questão."

"Sempre achei o velho coronel muito divertido", disse Linda. "E eu adoraria ver como fica o lago quando o tempo está ruim."

"De qualquer modo, fico satisfeito por não ter deixado você

deprimida. É bonito, não é?", disse ele, falando agora da paisagem. "Mesmo na chuva, como você diz."

"Dirigindo um carro 'no meio da noite' rumo a sua casinha no topo do morro."

"Ah, minha cara. Estou vendo que isso foi usado como uma prova contra mim. Não posso dizer que me entristeço porque o contrato de Dennis Marshall não vai ser renovado. Mas não acredito que eu vá fazer alguém acreditar que isso não teve nada a ver comigo."

"Não acho que isso tenha importância, Bobby."

"Busoga-Kesoro me trouxe os jornais. O que eu podia dizer? Falamos tanto sobre corrupção entre os africanos. E, de todo modo, a quem é que eu devo lealdade?"

"Doris Marshall pode ser muito divertida. Mas ninguém presta muita atenção ao que ela diz."

"Me dá vontade de rir. Algumas pessoas vêm para cá, dilapidam o país e ficam o tempo todo criticando o povo. Quando chega a hora de ir embora, aí a história é outra."

"Acho que isso é verdade no meu caso."

"Não é isso o que eu queria dizer. Lamento que você esteja indo embora."

"E por que você haveria de lamentar?"

Bobby não podia dizer que lamentava porque estavam juntos no carro, porque ele tinha se confessado para Linda e porque ela agora sempre teria uma ideia de Bobby como ele era de verdade.

Ele disse: "Eu lamento porque as coisas não deram certo para você".

"Para você é diferente, Bobby."

"Você diz isso toda hora."

"Olhe. Eu acredito que eles tenham de fato fechado a estrada."

No entroncamento, na estrada propriamente dita e nos campos em redor da estrada, policiais uniformizados estavam postados, negros debaixo da chuva, com fuzis, debaixo de suas capas de chuva. Logo depois do entroncamento, jipes azul-escuros da polícia bloqueavam a rodovia até a Coletoria. Uma lanterna vermelha pendia de uma cancela branca de madeira; e uma flecha preta numa placa branca e comprida apontava para a estrada secundária que seguia plana até as montanhas.

A estrada até as montanhas estava desimpedida. Nenhum policial acenou para Bobby parar. Mas Bobby parou. Mais ou menos uns quinze metros depois da barreira e dos jipes duas tábuas pesadas foram atravessadas na pista: as cortinas de chuva dançavam entre duas fileiras de espetos de metal com quinze centímetros de comprimento. Mais ou menos uns cem metros depois disso, um pouco antes de a estrada fazer uma curva e ficar encoberta pela mata baixa, havia mais ou menos meia dúzia de caminhões militares com emblemas dos regimentos estampados na tampa traseira.

Bobby preparou um sorriso e começou a baixar o vidro da sua janela. A água da chuva gotejou da borda superior da janela, a chuva entrou com o vento. Nenhum dos policiais se mexeu; nenhum deles saiu dos jipes. Então um homem sentado no banco detrás de um jipe, um homem gordo, muito jovem, inclinou-se para a frente, uma camisa florida, cor de chocolate e amarela, embaixo da capa, e acenou com impaciência para Bobby ir em frente; parecia estar comendo.

"Graças a Deus", disse Linda. "Eu já estava temendo que fizessem outra revista nas minhas coisas."

"Eles são muito bons desse jeito", disse Bobby. "Eles têm uma ideia muito perspicaz de quem nós somos."

"Pelo menos eles tomaram a decisão por nós", disse Linda. "Agora temos de ir para o hotel do coronel. Acho que o poder de

Simon Lubero termina aqui, não acha? O exército parece estar perfeitamente sob controle. Só espero que não topemos com mais nenhum de seus caminhões. São uns completos demônios."

"Sempre demonstrei respeito pelo exército."

"Martin diz que, toda vez que a gente vir um caminhão do exército, deve estacionar o carro no canto da estrada até o caminhão passar. Eles passam por cima da gente só para se divertir."

"Eu preferia que tivessem se limitado a uma operação policial", disse Bobby. "Tenho certeza de que era isso o que o próprio Simon teria preferido."

5.

Durante alguns quilômetros, a estrada para as montanhas era asfaltada e tão larga e segura quanto a rodovia que tinham acabado de deixar para trás. Mas aquela estrada não fora construída sobre um aterro; seguia no nível do solo, que ali, perto das montanhas, avançava num aclive suavíssimo, sem desníveis e sem mato, sem árvores. Na vastidão, os mourões das cercas sobressaíam e a estrada, lavada pela chuva, se mostrava bem visível à frente, por uma boa distância, vazia, planando na terra ligeiramente inclinada. As montanhas estavam desbotadas na chuva, mas já não delimitavam mais a paisagem; elas faziam o olhar voltar-se para o alto.

Campos, cercas; um cruzamento de terra com uma placa desbotada; um povoado de casas esparsas de alvenaria e madeira, da cor de barro molhado; árvores e arbustos. A estrada começou a ziguezaguear, subiu e ficou mais estreita. E então não havia mais asfalto, só uma superfície de pedra nua.

Ao subirem, tinham relances da planície alta que haviam acabado de deixar para trás; e mesmo através da chuva havia alusões da terra que desaparecia aos poucos, para além dali, ao longe. Mas então, à medida que penetravam mais fundo nas montanhas, tudo o que viam era a mata baixa dos dois lados da estrada. As curvas eram fechadas nos cortes abertos na montanha, pedras molhadas brilhavam embaixo de rasgos e saliências de raízes e de terra. Havia pequenos deslizamentos de terra derretida nas valas rasas e cheias de mato e às vezes no próprio leito da estrada.

"Na verdade, é difícil saber o que se poderia escolher", disse Bobby. "Cento e oitenta quilômetros de lama na rodovia. Ou isto aqui."

Em pouco tempo, haviam penetrado bastante nas montanhas. De vez em quando avistavam picos e outros picos mais além, erguendo-se acima da chuva e da neblina; assim, depois de apenas meia hora de subida, parecia que estavam no topo do mundo, no coração do continente. A luz do sol e o mato baixo, a estrada negra e reta, o sibilar dos pneus, a dança da luz sobre os campos verdes brilhantes: isso pertencia a outro país. O carro sacudia por cima das pedras; às vezes, por longos trechos, a estrada estava polvilhada de cinzas, que faziam um barulho de coisa esmagada; o carro estava barulhento, chacoalhava, o som da marcha lenta sempre acima do chiado da chuva. Sem falar, atentos para o barulho de outros veículos, meio que esperando ver caminhões do exército atrás de cada curva, Bobby e Linda estavam concentrados na estrada isolada.

Agora, de vez em quando, viam choupanas na beira da estrada e lírios selvagens em pequenas poças onde a água da chuva espirrava. Às vezes a terra baixava abruptamente de um lado da pista, troncos negros de árvores na beira da estrada, galhos baixos, negros e molhados e folhas gotejantes emolduravam a paisagem de um vale verde e cinzento: morros com terraços, trilhas vermelhas que subiam em todos os morros rumo a uma pequena choupana cercada por uma paliçada, trilhas que serpenteavam na direção de outros vales, ocultos.

"Era isso o que eu queria dizer", explicou Linda. "Nunca esperei que aqui houvesse plantações nem que eles abrissem terraços em todos esses morros, até o topo. Nunca pensei nessas trilhas e nunca pensei que fosse parecer uma coisa tão velha e tão estabelecida."

"Foi a terra que deixamos para eles", disse Bobby.

Ela se recostou em seu banco, tirou os óculos escuros e Bobby viu que tinha falado uma coisa inconveniente, havia saído do tom.

"É absurdo pensar nisso agora", disse ele pouco depois, com uma voz diferente. "Quando vim para cá eu não sabia absolutamente nada sobre a África. Fiquei surpreso de ver que trabalhavam com ferro. Por algum motivo, ninguém pensou em me contar isso. Fiquei surpreso de verdade. Mas você sabe que se deixar um pedaço de metal velho dando sopa..."

"E nem precisa ser tão velho. Do dia para a noite, seu carro pode sumir, só ficam os bancos para marcar o lugar onde estava. Eles são capazes de depenar um avião Boeing numa semana."

Bobby já conhecia aquela piada, mesmo assim riu. "Acho que, quando vim para cá, eu tinha a vaga sensação de que eles se mostrariam hostis porque eu sou branco e inglês e por causa da África do Sul e de outras coisas assim."

"Eles não estão nem aí para a África do Sul."

"É isso mesmo. Essa grande sofisticação. Eles riem."

"Sammy Kisenyi me explicou que é porque estão muito revoltados."

"O Sammy exagera, assim como os políticos. Sammy gosta de explorar o lado racial de tempos em tempos. Na verdade, ele está só testando a gente. Isso pode ser um pouco maçante. Não consigo tolerar esse tipo de pose socialista, de terceiro mundo. E você, consegue? É uma coisa que ele aprendeu na Inglaterra. Não é típico. Dizem que o Sammy passou maus bocados na Inglaterra."

"Sem dúvida ele acabou ficando com mania de mulheres brancas. As cegas, as mancas, as pernetas, nenhuma está a salvo."

"É muito patético mesmo. Eu me pergunto quantos outros Sammys nós estamos criando."

"Patético nada, é assustador. Sammy acredita que é irresistível porque é preto e é gordo. Acha que na Inglaterra aprendeu a 'lidar' com as inglesas. É sério. Tem uma grave confusão na cabeça."

"Sammy é uma exceção. Suponho que o que eu gosto nos africanos comuns é que, com eles, não tem nada dessa história de ficar testando os outros. Aceitam a gente pelo que a gente é. Doris Marshall tem razão. Tenho muita coisa a agradecer ao Dennis. Foi ele que me fez vir para cá. Quando a gente é jovem faz cada coisa. Fazer a prova para a LCC porque todo mundo estava fazendo isso, candidatar-se para a Hedley porque todo mundo estava se candidatando também. Suponho que seja uma espécie de histeria. E há tantas coisas que a gente é capaz de fazer de um modo perfeitamente adequado. Tantas coisas que a gente sabe que não são suficientes, mas podem servir. A gente parece que está firme e seguro, quando na verdade está sem rumo. Eu não era nenhum grande batalhador. Depois de Oxford, fiquei satisfeito de estar bem outra vez. Nunca passou pela minha cabeça que eu podia querer usar plenamente meu potencial enquanto ser humano. Não é fácil explicar, eu sei, e tudo o que uma pessoa diz pode ser distorcido aqui. Tem tanta gente por aí que sabe como se promover."

"Você torna as coisas muito difíceis, Bobby."

"De que maneira?"

"As pessoas vão trabalhar em certas profissões pelos motivos mais variados. Eu me pergunto se as pessoas falam sobre o lugar onde moram tanto quanto falam sobre a África."

"Oxford. As pessoas não falavam de outra coisa senão de estarem em Oxford."

"Acho que tentamos nos promover de fato com muito empenho. Deveríamos ter percebido desde o primeiro dia que o continente não era para nós e deveríamos ter juntado nossa coragem nas duas mãos e ter voltado logo para casa."

"Mas você está aqui há seis anos."

"Como diz Martin, as únicas mentiras pelas quais somos punidos de verdade são aquelas que contamos para nós mesmos."

"E vocês vão mesmo para o sul?"

"É só uma ideia. Daqui a quatro anos, Martin vai fazer cinquenta anos. Acho que podemos voltar para a Inglaterra e Martin podia trabalhar de freelance. Ele é um mercenário convicto, como diz o Martin. Mas na verdade não dá para começar do zero quando a gente tem quarenta e seis anos. E Martin, no fundo, não é do tipo que consegue viver de freelance. E também não é nenhum grande batalhador."

O carro sacudia o tempo todo. As árvores gotejavam. Através das folhas negras no alto, eles viram de relance, para além dos picos distantes, um pequeno lago de montanha, cinzento como o céu. Um jacarandá na beira da estrada tinha acabado de deixar cair suas flores roxas, cerdas de cores delicadas sobre a pedra e a lama da estrada: eles passaram por cima daquilo.

"Minha vida está aqui."

"Bobby!"

Numa trilha da encosta coberta de mato, logo acima da estrada, mais ou menos uma dúzia de africanos em túnicas novas de algodão de cores vivas caminhavam um atrás do outro, debaixo da chuva, cobrindo as cabeças com folhas. Por causa das cores vivas do algodão de sua roupa e das folhas que levavam sobre a cabeça, estavam quase que camuflados. Não olharam para o carro.

"Esse é o tipo de coisa que me dá a sensação de que estou longe de casa", disse Linda. "Tenho a sensação de que esse tipo de vida de floresta vai continuar para sempre."

"Você tem lido Conrad demais. Acho aquele livro detestável, você não acha?"

"Você quer dizer que na certa eles estão só indo a um casamento ou a uma assembleia geral anual?"

"Agora você parece a Doris Marshall."

"Está bem."

"Eu adorava o Dennis. Nunca vou deixar de ser grato a ele pelo que fez por mim. Meu encontro com ele naquela reunião de ex-alunos da faculdade transformou minha vida. Comecei a sentir que eu queria de novo usar todo meu potencial. Ele arranjou um emprego para mim aqui e suponho que me mostrou como encarar o país. Mas ele queria que eu continuasse a ser indefeso. Queria continuar a ser meu intermediário. Vivia dizendo que eu não compreendia os africanos e que ele ia lidar com os africanos por mim. Dennis não gostou quando comecei a descobrir meu próprio caminho e passei a me movimentar sozinho. Na verdade, que homem ingênuo é ele. Queria que eu continuasse a ser uma propriedade sua. Ficou louco quando descobriu que eu não fazia nenhuma objeção ao contato físico com os africanos."

"Vocês dois não foram nada discretos."

"Ele falava tanto do serviço público na África. Nem posso dizer para você como fiquei abalado. E depois ele começou a fazer aquela campanha contra mim. Pensei que eu estava liquidado. Mas foi aí que passei a admirar de verdade Ogguna Wanga-Butere e Busoga-Kesoro. Eles compreenderam o que Dennis queria fazer."

"Não quero ouvir mais nada sobre isso."

"São todos assim."

De uma hora para outra, o entusiasmo de Bobby se apagou. Ele teve a sensação de que destruíra o clima de confissão e de amizade e de que perdera a simpatia de Linda. Ele havia falado demais; de manhã, iria sentir-se cheio de arrependimento; Linda seria mais uma das pessoas de quem ele tinha de se esconder. Bobby pôs sua máscara, a de um homem calado.

Passaram por mais africanos na encosta do morro. Linda não apontou para eles nem exclamou nada. Bobby começou a procurar palavras capazes de restaurar o estado de ânimo anterior. Meia hora antes, ele tinha tantas coisas para dizer; agora, nada novo se apresentava. Sentindo que Linda estava quieta a seu lado em sinal de reprovação, Bobby gostaria de poder retirar aquilo que tinha acabado de dizer, recuperar aquelas passagens anteriores em que mantivera Linda sob sua órbita.

"Suponho", disse ele, "que era esse tipo de estrada que aparecia nos meus sonhos. As montanhas, a chuva, a floresta. Para mim, é como o país de Bergman."

Montes amarelos de terra fresca começaram a aparecer na beira da estrada e às vezes sobre o próprio leito da estrada. Veículos pesados haviam passado por ali algum tempo antes e seus pneus tinham achatado e espalhado a terra por cima da estrada; pequeninos regatos de água marrom corriam por todos os lados. Abaixo deles via-se um vale, cinza-esverdeado e embaçado pela chuva. No vale, havia muitos morrinhos em forma de cone, todos eles cortados em terraços, todos com uma choupana de capim por trás de uma paliçada também de capim; e trilhas marrons desbotadas, como as trilhas de um país de conto de fadas, corriam na direção das choupanas e também ao longo do fundo do vale.

"Antigamente eu andava de carro por esta estrada dia após dia e passava horas naquele quarto branco..."

"Bobby!"

* * *

Estavam derrapando, deslizavam para a esquerda e para a direita, a traseira do carro batia numa protuberância de terra, a parede da encosta do morro vinha na direção deles, depois para a direita, o vale desimpedido abaixo deles, e era só a consciência de que os montes de terra impediriam que o carro caísse no precipício que salvava Bobby do pânico. Então os movimentos se tornaram absurdos e arbitrários; de repente o carro deu uma sensação de fragilidade; a cada giro do volante, o carro parecia à beira de capotar. E quando, enfim, o carro conseguiu parar, estavam a poucos dedos da vala aberta junto à parede da encosta, de frente para o lado de onde tinham vindo, dentro do mato baixo que margeava a estrada, galhos pretos e folhas molhadas tocando nas janelas do lado esquerdo do carro. O motor tinha morrido; estavam cientes da chuva nas folhas e no carro.

Bobby religou o motor e engrenou a primeira marcha. O carro sacolejou com força e eles ouviram o chiado dos pneus girando dentro da lama. Bobby tentou de novo. Dessa vez o carro não sacolejou; só ouviram o chiado.

Bobby abriu sua porta. Chuva, folhas e vento fizeram um alarido. Curvando-se, desceu para a estrada. Sua camisa nativa amarela, que a princípio dançava com seus movimentos bruscos, rapidamente ficou mole e escura com a chuva.

"Pelo que vejo, não houve nenhum dano ao carro", disse para Linda. "Acho que a gente só precisa de um empurrão. Pegue o volante."

"Não sei dirigir."

"Alguém vai ter de empurrar."

"Será que não podemos esperar até que apareça algum daqueles africanos que a gente viu?"

"Isso foi quilômetros atrás. Quando chegarem aqui, vamos estar atolados de verdade."

Linda saiu pela porta de Bobby e ficou parada na calha atrás das rodas que giravam. Ela empurrou e então, obedecendo às instruções de Bobby, tentou balançar o carro; e aí ela simplesmente deu tapas na lataria. Bobby resolveu usar a marcha a ré. Linda empurrou pela frente. A marcha a ré funcionou. O carro desatolou e Bobby levou-o de volta para a estrada.

Algum tempo depois, enquanto Bobby manobrava o carro para ficar de frente para a direção que desejavam seguir, enquanto Linda passava de um lado da estrada para o outro a fim de orientar Bobby, com a lama batendo nos joelhos, a blusa ensopada, o sutiã à mostra, o cabelo molhado, as mãos pegajosas de lama, um tempo depois o escapamento bateu num monte de terra e o carro morreu. Os dois saíram do carro para procurar uma vareta a fim de desobstruir o escapamento: o carro vazio bloqueava a estrada, enviesado num ângulo irracional, seus ocupantes se encharcavam, transtornados, em partes diferentes do mato baixo, Bobby de novo aflito com os caminhões do exército, Linda já histérica no final, arrancando pedaços de arbustos aleatoriamente e oferecendo para Bobby gravetinhos e ramalhetes, como alguém que oferece ervas.

Quando ficaram juntos de novo no carro consertado, não conversaram. A paisagem era tão espetacular quanto antes, mas eles a ignoraram. O carro, por dentro, dava a sensação de estar molhado e úmido; havia lama no estofamento de plástico e nos tapetes de borracha, lama no chão e no painel.

"Queria saber qual foi o cretino que despejou essa porcaria bem no meio da estrada", disse Bobby.

Linda não falou nada.

Durante quilômetros, ao que parecia, os montes de terra continuaram; e toda vez que passavam pela lama amarela comprimida, já contavam que o carro ia derrapar. Sem nenhum comentário, esmagavam as flores roxas de jacarandá sobre a lama. Depois, já não havia mais nenhum monte de terra; e mais adiante, também a chuva parou. O céu clareou, ficou quase prateado a oeste; e depois da sombra feita pela floresta e pela chuva, viram que ainda era de tarde.

Nos vales, havia aquela imobilidade que vinha depois de uma chuva prolongada. As trilhas estavam vazias; as nuvens esgotadas, menos escuras, agora mais altas, não se moviam; plantas e árvores estavam paradas. O céu cinzento estava definido: o sol não ia aparecer de novo naquele dia. Então, à medida que o carro avançava, eles começaram a ver pessoas nas trilhas, pessoas dentro das paliçadas. Fumaça subia reta de algumas choupanas.

A estrada sempre acompanhava o contorno de um morro; eles sempre tinham morro e mata de um dos lados. Agora, desde algum tempo, naquela mata, naquelas trilhas que as batidas dos passos repetidos transformaram em prateleiras marrons e negras, eles viam africanos em trânsito, com roupas vistosas e novas. Nunca foi fácil ver africanos, com sua pele preta e suas roupas de algodão multicoloridas. E agora Bobby e Linda viram que a encosta ao longo da qual iam passando de carro estava coalhada de africanos. Para onde quer que olhassem, viam mais africanos. Numa larga prateleira aberta no morro, havia um abrigo baixo feito de palha. Com seu telhado rústico de palha e folhas e suas estacas de sustentação pretas, feitas de galhos de árvore cortados, de início o abrigo parecera apenas uma parte da mata; porém estava atulhado de africanos sentados, todos de roupas novas. Em trilhas em zigue-zague acima e abaixo daquele abrigo, muitos outros africanos estavam parados, de pé.

"Não é um casamento", disse Linda. "São aquelas juras de ódio outra vez."

"Eles não são da tribo do presidente."

"Mas são muito próximos. Em algum lugar lá no alto eles tiram suas roupas novas e bonitas e ficam dançando pelados, se dão as mãos e comem bosta. O presidente na certa mandou para eles uma boa carga de bosta. A gente pode desaparecer aqui sem deixar o menor vestígio. Você sabe o que foi que aconteceu do outro lado, não sabe? Os rios ficaram vermelhos. Mas isso também é uma coisa que nunca aconteceu."

"Lá eles eram servos", disse Bobby, e sua irritação aumentou. "Foram oprimidos durante séculos."

"É tão tremendamente absurdo", disse Linda.

Bobby concentrou-se na estrada.

"Não é absurdo para eles. É absurdo para mim. Estar aqui."

Estavam se deslocando rumo à crista de uma serra; o céu parecia mais aberto. Saíram da floresta para o topo de uma serra nua e, do outro lado, o vale se descortinou de maneira espetacular: um país em miniatura estendido abaixo deles, todos os cantos repletos dos mesmos detalhes de morros cortados em terraços e choupanas com telhados de capim, a fumaça de fogões acesos, as trilhas molhadas e sinuosas: uma paisagem que terminava em miniaturas dela mesma, dissolvendo-se na névoa. A paisagem solicitava uma exclamação.

Mas Linda limitou-se a dizer: "Bergman".

Bobby fechou a cara.

Eles começaram a descer; a paisagem sumiu. Desse lado da serra, a vegetação era diferente, mais cheia de capim. Algumas encostas estavam emplumadas com bambus finos. Tiveram um relance do lago para onde estavam indo, cor de chumbo sob a luz mortiça. Em seguida, continuando a descer, entraram de novo na mata e se viram mais uma vez na penumbra. A estrada seguia sinuosa; o caminho morro abaixo parecia mais acidentado. Não havia nenhum sinal de gente, até que um aglomerado de choupanas e depois um casarão de campo numa clareira abandonada e retomada pelo mato anunciaram a proximidade da cidade do lago. Nessa altura, dentro do carro, eles haviam esgotado o silêncio e a irritação. Haviam exaurido aquilo até a última gota; a lama nos bancos e no painel estava secando depressa.

Bobby falou: "Será que o coronel pode oferecer um banho quente?".

"Espero que sim", respondeu Linda em tom gentil.

Parecia só mais uma curva na estrada pedregosa. Mas então a floresta e a penumbra desapareceram e eles se viram em terreno aberto e sob a luz do fim da tarde. O lago estava na frente deles, amplo como o horizonte, não se podia distinguir a água do céu. E viajavam de novo sobre asfalto, numa estrada curta que parecia seguir direto morro abaixo rumo ao lago, mas depois o caminho fez uma curva para deixar a cidade à mostra e, quase imediatamente, se transformou num bulevar de duas pistas, com pequenos postes de luz no meio, e palmeiras altas, uma importação, sugerindo não o crescimento natural dos trópicos, mas o cultivo adubado das regiões subtemperadas, de uma estação de veraneio de um país mais frio.

O bulevar era esburacado. A lâmpada de um dos postes estava quebrada. Um parque separava o lago do bulevar: cafés sem luz mais adiante, um cais pequeno e vazio. Do outro lado do bulevar havia casarões no meio de jardins enormes, cheios de cores, espantosas depois da floresta. Buganvílias vermelhas enfeitavam uma árvore morta. Havia um antigo posto de gasolina com uma só bomba; a pequena vitrine de uma loja para turistas estava atulhada de objetos de couro e de marfim; num quadro de avisos do lado de fora de um prédio baixo e branco, cartazes escritos à mão anunciavam os nomes de filmes e de atores.

E depois, rapidamente, a cidade que antes parecia íntegra revelou seu estado de deterioração. As entradas de carro dos casarões estavam cobertas pelo mato, geleiras de areia e terra regurgitavam através de portões abertos. O mato havia tomado conta do parque. Os globos de luz e as luminárias que imitavam um lampião de carruagem tinham sido quebrados e estavam vazios. Por toda parte, via-se ferro enferrujado. O bulevar estava mais do que apenas esburacado. Tinha rachaduras e fendas; as sarjetas de concreto estavam entupidas com areia, terra e mato; as calçadas estavam tomadas pelo mato. Os telhados de alguns casarões haviam quebrado e caído. O teto das varandas, feito de ferro corrugado, estava suspenso no vazio, como a asa aberta de um pássaro.

O bulevar e o parque foram feitos no mesmo nível do solo, que era acidentado. Quase no final do bulevar, havia um muro de concreto coberto de mofo, abalado pela pressão da terra do outro lado. Acima do portão, uma prancha vertical em forma de flecha, com a cabeça em curva, anunciava: HOTEL. Eles entraram ali e subiram a rampa de concreto rumo ao pátio coberto de cascalho onde, junto a uma faixa de jardim que corria paralela ao muro de concreto, um grande prédio de madeira de dois andares, com uma varanda embutida, ainda parecia manter sua integridade.

Quando pararam o carro, ouviram o barulho de água. Vinha do lago. E do prédio propriamente, de um pequeno cômodo perto do lugar onde haviam parado o carro, ouviram uma voz gritar algo em inglês.

"É o coronel", disse Linda. "Ele está em forma."

6.

Os gritos continuaram enquanto Bobby e Linda tiravam suas malas do carro e Bobby ligava o alarme antifurto, que imediatamente apitou de leve, e depois quase deu um zurro quando Bobby trancou o carro. Os gritos continuaram, mas o africano que desceu do escritório pela escadinha da porta, com seu chapéu de feltro na mão, estava sorrindo; e quando viu Bobby e Linda, sorriu mais ainda. Quando pôs o chapéu na cabeça, ficou sem rosto, seu sorriso desapareceu. Suas roupas encardidas e desalinhadas, em estilo inglês, pareciam molhadas; suas surradas botas do exército arrastaram o cascalho molhado pelo pátio inteiro.

Bobby, ao subir para o escritório com Linda, fechou a cara. O coronel ouvira o barulho do carro; no escritório escuro, no meio de uma bagunça de livros de contabilidade e blocos de papel, calendários e livros de capa mole, ele estava esperando. Cara feia recebeu cara feia. O coronel era mais baixo do que Bobby esperava. Estava de camisa de manga curta e, nos braços estendidos, cada um para um lado, as mãos apertavam a beirada do balcão. Os músculos dos braços tinham encolhido, mas o coronel continuava a ter um corpo vigoroso. Ignorou Linda; seus olhos escuros e úmidos, repletos da tensão dos gritos e de uma raiva que o havia levado à beira das lágrimas, fixavam-se em Bobby.

O coronel não ia ser o primeiro a falar. Linda, como não foi reconhecida, também ficou em silêncio.

"Queríamos dois quartos para passar a noite", disse Bobby.

O olhar do coronel baixou do rosto de Bobby para sua camisa.

Um calendário belga pendia do escaninho na parede atrás dele, acima de um cofre de ferro. Não havia nenhuma fotografia do presidente, só uma aquarela emoldurada com a imagem do lago e do hotel, datada de 1949 e dedicada pelo artista para "Jim".

Sem falar, o coronel abriu um livro de registros e virou-o para Bobby. Também calado, com o rosto igualmente fechado, Bobby assinou. E foi só na hora em que estava escrevendo que começou a compreender que o coronel era um homem velho. Havia manchas nas mãos do coronel, a pele era frouxa; as mãos tremiam enquanto apertavam a borda do balcão. Bobby também se deu conta de que o coronel estava cheirando mal. Viu que a camiseta regata do coronel estava marrom de terra; viu terra nas oleosas dobras de pele no pescoço do coronel.

Bobby passou o livro de registro para Linda. O coronel recuou um pouco do balcão, virou a cabeça e gritou chamando o criado. As mãos pararam de tremer e, quando se virou para Bobby outra vez, estava com a cara mais leve; os olhos tinham até um toque de zombaria.

Falou: "Acho que vocês também vão querer jantar, não?".

"Pode chegar uma terceira pessoa", disse Linda. "Na certa, ele está atolado naqueles montes de lama na estrada."

Aquilo era novidade para Bobby. E agora a cara fechada e o silêncio que ele vinha dirigindo ao coronel serviram também para Linda.

Eles não falaram nada enquanto seguiram o criado rumo ao prédio principal e subiram a escada. O criado era jovem; a calça preta e a túnica vermelha que vestia tornaram-se, nele, apenas um tipo de roupa africana; a cada passo, os calcanhares nus saltavam para fora de seus sapatos pretos. A tinta da escada estava descascando; no patamar, havia uma pilha de tábuas velhas e sem pintura nenhuma, talvez prateleiras descartadas; no corredor escuro do primeiro andar, onde a esteira de juta exalava um cheiro de umidade e de bolor, havia uma cama virada, colocada de pé contra a parede, apoiada na ponta. Ainda sem falar, Linda e Bobby entraram em seus quartos, em lados opostos do corredor. Linda teve sorte; seu quarto dava para o bulevar e para o lago.

O quarto de Bobby era pequeno e quase escuro. A janela borrifada de chuva dava para a torre onde ficava a caixa-d'água do hotel, árvores e mato baixo, telhados de casas na rua seguinte, e no pátio abaixo, os alojamentos dos criados, baixos e caiados. Bobby ouviu o tagarelar de timbre agudo do linguajar da floresta, as batidas de panelas, as exclamações que pareciam guinchos.

Não vinha nenhum barulho do resto da cidade, sobre a qual pairava uma névoa azul e pálida, como se viesse de fogões esparsos.

A cama tinha sido feita havia algum tempo; a colcha, estampada com flores pequenas, havia se amoldado a cada saliência e concavidade do lençol e do colchão. A luz do teto era fraca; no teto de madeira, os nós e a textura das ripas de madeira transpareciam através da pintura branca como pontos chamuscados. No banheiro, as instalações eram antigas e pesadas, a pia estava recortada por minúsculas rachaduras, com manchas nos pontos em que a água da torneira havia gotejado. O metal do ralo estava preto. E água, quando Bobby abriu a torneira, cuspiu verde-amarronzada de lama: a água do lago depois da chuva. Não ficou mais clara, no entanto logo passou a sair quente. Bobby se lavou.

No térreo, alguém ligou um aparelho de rádio. Uma voz africana roncou e fez estrondo através do prédio oco de madeira, desfiou aos trambolhões as notícias das seis horas vindas da capital: uma voz que lia palavra por palavra, num tom monótono, e às vezes sílaba por sílaba, não raro empacava num ponto e depois saltava para a frente com impaciência. *"Feudal... terroristas... separatistas... Abraham Lincoln... forças de segurança... exterminados... vermes."* As palavras chegaram a Bobby como um gaguejar enraivecido. Para enfrentar a competição do rádio, os criados do hotel fizeram ainda mais barulho, falaram mais alto, riram de modo ainda mais estridente e guincharam com mais força e mais demoradamente em seu linguajar da floresta.

A água marrom gorgolejava para fora da torneira de metal preta e para dentro do buraco escuro, passando pelos riscos fluidos de limo que eram como samambaias no fundo de um riacho; exalava um cheiro de podre. A toalha branca tinha sido muito usada, estava fina e tinha um cheiro de bolor. De uma hora para outra, enquanto enxugava a cara e apertava a toalha nos olhos, Bobby sentiu-se esgotado, entorpecido pela viagem demorada; e naquela cidade de veraneio, que ele mal conhecia, na beira daquele lago, naquele quarto de hotel, naquela hora do dia, seu esgotamento se transformou em melancolia.

Não era uma melancolia desagradável. Solitário, ele agora desejava ficar sozinho; gostou da ideia de querer ficar sozinho. Tinha sido um dia longo; havia falado demais e fizera muitos julgamentos equivocados. Ele desejava ficar ausente, queria que dessem pela sua falta. Era o início de um de seus períodos de mau humor; era assim que ele se castigava e se punia.

Bobby não trocou de calça. Vestiu a camisa cinzenta que tinha usado no almoço no bufê na capital no dia anterior e desceu para o térreo. No bar, onde o rádio estava ligado e o locutor continuava a embolar suas palavras violentas, não havia luz nenhuma. No alto do comprido muro de concreto, daquele lado não mais alto do que um parapeito, as largas e pontudas folhas de palmeira no bulevar estavam negras contra o fundo formado pelo lago e pelas nuvens imóveis. No parque, os arbustos ocultavam o muro contra o qual o lago batia suas ondas miúdas. No ar, pairava uma fumaça diluída. A luz tinha quase sumido.

Bobby ficou parado junto ao portão do hotel: não tinha vontade de sair para o bulevar. Caminhou pelo pátio. Viu de relance uma luz de fogão no alojamento dos criados; mulheres e crianças ergueram os olhos para ele; Bobby não esperava que houvesse tanta gente. Voltou e ficou parado no portão outra vez. Sentiu-se observado. Virou-se e viu o coronel inclinado numa porta do bar sem luz, olhando para ele. Bobby saiu para o bulevar.

Caminhou ao longo do muro de concreto do hotel; passou por uma casa vazia, verde com a umidade embaixo de uma árvore grande; torrões de terra, pedaços de tijolo e restos de cimento estavam espalhados na varanda, ervas se emaranhavam na areia e na terra que tinham escorrido da entrada para carros; e Bobby dobrou numa rua transversal. A rua era curta; a cidade tinha só três quarteirões de largura. Na varanda de um casarão, alguns africanos estavam curvados em torno de um fogo para cozinhar. Um homem, numa surrada túnica do exército, levantou-se quando Bobby passou. Bobby desviou o olhar. Mas o homem tinha ficado de pé só para jogar na panela alguma coisa que tirou do bolso.

A cidade estava desabitada. Muitas das casas que pareciam abandonadas estavam ocupadas por africanos que tinham vindo da floresta e haviam usado os objetos angulosos e desajeitados que encontraram, paredes, portas, janelas, móveis, para recriar ali o abrigo de sua choupana redonda da floresta. Dentro de salas de estar, tinham construído abrigos. Tinham erguido telhados nas meias paredes das varandas. Fogueiras ardiam sobre pedaços de ferro corrugado; tijolos serviam de braseiros para cozinhar. Muitos homens vestiam roupas militares esfarrapadas, ainda molhadas da chuva, os bolsos estufados e moles. Uma bicicleta inclinada num portal sem porta, como se fosse a parte interna da paliçada de uma choupana.

Nas calçadas, o capim tinha crescido em torno do lixo das casas, coisas que não podiam ser usadas tinham sido jogadas fora: molduras quadradas com o vidro quebrado, fragmentos de poltronas estofadas, colchões rasgados para desentranharem as molas, livros e revistas cujas páginas haviam se colado em blocos sólidos e enrugados. A certa altura, Bobby viu um maço de cigarro achatado, preto sobre um vermelho desbotado: *Belga*. Aquilo trouxe à sua memória férias europeias: como se a Bélgica e a Europa, no passado, estivessem do outro lado da água e o lago fosse apenas uma versão do Canal da Mancha. Aquela estação de veraneio não tinha sido construída para turistas na África; fora criada por pessoas que achavam que tinham vindo para a África para ficar e visitavam uma estação de veraneio para ali encontrar uma versão das coisas de sua terra natal: um parque, um cais, uma calçada larga à beira da água. Agora, depois dos problemas ocorridos do outro lado do lago, depois da independência e do medo da propriedade, depois do motim do exército, depois do êxodo dos brancos para o sul e das deportações asiáticas, depois de todas as mortes, a estação de veraneio não tinha mais nenhuma função.

Agora, de modo tênue, ao longe, ouvia-se um som ritmado, como de uma dança, mas tão fraco que mesmo quando Bobby ficava parado não conseguia saber o que era. Continuou andando. Nos arbustos no final de uma rua transversal, deu de cara com uma fila de casas que, em outros tempos, podiam ter sido lojas. Então ouviu o barulho de um motor; e um pouco depois um carro entrou com estrondo na rua precária. Era um Chevrolet, dirigido por uma jovem indiana. Ela parou o carro na frente de uma das lojas. Mal olhou para Bobby e entrou correndo, seus sapatos de salto alto estalavam na rua e no concreto. A loja estava escura, mas continuava em funcionamento e estava aberta para os clientes. As prateleiras estavam brilhantes de latas; havia um homem de meia-idade atrás do balcão.

O som ritmado persistia. Tornou-se mais nítido; agora, acima daquele som, podia-se ouvir um homem que gritava. Bobby virou-se para trás, na direção da amplidão do lago, um prateado morto através do negro dos arbustos, das árvores e das sebes, que tinham começado a crescer entre as árvores. Mas Bobby estava andando na direção daquele som, e o próprio som estava chegando mais perto. Quando chegou ao bulevar, viu uma companhia de soldados saindo da curva e entrando no bulevar, vindo de um túnel formado pelas árvores. No escuro, e em contraste com suas peles pretas reluzentes, as camisetas brancas dos soldados brilhavam como se cada uma fosse um escudo branco; seus sapatos brancos de lona pareciam o adejar avulso de uma asa de pombo. O homem de bigode que gritava para eles e corria com eles usava o uniforme do exército de Israel.

Os soldados vinham em filas de três, calça cáqui, sapatos brancos, camiseta branca, sem rosto. Tinham caído num trote ritmado e fácil. O israelense, que marcava o ritmo com seus gritos, corria na frente da coluna. Ali, fez uma curva e, sem parar de gritar, erguendo bem alto as próprias pernas, passou a companhia em revista, enquanto os soldados iam passando por ele a trote. Só que o israelense estava fazendo uma coisa e os africanos, uma outra. O israelense estava usando o corpo, se exercitando, demonstrando preparo físico. Os africanos, com os olhos meio fechados, tinham caído numa espécie de transe de dança da floresta. Mal erguiam os joelhos; rosto inexpressivo, com um prazer sério; passaram pelo israelense sem dar atenção, não davam atenção ao suor que escorria de suas cabeças raspadas para os olhos. Quando todos tinham passado, o israelense girou o corpo, sem parar de gritar "Ah! Ah!". Depois, como se fosse um cão pastor de ovelhas, galopou até a frente da coluna, mas do lado contrário, chamando em vão os africanos. Os africanos tinham ficado gordos e de braços redondos sob a dieta do exército; o instrutor israelense era pequeno, magro, fino.

Instrutor e soldados prosseguiram por uma pista do bulevar; e Bobby, na outra pista, foi atrás deles, caminhando na direção do hotel. As camisetas brancas que trotavam se fundiam na penumbra; os sapatos brancos adejavam; então eles foram encobertos pela vegetação escura no centro do bulevar. Lentamente, o som das passadas diminuía na distância. Mas soava sempre claro, com os gritos do instrutor por cima.

E então o som das passadas e os gritos ficaram mais altos outra vez. Os soldados tinham feito a volta e estavam vindo pela outra pista do bulevar. Uma perturbação na penumbra, o branco sobressaiu no negror: Bobby parou para observar. Mas os soldados se aproximaram e cabeças raspadas apareceram acima de camisetas brancas sacolejantes, Bobby sentiu-se inquieto. Era errado ficar observando; ele seria notado. Portanto, olhando direto para a frente, resistindo ao ritmo da dança, ele passou pelos soldados, que suavam e reluziam, e pelo instrutor, que ficava correndo para lá e para cá, a poucos centímetros deles, e gritava: "Ah! Ah!".

Agora a noite tinha caído. Em uma ou duas varandas, fogueiras de africanos ardiam em fogo baixo. Algumas luzes da rua acenderam, azuis, fluorescentes. Uma luz mortiça acendeu num casarão. No outro lado do bulevar, o parque tomado pelo mato tinha ficado da cor do lago, um negror homogêneo. Bobby chegou de novo à casa da árvore grande, sua massa sugerida pelo brilho pálido do pátio do hotel. Estava muito escuro embaixo do muro de concreto. A luz se diluía através do portão; o pátio coberto de cascalho estava cortado por sombras. As luzes do bar estavam acesas. A silhueta de Linda estava na varanda.

"Bobby?"

Deram pela sua falta: Linda parecia solitária e à espera dele. Ela havia trocado de roupa; estava de calça comprida, branca ou creme.

Falou num sussurro: "Estou com vontade de tomar vinho do Porto com limão".

Mas o bar estava em silêncio e desolado; e a piada, que tinha algo a ver com o coronel e com Doris Marshall, não funcionou.

Ficaram juntos, sentados e calados, tomando vinho xerez aos golinhos, observando as fotografias e as aquarelas expostas nas paredes cobertas de lambris e a figura poeirenta de Johnny Walker sobre a mesa. O coronel, agora com óculos de aros prateados, estava sentado abaixo de uma das luminárias do teto e lia um livro de capa mole; bebia gim. O criado de túnica vermelha estava curvado atrás do balcão, procurava alguma coisa.

Ouviram-se passos no cascalho, na escadinha de concreto, na varanda e um africano alto e magro apareceu na porta do bar.

Embaixo de uma capa de chuva do exército esfarrapada, vestia um terno preto, uma camisa branca suja e uma gravata borboleta preta; suas botas em estilo militar estavam empastadas de lama. Ele ficou parado na porta até o coronel olhar na sua direção. Em seguida, curvou-se e disse: "Boa noite, senhor coronel".

O coronel fez que sim com a cabeça e voltou à leitura de seu livro.

Andando na ponta das botas, movendo-se com agilidade, sem olhar para nada na sala, o africano entrou no bar e parou diante do balcão. O criado serviu-lhe uísque com soda. O africano envolveu o copo com dedos compridos e finos. Quando ergueu o copo, virou os olhos para o lado a fim de observar Bobby e Linda.

O coronel continuou a ler. O silêncio na sala era igual ao silêncio lá fora.

Um veículo a motor roncou ao longe e depois veio pelo bulevar. Foi chegando mais perto, os faróis brilharam no bulevar; estava bem na frente do hotel, entrou no pátio. Duas portas bateram. Linda, Bobby e o criado olharam para a varanda. Eram dois israelenses, homens magros e pequenos, em trajes civis. Cumprimentaram o coronel, mas nem olharam para Bobby e Linda. Quando o garçom foi até a mesa deles, fizeram seu pedido sem sequer erguer os olhos para o jovem; e então falaram com voz suave, quase em sussurros, em seu próprio idioma, como pessoas que têm ordens de não confraternizar, não comentar e não ver.

Mão no bolso, agora, o africano terminou sua bebida. Com cuidado, pegou uma moeda com o polegar e o indicador e colocou-a na extremidade do balcão. Deteve-se perto da mesa do coronel, de novo esperou que fosse visto, curvou a cabeça numa saudação e disse: "Boa noite, coronel. Obrigado, senhor".

O coronel curvou a cabeça.

Depois que o africano saiu, o coronel olhou para Bobby e

para Linda por cima das lentes dos óculos e disse, com algo que podia ser um sorriso: "Bem, pelo menos alguns de nós ainda se vestem direito".

Linda sorriu.

Bobby fechou a cara e teve o prazer de ver que o coronel desistiu de tentar uma troca de sorrisos com ele.

"Não precisam me dizer como são seus quartos", disse o coronel. "Faz três ou quatro meses que não subo ao primeiro andar." Pôs a mão no quadril. "É Peter quem cuida disso agora. O chefe dos criados. Vocês deviam ver como é o alojamento dele. Antigamente eu inspecionava o alojamento uma vez por mês. Faz anos que desisti de fazer isso. Não consegui suportar. De que adianta, de que adianta?" Com o livro nas mãos, curvando a coluna, ele voltou a ler.

Um criado alto e de libré entrou vindo da sala contígua e disse para o coronel: "O jantar, senhor".

Os dois israelenses se levantaram na mesma hora e entraram com suas bebidas.

Linda disse: "Vou lá em cima um instante".

Bobby não ficou esperando no bar. Entrou na sala de jantar. Era uma sala ampla e aberta, com duas colunas quadradas no meio, e janelas largas e protegidas por tela de arame na parede que dava para o lago. As paredes laterais forradas com lambris expunham mais aquarelas. Havia mais ou menos doze mesas e todas estavam preparadas. Meia dúzia de garrafas de tempero, um galheteiro alto de prata e uma pilha de revistas e livros assinalavam a mesa do coronel. A mesa para a qual o criado conduziu Bobby estava posta para três pessoas.

O criado era grande e movia-se de maneira brusca, criando pequenas turbulências de mau cheiro. Os punhos e o colarinho de sua túnica vermelha estavam pretos e gordurosos; gordura brilhava nas bochechas e no pescoço do criado. O cardápio que entregou para Bobby estava redigido numa caligrafia antiquada, forte e inclinada: cinco pratos.

Linda voltou.

"Foi rápida", disse Bobby.

Ela pegou o cardápio e olhou para ele de cara preocupada. "Vi alguém no seu quarto."

Continuava com a mesma cara e Bobby compreendeu que ela não estava apenas lhe dando uma notícia; esperava que ele mesmo fosse lá e visse com os próprios olhos. Bobby ficou irritado com aquela inoportuna exigência feminina. Mas o mau humor o deixou, assim que saiu da sala de jantar.

Uma luz mortiça estava acesa acima da escada. Não havia luz nenhuma no corredor do primeiro andar. Quando acendeu a luz do seu quarto, a janela lançou um reflexo escuro. A cama não fora revirada; sua mala aberta estava no mesmo lugar onde ele havia deixado; a camisa nativa amarela estava pendurada no encosto de uma cadeira. Nada tinha sido mexido; nada mudara. Só os cheiros pareciam mais fortes.

Atravessou o corredor na direção do quarto de Linda: um quarto menor, porém mais claro e fresco; o coronel prestara um favor para Linda. Sobre uma poltrona, viu o sutiã do dia, a blusa, a calça azul manchada de lama, com suas pregas íntimas e, em redor da cintura franzida e dos quadris lisos, ainda se preservava algo das formas de quem a vestira. Um objeto prateado e brilhante reluzia sobre a mesinha de cabeceira vazia: um pedaço de papel metálico, um invólucro rompido por dedos ansiosos. Não era um xampu. Era um desodorante vaginal com um nome horroroso.

"Que piranha", pensou Bobby, "que piranha."

Enquanto caminhava através da sala de jantar de novo, ele sorria voltado para o chão. Mas quando sentou à mesa, tinha parado de sorrir e fazia uma cara fechada. Viu que o terceiro lugar preparado na mesa tinha sido retirado. E de novo passou pouco tempo antes que compreendesse o significado do olhar fixo de Linda, que até ali ele vinha ignorando. Bobby decidira ficar calado; no entanto se apanhou falando, num sussurro de tom conspiratório que combinava com o tom de voz de Linda: "Não vi ninguém".

Linda não ficou nada satisfeita. Sua testa se contraiu; deu um suspiro de impaciência e virou-se.

Bobby estava detestando tudo.

Pouco depois, o coronel se aproximou, no seu passo duro e arrastado. Estava com o dedo enfiado entre as páginas de um livro fechado. Tinha o rosto vermelho; o gim estava produzindo seu efeito sobre ele. Olhou em redor da sala com satisfação, como se estivesse muito cheia. Olhou para Linda com ar benevolente.

"Você já leu isto aqui?" Ergueu o livro: era de Naomi Jacob. Linda não conseguiu ler o título. "É muito bom, sobre a mentalidade dos hunos. Não me mostre o cardápio", disse ele para o criado. "Fui eu mesmo que escrevi. Vou tomar sopa. Antigamente eu recebia muitos deles aqui. Aqueles pacotes turísticos de Frankfurt. Eu nem tinha lugar para todos eles."

"Você quer dizer que eles não queriam ficar aqui", pensou Bobby.

"Eles devoravam os lucros da gente", disse o coronel. "Devoravam mesmo, ao pé da letra. A gente preparava um bufê para eles. Ideia horrível. Nunca sirva um bufê para um huno. Ele só vai ficar satisfeito quando tiver comido a última migalha. Ele acredita que o presunto inteiro que foi servido no bufê é só para ele. Toda hora havia tumulto. Vi até duas mulheres brigarem. Não, não; ouça o que estou dizendo, trate de retirar tudo do bufê assim que você vir um huno chegar. Vá ao encontro da horda na porta e diga para eles: 'Hoje as porções são rigorosamente fixas, cavalheiros'."

"Para comer, são terríveis", disse Linda.

"Assim como os belgas. Agora há uma multidão. Antigamente bandos deles vinham do outro lado para cá. A única coisa que se pode dizer em favor de um belga é que ele sabe reconhecer uma boa garrafa de Borgonha. No entanto, agora, temos pouco dessas coisas por aqui. É claro, temos muito disso", e acenou apontando para as janelas protegidas por telas de arame, para a escuridão, para o lago, "e boa parte disso foi feita por eles. Achavam que iam chegar aqui assim, sem mais nem menos, vindo lá da sua pequenina Bélgica, e começar logo de cara a levar a maior boa vida. Nada de trabalho. Nada disso. Só boa vida. Pouco antes da confusão toda, teve uma mulher que me disse: 'Mas é o nosso Estado. O rei nos deu tudo isso'. Vocês deviam ter visto o que foi que eles arranjaram lá para cima. Mansões, palácios, piscinas. Vocês deviam ter visto. Entre eles, existem essas duas tribos..."

"Os flamengos e os valões", disse Linda.

"Parecem ser o contrário do que deveriam. Os valões deveriam ser os gordos, mas são muito magros e refinados. Os flamengos deviam ser magros, só que são gordos. Já viram um bando de flamengos na hora de comer? Eles pedem o jantar para as dez horas, mas chegam aqui às sete. Às sete. Começam bebendo. Só para ficar com mais fome. Às oito horas estão com fome, saem beliscando tudo o que encontram e fazem os criados andarem para lá e para cá trazendo mais petiscos. Vocês só precisavam ver os petiscos que serviam quando os belgas estavam por aqui. E não paravam de beber, não paravam não, só para ficar com mais fome ainda. A comida já estava pronta, os criados estavam só esperando. Mas eles disseram dez horas e assim não entram de jeito nenhum na sala de jantar antes das dez. Até as dez horas, ficam só atiçando o apetite. Discutem, berram, jogam cartas. Crianças gritam. Todo mundo grita com os criados pedindo mais petiscos. Esse bar ali virava o maior pandemônio só com uma pequena família de flamengos. Então às dez horas eles entravam na sala de jantar e comiam vorazmente durante uma hora e meia. Grunhiam e rosnavam juntos. Mãe, pai, filhos. Cada um deles era uma bola de gordura. Era esse o exemplo que estavam dando. Ninguém pode condenar os africanos. Os africanos têm olhos. Enxergam perfeitamente. O africano é muito engraçado desse jeito. A gente pode montar nele durante semanas seguidas com rédea curta. Mas um dia ele dispara e derruba a gente da sela."

Veio um barulho de coisa quebrada na cozinha e o som agudo de uma rápida troca de palavras. Uma voz se transformou rapidamente num guincho que ressoou feito uma risada; e depois todas as vozes na cozinha guincharam juntas.

O coronel ficou meio distraído; já não estava mais olhando direto para o rosto de Linda. Os israelenses falavam em voz baixa. O criado alto veio levar os pratos de Bobby e Linda, e ao sair deixou para trás um pouco de seu mau cheiro.

"Você viu só aquele sujeito em traje a rigor?", perguntou o coronel.

Bobby franziu as sobrancelhas. Linda fez menção de sorrir, mas viu que o coronel não estava sorrindo.

"Faz mais ou menos um mês que ele vem aqui. Sempre vem com aquelas roupas. Não sei quem é ele."

Linda disse: "Foi tremendamente educado".

"Ah, sim, muito educado. Só que ele vem aqui para me colocar no meu lugar, entende? Não é isso, Timothy?"

O criado alto ficou parado e ergueu a cabeça. "Senhor?"

"Ele gostaria de me matar, não é isso?"

Timothy continuou parado, a bandeja nas mãos, e tentou fazer uma cara séria. Não disse nada. Só relaxou quando o coronel voltou à sua comida.

"Um dia eles disparam e derrubam a gente da sela", disse o coronel.

Em passadas largas e rápidas, Timothy voltou para a cozinha. Uma voz nova se acrescentou aos guinchos lá dentro; e então, a voz de repente recuou, o guincho ofendido prosseguiu, Timothy saiu da cozinha de novo, ainda de maneira brusca, ainda sério, e foi para a mesa dos israelenses.

"Eu lembro como a gente treinava homens de Salônica, da Índia e de lugares assim", disse o coronel. "Às vezes a gente tinha até de amarrar o sujeito no cavalo. *Ah-wa-wa!* A gente ouvia os homens aos berros na outra ponta do campo de treinamento. Alguns ficavam com erupções de três centímetros na pele. Mas nós conseguíamos transformar aqueles homens em cavaleiros. E mandávamos todos de volta para Salônica, para a Índia, sei lá para onde mais." E fitou Linda outra vez. "Esses nomes devem soar estranhos para você. Imagino que, em breve, o nome deste lugar aqui também vai soar estranho."

Os guinchos na cozinha diminuíram.

O coronel ficou distraído outra vez, ocupado com a própria comida.

Um africano alto, mais esguio, marrom-escuro, não preto, saiu da cozinha para a sala de jantar. Movia-se com agilidade, como um atleta. Fez que sim com a cabeça e sorriu para os israelenses, para Bobby e para Linda, e dirigiu-se à mesa do coronel. A mobilidade e a franqueza de seu rosto lhe davam o aspecto menos de um africano do que de um mulato das Índias Ocidentais ou de um americano. Usava roupas simples, com muito estilo. A calça cáqui bem cortada estava limpa e bem passada; o colarinho da camisa cinzenta estava limpo e duro. O pulôver de cor creme sugeria um homem esportivo, um jogador de tênis ou de críquete. O cabelo tinha uma divisão e os sapatos marrons reluziam.

Ficou parado na frente do coronel e esperou ser visto.

Então falou: "Vim dar boa noite, senhor". Seu sotaque tinha ecos do sotaque do coronel.

"Sim, Peter. Você está dispensado. Ouvimos o barulho de alguma coisa quebrada e ouvimos seus berros. Aonde vai desta vez?"

"Vou ao cinema, senhor." O uso da língua *pidgin* foi uma surpresa.

"Você já viu nosso pulgueiro local?", perguntou o coronel para Linda. "Imagino que vá fechar depois que o exército for embora. Se for embora algum dia."

Os israelenses não escutaram.

"E o que é que você vai ver, Peter?"

A pergunta deixou Peter confuso. Continuou a fitar o coronel. Seu rosto exibia um meio sorriso, mas depois ficou inexpressivo, africano.

Disse: "Não lembro, senhor".

"Isso é o africano para você", disse o coronel. As palavras foram ditas para Linda, mas não eram dirigidas a ela.

Peter esperou. Mas o coronel ficou ocupado com sua comida. Peter voltou a se compor; o meio sorriso retornou a seu rosto.

Por fim, falou: "Posso ir, senhor?".

O coronel fez que sim com a cabeça, sem erguer os olhos.

Peter se afastou com seus passos ágeis de atleta. Os saltos de couro ressoaram no chão do bar, da varanda. Assim que tocaram na escadinha de concreto junto à porta, o coronel bateu com uma garrafa de tempero na mesa e gritou: "*Peter!*".

Bobby deu um pulo. Timothy ficou com a cara tensa, como se tivesse acabado de levar um tapa. Até os israelenses ergueram os olhos. O silêncio tomou conta da sala de jantar, do bar, da cozinha.

Em seguida, com toda a leveza que seus saltos de couro

permitiam, Peter voltou para a sala de jantar e se postou diante da mesa do coronel.

O coronel disse: "Dê-me as chaves do Volkswagen, Peter".

"As chaves estão no escritório, senhor."

"Não diga bobagens, Peter. Se as chaves estivessem no escritório eu não estaria aqui perguntando a você onde estão as chaves, não acha?"

"Não, senhor."

"Portanto é uma coisa tola de se dizer."

"Uma coisa tola, senhor."

"Portanto você é muito tolo."

Peter ficou calado.

"Peter?"

"Uma coisa tola, senhor."

"Não diga isso com tanto orgulho, Peter. Se você é um tolo, é um tolo e faz coisas tolas. Nenhum curandeiro vai conseguir curar isso."

Peter não olhava mais para a sala em redor; seus olhos estavam fixos no coronel. Os ombros ossudos estavam curvados; ele parecia inclinar-se.

"Ah, ele parece tão fino", disse o coronel, como se estivesse falando de novo com Linda; mas não olhava para ela. "Tão educado." Estendeu a palma da mão aberta para a frente do rosto e moveu-a para cima e para baixo. "Passe na porta do alojamento dele, e isto aqui é tudo o que pode fazer para evitar que fique com ânsia de vômito."

Em seu rosto fino, os olhos de Peter começaram a brilhar e a olhar fixamente. A boca estava mole.

"Me dê as chaves, Peter."

"As chaves estão no Volkswagen, senhor."

Bobby empurrou seu prato para o lado. Linda chutou-o por baixo da mesa. Ele se refez. O coronel viu. Desviou os olhos de

Peter para o chão perto dos pés de Bobby e deu a impressão de ficar distraído.

Fez um gesto com o dedo indicador. "Qual é a largura do estacionamento do hotel, Peter?"

"Quarenta e cinco metros, senhor."

"E quanto tem de profundidade?"

"Sessenta metros."

"E nesses dois mil e setecentos metros quadrados sou *eu* que mando. Não estou nem aí para o que acontece lá fora. Aqui, sou eu que mando. Se você não gosta do que eu faço, vá embora. Vá embora agora mesmo."

Bobby pressionou o dedo sobre a toalha de mesa e pegou uma migalha.

"O que você acha de mim, Peter?"

"Eu gosto do senhor."

"Ele gosta de mim. Peter gosta de mim."

"O senhor me aceitou em sua casa quando eu era pequeno. O senhor me deu um emprego, me deu um lugar para morar. O senhor cuida de meus filhos."

"Ele tem catorze filhos. Está morando com três daqueles animais agora. Tão educado. Tão bom. Fala tão bonito. A gente nem acredita que ele nem sabe como segurar uma caneta com essas mãos. A gente nem acredita de que imundície ele veio. Mas você gosta de imundície, não é, Peter? Você gosta de se meter num desses buracos de pretos para comer cocô e dançar pelado. Para fazer isso, você é capaz de mentir e roubar, não é?"

"Eu gosto do meu alojamento, senhor."

"Enquanto eu viver, você vai ficar lá. Não vai se mudar para cá, Peter. Não quero que você conte com isso. Se eu morrer, você vai passar fome, Peter. Vai voltar a viver no mato."

"É verdade, senhor."

"E você gosta de mim. Sou bom para você. Mas não tenho

sido bom para você. Nesta sala, já tivemos gente que falou em exterminar você. Não se lembra?"

"Não me lembro."

"Você é um mentiroso."

"Eu gosto do senhor."

"E aquele garoto que ficou preso dentro da geladeira?"

"Isso foi em outro lugar."

"Então disso você se lembra."

"Eu nunca falo sobre essas coisas, senhor."

"E as chicotadas? Isso aconteceu muitas vezes. E as coisas que você não tinha permissão para plantar? Disso você se lembra? E você diz que gosta de mim?"

"Eu odeio o senhor."

"É claro que me odeia, e eu sei que você me odeia. Semana passada você matou aquele sul-africano. Velho, indefeso. Não foi? Morou aqui durante vinte anos. Casou com uma das mulheres de vocês."

"Foi um ladrão que matou, senhor."

"É o que eles sempre dizem, Peter. Mas a gente sabe quem foi que matou o homem. Foi alguém que tinha ódio dele."

"Não, senhor."

"Você lembra quando sua mulher estava doente, Peter?"

"O senhor sabe de tudo isso."

"Então me conte de novo."

Os olhos fixos de Peter estavam inflamados, úmidos de lágrimas de irritação. Sua boca entreaberta estava mole, a parte de cima do rosto estava tensa.

"É uma história que você sempre conta", disse o coronel. "As pessoas sempre escutam."

Timothy estava encostado numa coluna no meio da sala, de cabeça baixa, meio torto para o lado, observando.

"Minha esposa estava doente", disse Peter. Parou, sufocado pela irritação.

"Você tinha outras três esposas. Continue."

"Ela ficava chorando toda noite no alojamento."

"Preto, imundo e fedorento."

"Uma noite, ela estava muito doente. Pego o carro e levo para o hospital. Eles dizem, não. Hospital só para europeus. Choupanas para os nativos. O doutor indiano atende minha esposa. Tarde demais, senhor. Ela morre."

"E no dia seguinte você foi logo arranjar outra mulher e mandou todas elas para a floresta para cortar lenha. E elas puseram a lenha nas costas e trouxeram para você de noite. É uma boa história, sobretudo para visitantes."

"Eu nunca falo desses assuntos, senhor."

"Quem é que você mais odeia, senhor? A mim ou ao indiano?"

"Eu odeio o indiano."

"Você é um ingrato. Quem é que você odeia mais? A mim ou ao indiano?"

"Vou sempre odiar o senhor."

"Não esqueça disso. Seu ódio é que vai me manter vivo. Uma noite, Peter, você vai bater na minha porta..."

"Não, senhor."

"Você estará usando uma capa de chuva ou vai estar de paletó. Seus cotovelos vão estar bem juntos do corpo..."

"Não, senhor. Não, senhor." Peter abria e fechava os olhos.

"Não vou me comportar como fez o sul-africano, Peter. Quando você disser: 'Boa noite, senhor', eu não vou responder: 'Puxa, é o Peter, o meu garoto. Entre, Peter. Tome um chá comigo. Como tem passado? Como vai sua família?'. Não, comigo não vai ter nenhuma xícara de chá. Não vou agir desse jeito. Estarei esperando. Vou dizer: 'É o Peter. O Peter me odeia. E você não vai nem passar pela porta. Eu vou matar você. Vou matar você com um tiro'."

Peter abriu os olhos e olhou para a parte de cima da cabeça do coronel.

"Essa é a promessa, é o juramento que eu fiz", disse o coronel. "Debaixo dessas luzes, sem segredos, diante de testemunhas. Conte para seus amigos."

Durante algum tempo, Peter ficou parado, olhando para a parte de cima da cabeça do coronel. Sua boca fechou, ficou firme outra vez; não havia lágrimas nos olhos inflamados. Peter pôs a mão no bolso da calça cáqui e pegou um chaveiro com duas chaves. Ia colocá-lo sobre a mesa, mas o coronel estendeu a mão e Peter pôs as chaves na palma da mão do coronel. Nada mais havia que o detivesse; e com o mesmo passo ágil, elástico e atlético de antes, atravessou a sala de jantar na direção da cozinha.

O coronel não olhou para ninguém na sala. Pegou um copo de água, mas suas mãos tremiam e ele baixou o copo sobre a mesa. Seu rosto ficou pálido.

Timothy se afastou da coluna e foi cuidar de alguma coisa.

Quando o coronel se refez e a cor voltou a seu rosto, olhou para Linda e disse: "É a grande noite deles. Se prepararam para ela a semana inteira. O senhor Peter ia aparecer dirigindo o Volkswagen do hotel. Muitos deles acreditam que o hotel já foi tomado de mim. Ah, lá fora, ele é um tremendo político, o senhor Peter. Bem, esse é o problema. Não é, Timothy?". O coronel tinha parado de tremer; sorriu para Timothy.

Timothy sorriu em resposta, aliviado.

Houve um som de conversa na cozinha outra vez. Uma voz aguda começou a guinchar e então soou uma risada.

"Está ouvindo ele?", perguntou o coronel para Linda.

Enquanto levava um garfo para a boca, ela fez que sim com a cabeça.

"É o Peter, embora você possa não acreditar. Sabe o que é que estão falando? Parece que estão travando a discussão mais incrível do mundo, mas não estão dizendo *nada*. São como os pássaros quando se trata de tagarelar. Você devia ouvir como o Timothy fala quando está embalado."

Retirando os últimos pratos dos israelenses, Timothy sorriu em resposta àquele elogio, mas manteve a compostura. Franziu a testa e repuxou os cantos da boca fechada.

Houve um repique de risos na cozinha.

"É o Peter, não há dúvida", disse o coronel. "Eles podem continuar assim durante horas. Não significa coisa nenhuma. O que você acha do jantar?"

"Estava muito bom", respondeu Linda.

"Não tem nada a ver comigo. O cozinheiro faz tudo. Só me diz o que é e aí eu escrevo no cardápio. Você ia dar risada se visse o homem." O coronel sorriu. "Acabou de sair do mato. Nunca tinha sentado numa cadeira até chegar aqui. Eu fico imaginando o que vai acontecer com ele, quando eu for embora. Mas de que adianta?"

"Você pensa em ir embora?"

"Não penso em outra coisa. Mas agora é tarde demais. Não vejo a hora dos americanos chegarem e comprarem tudo de uma vez. Isso vai acontecer. Mas aí já vai ser tarde demais para mim."

Os israelenses, só por meio de gestos, pediram a conta. O coronel fez questão de não olhar. Quando os israelenses passaram pela mesa do coronel, hesitaram e rapidamente curvaram a cabeça em cumprimento. O coronel não falou nada. Ergueu os olhos para responder ao gesto deles e depois olhou para o vazio, como se a passagem deles tivesse perturbado o curso de seus pensamentos. Continuou fitando o vazio até que os israelenses, já no pátio coberto de cascalho, passaram a conversar em voz mais alta.

"Essa gente nem sabe como eles têm sorte", disse o coronel.

Um som de porta de carro batendo, uma vez, duas vezes. O motor foi ligado.

"Se os europeus tivessem chegado aqui cinquenta anos antes, teriam sido caçados como bichos e seriam exterminados. Vinte, trinta anos depois... bem, os árabes teriam chegado aqui primeiro, e todos eles teriam sido amarrados, postos em fila e levados até a costa para serem vendidos. Isso é a África. Eles vão matar o rei, não tem a menor dúvida. Vão dizimar a tribo dele antes que isso termine. Você o conheceu? Ouviu as notícias?"

"Só o vi", respondeu Linda.

"Uma vez veio aqui almoçar. Muito educado. Se eu fosse mais jovem, iria à luta para tentar salvá-lo. Embora isso também não faça muito sentido. Ele não tem nada de diferente dos outros. Se tivesse a menor chance, o rei iria caçar o curandeiro. Dizem que em toda parte existem bons e maus. Aqui não existem bons e maus. Só existem africanos. Eles fazem o que tem de ser feito. É isso o que temos de dizer para nós mesmos. Não podemos odiá--los. Não podemos nem ficar zangados com eles. Zangados de verdade."

O jantar estava quase terminado. Timothy estava tirando as mesas que foram postas e não foram usadas.

"Tarde demais", disse o coronel, enquanto arrumava as revistas e os livros sobre a mesa. "Tarde demais para o sul-africano. Ele vinha muito aqui, até sofrer aquele último ataque do coração. Foi seu grande erro. Um velho bôer de verdade. Acharam a chaleira cheia até a metade, as duas xícaras no chão e chá e sangue por todo lado. Uma ou duas vezes, ele trouxe aqui também a esposa. A mulher mais feia que já existiu. Feito um macaco enrugado e muito feliz." Fez uma pausa. "Nestes últimos anos, tenho visto coisas aqui que fariam vocês chorar."

Diante da repentina falsidade, do tom de voz de um homem

que dizia aquilo que achava que era esperado dele, Bobby ergueu os olhos. Viu o coronel olhando para ele. Bobby, bebendo o café, soprou a fumaça da bebida. O coronel olhou para outro lado.

Os guinchos e a tagarelice na cozinha cessaram.

Foi como um sinal para o coronel. Ele se levantou. "Não é o tipo de coisa que a gente lê nos jornais. Não é o tipo de coisa que as pessoas lá no Alto Comissariado querem ouvir, também. Para eles, tudo é doçura e luz, agora. Não se deve ofender o curandeiro." Firmando-se melhor sobre os pés, arrumou as revistas de novo, ajeitou as garrafas de tempero sobre a mesa, pegou seu livro e segurou-o apertado contra o peito. "Não há muitos votos nestas bandas, agora."

Pronunciou aquilo como se fosse a última fala de um ator antes de sair de cena. Ao se retirar, manteve-se exageradamente ereto, mas não conseguiu ocultar seu ferimento no quadril. No bar, e depois na varanda, rumo a seu quarto, seus passos prosseguiram vagarosos, um leve, um marcado e um duro.

Timothy, movendo-se com uma desenvoltura nova, quase alegre, juntou as toalhas de mesa com agilidade. Fazia gestos largos e velozes; dava passos compridos e elásticos, cada um terminava numa pequena derrapagem, como se estivesse demonstrando toda sua envergadura e seu alcance. Seu cheiro rodopiava por toda a sala.

Não eram nem oito e meia.

"Estou começando a ter a sensação de que se podia dizer alguma coisa a favor dos belgas", disse Linda. "Jamais coma antes das dez horas."

"Os flamengos", disse Bobby. "Os gordos."

Timothy apagou duas das três lâmpadas.

"Você é a especialista nas distrações do local", disse Bobby.

"Me espere lá no bar", disse Linda. "A gente pode dar um passeio a pé."

Bobby não ligava para o jeito confiante e confidencial de Linda. Era como se a frustração e a escuridão tivessem feito brotar a esposa que havia dentro dela e Linda estivesse escalando Bobby para representar o papel de Martin. Mas ele tampouco queria ficar sozinho. Entrou no bar. Timothy apagou a última lâmpada da sala de jantar e depois se ouviu sua voz guinchar com alguém dentro da cozinha. O garçom do bar estava atrás do balcão, continuava curvado, como se ainda estivesse examinando o balcão; ficou claro então que, na verdade, estava lendo um livro. Dali a pouco, Linda desceu para o bar com um cardigã sobre os ombros. Teve um calafrio cômico, como se tremesse por algo além do frio.

No bulevar, não dava para ouvir as vozes que vinham da cozinha ou do alojamento. Só ouviam o barulho dos próprios sapatos sobre a areia e do cascalho solto na rua esburacada, além do barulho eventual das ondinhas do lago que batiam de leve no muro. A luz do alojamento nos fundos conferia uma profundidade ao prédio do hotel; a luz do bar, que se espalhava no pátio num dos lados e transparecia fraca nas janelas abertas da sala de jantar apagada do outro lado, delineava o muro de concreto do hotel. Além dali, havia a escuridão da árvore grande e da casa vazia.

Linda disse: "Eu não gostaria de ficar por aqui sozinha".

À frente deles, estavam umas das luzes da rua que ainda funcionavam, um círculo fluorescente, cintilante, embaçado depois da chuva do dia. Os objetos começaram a se definir. As sombras ficaram mais marcadas. A luz caía sobre a linha denteada de um muro de tijolos quebrado. Folhas de palmeira molhadas reluziam; havia cintilações no parque.

"É engraçado", sussurrou Linda, "como a gente pode esquecer as casas e ter a sensação de que o lago nem mesmo foi descoberto."

"Não sei o que você quer dizer com a palavra descoberto", disse Bobby, sem sussurrar. "As pessoas aqui conheciam o lago desde sempre."

"Já ouvi isso antes. Eu apenas preferia que eles tivessem deixado que nós soubéssemos também."

Chegaram à casa com o telhado quebrado de ferro corrugado, que pendia inclinado e suspenso, como a asa de um pássaro aberta. Na varanda, havia um grupo de cócoras em redor de uma pequena fogueira.

Linda disse: "Eles não tinham se instalado no bulevar na última vez em que estive aqui".

Quando estava falando, tropeçou. Uma pedrinha deslizou. Um africano se levantou na varanda, pernas magras e nuas e paletó esfarrapado delineados contra a luz da fogueira. Linda e Bobby olharam firme para a frente.

Quando tinham deixado a casa para trás, Linda disse: "Ele tem razão. Vão matá-lo mesmo".

Passaram pelo posto de gasolina; pela loja para turistas; pelo cinema, ainda vazio e fechado. Alcançaram o final do bulevar e seguiram pela rua encoberta por árvores, de onde os soldados que corriam tinham saído mais cedo, naquele final de tarde. Não havia nenhuma cobertura de asfalto naquela rua; seus pés pisavam em areia molhada, seixos, folhas. O negror ficou rapidamente mais fechado. Mal dava para enxergar as paredes pálidas dos casarões de veraneio, bem recuados nos jardins sombrios, tomados pelo mato; as varandas eram como uma parte do negror circundante. Ali não havia fogueiras. As árvores pairavam baixas, acima da rua; a sensação de amplidão tinha desaparecido.

Um cachorro latiu, um som grave, profundo; e então o animal surgiu diante deles, grande, e rosnava. Os dois continuaram a andar, o cachorro os vigiava com ar raivoso, enquanto passavam diante de seu território. Cães latiam dos dois lados da rua à frente.

E dali a pouco os dois estavam caminhando entre cães que não obedeciam a nenhuma fronteira. Uma luz elétrica débil, não a luz de uma fogueira, ardia acesa dentro de um cômodo mais interno de um casarão de veraneio. Daquele casarão, também, vieram cães aos pulos, sem latir, as patas rasgavam a vegetação rasteira e, depois de passarem por cima da cerca de madeira baixa e torcida, as patas batiam de leve na areia da rua, espalhando pedrinhas. E sempre, da rua negra à frente, vinha o barulho de mais cachorros. Nenhuma voz chamava os cachorros.

"Isso é um absurdo", disse Linda.

Voltaram. Mas onde antes os cachorros se limitavam a mantê-los no meio da rua, agora se colocavam na frente e atrás deles. Patas batiam na areia e emitiam um som quase metálico; os rosnados soavam graves, bruscos, nunca altos. Ao longe, havia sempre latidos. O bando aumentava.

"Ah, meu Deus", disse Linda. "Esses cachorros não têm dono. Ficaram selvagens."

"Não fale", disse Bobby. "E pelo amor de Deus, não tropece."

E suas vozes, de fato, deixaram os cães ainda mais enlouquecidos. Agora os cachorros ocupavam a rua por completo e seus movimentos eram bruscos e buliçosos. Estavam à espera de um sinal: o primeiro pulo do mais atrevido do bando, um gesto súbito de Bobby e Linda, uma pedra solta. Mas, aos poucos, o bulevar e a luz se aproximaram.

"Você contou que o cachorro da sua mãe deixou essas duas marcas paralelas na sua panturrilha, não foi?", disse Linda.

A raiva tomou conta de Bobby. "Vou matá-los. Estou calçando sapatos com salto de aço. Vou matar o primeiro que me atacar. Vou dar um chute na cabeça. Eu mato."

A raiva não o largou e parecia uma coragem. E então foi como se os cães reagissem à sua raiva. Passaram a manter-se na margem da rua; começaram a ficar para trás. Mas o bulevar estava perto; a escuridão diminuía na luz fluorescente; e o bulevar era a fronteira que os cães reconheciam.

Bobby estava tremendo. No bulevar, aos poucos, o sentido do tempo voltou para ele.

Linda falou: "Dizem que a gente tem de levar catorze injeções antitetânicas".

"Esses cães foram trazidos para cá a fim de atacar os africanos."

"Está bem, Bobby. Agora estão atacando todo mundo."

"Foram treinados para atacar os africanos."

"Não foram muito bem treinados."

"Não tem graça nenhuma."

"E como você acha que eu me sinto?"

Voltaram para o hotel sem conversar. Não olharam para as fogueiras quando passaram. No hotel, as luzes do bar continuavam acesas; não havia luz no quarto do coronel, ao lado do escritório. Na varanda, Linda deu a impressão de que esperava que Bobby dissesse alguma coisa. Ele não disse nada. Fechou a cara, deu meia-volta e foi sozinho para o bar. Ela saiu da varanda na direção do corredor; ele a ouviu subir a escada para seu quarto. Passava um pouco das nove. A aventura tinha durado menos de meia hora.

Bobby sentou-se num tamborete junto ao balcão do bar e tomou Dubonnet. O medo tinha se desfeito dentro dele; o momento de pânico na rua escura tornou-se algo remoto. A raiva se converteu em esgotamento e a melancolia se converteu na sua própria solidão naquele bar, ao lado daquele vasto lago africano. Enquanto observava distraído a cabeça empoeirada do garçom de túnica vermelha, Bobby pensava: "Pobre rapaz, pobre africano, pobre cabeça de africano"; e lágrimas surgiram nos olhos de Bobby.

"Estou lendo um livro francês", disse o garçom, mostrando um livro surrado com a capa muito bamba.

Bobby ouviu, mas não conseguiu entender. Olhou para o rapaz, lembrou-se dos cachorros e pensou: "Pobre rapaz".

"Estou lendo geometria", disse o garçom, erguendo outro livro surrado que estava embaixo do balcão.

E Bobby compreendeu que o garçom estava tentando começar uma conversa. Era o que alguns africanos faziam. Tentavam começar uma conversa com pessoas que achavam que eram visitantes e gentis; tinham esperança não só de praticar seu inglês, mas também de adquirir boas maneiras e algum conhecimento. Bobby se comoveu por ser escolhido para aquilo; comoveu-se ao ver que, depois de tudo o que acontecera, o rapaz demonstrava tal confiança; e se afligiu ao constatar que tinha se deixado influenciar pelo coronel e que, até então, não havia sequer olhado para o rapaz, só vira um africano de uniforme, um dos empregados do coronel, uma parte daquele hotel detestável.

"Você está lendo geometria", disse Bobby. "Deixe eu ver o que está lendo."

O garçom sorriu e saltitou na ponta dos pés. Apertou os cotovelos no balcão e ao mesmo tempo virou as poucas páginas iniciais do livro, apanhando cada folha com a palma da mão inteira. As páginas tinham ficado pretas e encardidas, as bordas estavam rasgadas.

"Eu leio aqui", disse o rapaz. Ainda saltitando, colocou a palma da mão sobre duas páginas e empurrou o livro na direção de Bobby.

Bobby colocou o livro no meio do balcão. "Você está lendo aqui? Os três ângulos de um triângulo somados formam cento e oitenta graus?"

"Leio aqui." O rapaz inclinou-se para o lado sobre o balcão. "Você me ensina."

"Eu ensino para você. Você me dá um papel."

O rapaz trouxe um bloco de anotações.

"Preste atenção, eu ensino para você. Desenho uma linha reta. Essa linha reta forma cento e oitenta graus. Cento e oitenta. Agora olhe só. Desenho um triângulo sobre a linha reta. Assim. Este ângulo aqui e este outro ângulo aqui e mais este terceiro somados dão cento e oitenta graus. Entendeu?"

"Cem."

"Você não entendeu. Olhe, vou ensinar de novo. Eu desenho aqui um círculo. O círculo tem trezentos e sessenta graus."

"Cem."

"Não. Cem, não. Trezentos e sessenta. Trezentos e sessenta. Vou mostrar cem para você. Eu faço uma linha que corta o círculo. Aqui é cem. Aqui, olhe, é cem."

"Eu leio francês."

"Você lê muito. Por que você gosta tanto de ler?"

"Vou para a escola no ano que vem", respondeu o rapaz, agora se gabando, olhando com o nariz empinado, com o lábio inferior para fora, e puxando de volta o livro sobre geometria com as marcas dos dedos das duas mãos. "Vou comprar mais livros para a escola. Vou ter um emprego importante."

As palavras tinham ecos: Bobby compreendeu que alguém devia ter falado aquilo antes. Aventura não estava na cabeça de Bobby; aventura era uma coisa que ele havia deixado de esperar, naquele dia. Com tristeza pelo rapaz, que talvez houvesse tido um professor antes dele. Bobby percebeu que a aventura estava chegando; e, como acontecia tantas vezes, vinha na hora em que menos se esperava, de modo que parecia uma coisa justa, quase uma recompensa. Enquanto estava ensinando o rapaz, não o havia observado. Agora, olhou para a cabeça do rapaz, poeira grudada no óleo; observou o pescoço magro e duro. E o rapaz, ciente de que estava sendo avaliado, olhou para baixo, com cara séria, para seu livro francês, movimentando os lábios inchados.

"Qual é seu nome?", perguntou Bobby, observando as orelhas do rapaz.

"Carolus." O rapaz não ergueu os olhos.

"Tem um nome bonito."

"Você me ensina francês."

A gramática francesa, a capa vermelha meio bamba, manchada, pegajosa, desbotada e enrugada, tinha sido escrita por um padre irlandês e fora impressa na Irlanda.

"Até onde você chegou? Chegou até aqui? Artigo partitivo?"

"Partitivo."

"Em inglês, não existe artigo partitivo. A gente não diz: 'Traga um pouco de tinta'." Bobby fez uma pausa: ensinar um idioma trazia dificuldades inesperadas. "Em francês, a gente diz sempre: 'Traga um pouco *de* tinta'."

"Um pouco *de* tinta."

"Isso mesmo."

Bobby observou o rapaz, o rapaz baixou os olhos para o livro e moveu a língua grossa lentamente entre os lábios.

"Que horas o bar fecha?", perguntou Bobby.

"Você me ensina *inglês*", disse o rapaz. "Você não me ensina francês. Você não sabe francês?"

"Sei francês. Olhe aqui, eu ensino para você. Em inglês, a gente diz *tinta*."

"Tinta."

"Em francês, a gente diz *l'encre*."

"*Lanc*."

"Que horas fecha o bar?"

"Qualquer hora. *Lanc*. Me ensina mais."

"Traga um pouco de tinta. Traga *de l'encre*. *De l'encre*. Como assim, a qualquer hora?"

240

O rapaz se mostrou evasivo. Baixou mais a cabeça sobre o livro irlandês meio desintegrado, de modo que Bobby viu a parte de cima da sua cabeça: partículas de lanugem presas entre as molas dos fios.

"O bar fecha às dez horas", disse o rapaz.

"Você me serve o chá às dez horas."

O rapaz baixou mais a cabeça. "A cozinha está fechada."

"Você me serve o chá. Quarto número quatro. Eu ensino mais para você." Bobby dobrou os dedos da mão, esfregou os nós dos dedos nas molas oleosas do cabelo do garçom. "Eu lhe dou um *shilling*."

"A cozinha está fechada", disse o rapaz.

Bobby colocou a palma da mão no pescoço rijo do rapaz, metade no cabelo encaracolado, metade na pele morna. "Como ele pechincha", disse; e, de repente, puxando o rosto do rapaz na sua direção por cima do balcão, Bobby sussurrou no ouvido do garçom: "Eu lhe dou cinco *shillings*".

O rapaz não puxou a cabeça de volta e Bobby, ainda segurando a cabeça do garçom perto de si e sentindo que o rapaz fazia força para ficar parado, começou a roçar o polegar atrás da orelha esquerda dele, sentindo o osso por baixo da pele lisa do africano. O rapaz ficou muito quieto. Lágrimas brotaram nos olhos de Bobby; e embora estivesse olhando para o próprio polegar, para o intrincado desenho da orelha do rapaz e para as molas ásperas e pequeninas de seu cabelo, não estava pensando no rapaz nem nos cachorros nem nas intimidades iminentes; estava apenas se rendendo à própria melancolia e ternura, que em certos momentos transbordavam.

De súbito, o rapaz se afastou com um pulo.

O alarme antifurto do carro de Bobby tinha disparado. As vibrações metálicas agudas se elevavam e baixavam em torno de um gemido central e persistente. O pátio do hotel encheu-se de luz, uma lâmpada depois da outra, por toda parte. O alojamento irrompeu num falatório de vozes agudas, que na mesma hora se desdobrou numa gritaria generalizada.

"Peter!", gritou o coronel. "Peter!"

As mulheres choravam no alojamento. Ouvia-se passos por todo lado, no pátio, no próprio hotel.

O menino olhava apavorado para Bobby.

O alarme antifurto continuava a soar. Não cessaria até que o carro parasse de chacoalhar e ficasse parado de novo.

"Peter!", o coronel gritou.

Bobby saiu para a varanda. O quarto do coronel no final da varanda estava com a luz acesa. A porta estava aberta; a janela na parte detrás do quarto mostrava o pátio muito iluminado.

A garagem era um telheiro aberto. Uma lâmpada sem proteção estava acesa ali e projetava sombras. Não se percebia nenhum movimento no carro, mas o alarme continuava a tocar, a sirene central intermitente.

Bobby constatou que não estava faltando nenhuma roda de seu carro, nenhuma calota tinha sido retirada.

Os silêncios entre os toques de sirene ficaram cada vez mais prolongados, a própria sirene se tornava mais fraca. O alarme se transformou numa série de apitos, pios, e depois finalmente se extinguiu. E então a luminosidade forte do pátio desperto se revelou tão espantosa quanto o alarme tinha se mostrado, pouco antes.

Bobby voltou para o bar. O rapaz continuava a fitá-lo com olhos de terror. Ele tinha acendido todas as luzes do bar.

"Peter", estava falando o coronel.

Por fim, o alojamento ficou em silêncio.

"Um cachorro ou um gato pulou no carro, senhor."

"Onde é que você estava dormindo?"

"Dormindo, senhor."

"Você é um grande tolo."

Mulheres gemiam.

"Vou mandar amarrar você. Timothy! Carolus!"

O garçom do bar ergueu a cabeça bruscamente. Mas não se mexeu.

Os gemidos continuaram, altos, abafavam as perguntas do coronel, e as respostas em voz baixa.

"Carolus!"

Agora Carolus se mexeu. Sua boca, meio aberta, tinha ficado imóvel e grossa. Seus movimentos eram desajeitados, suas pernas e seus braços pareciam pesados. Ele abriu a porta dos fundos do bar e ficou parado por um tempo de costas para Bobby, com a mão na maçaneta, atrás dele. Do outro lado do corredor largo e escuro metade de uma porta emoldurada estava aberta e Bobby teve um relance do pátio iluminado: as lâmpadas sem proteção nenhuma, nas pernas cilíndricas da torre da caixa-d'água, o clarão do alojamento caiado, o mato baixo atrás, que rebrilhava na sombra negra e parecia artificial.

"Carolus!"

Ele fechou a porta com um empurrão e Bobby ficou sozinho no bar. Com todas as luzes acesas, parecia um espaço mais amplo.

Do lado de fora, as mulheres gemiam num revezamento, de modo que nunca duas delas tomavam fôlego ao mesmo tempo. Era impossível captar o que as vozes masculinas estavam dizendo. Os gemidos se transformaram num som contínuo, uma parte do fundo sonoro.

Numa fotografia emoldurada e assinada atrás do balcão, a foto ampliada, imprecisa, um homem num bote erguia nas mãos um peixe grande e sorria sob um sol muito forte: o clima, o estado de ânimo e toda a ordem implícita de um dia específico. Havia um calendário, com uma paisagem africana, de uma cervejaria belga, os nomes de cidades da Bélgica e da África escritos com o mesmo tipo de letra vermelha. A tinta das prateleiras meio vazias era velha, estava descascada, a cor creme aparecia por baixo do marrom; num canto, meia dúzia de garrafas de licor quase vazias tinham rótulos velhos, secos, manchados.

Os gemidos lá fora ficaram mais fracos, já não formavam mais um fundo sonoro. Bobby ouviu a voz do coronel. Os gemidos ficaram mais fortes outra vez, amainaram de novo, e depois veio quase um silêncio.

Bobby saiu do bar, passou rapidamente pela varanda e foi para o corredor anexo. A porta que dava para o pátio estava entreaberta. Ele não olhou. Estava ciente da luminosidade forte, do movimento. Sabia também que tinha sido observado.

No primeiro andar, na hora em que abria sua porta, ouviu Linda abrir a porta do quarto dela. Estava usando uma camisola curta, de algodão; suas canelas lustrosas pareciam tão pontudas quanto os cotovelos.

Ela sussurrou: "Peter? Eu sabia, eu sabia".

De novo, Bobby teve a sensação de que ela o envolvia numa espécie de intimidade marital neutra. E embora uma parte de Bobby quisesse companhia, ele se mostrou teimoso. Fechou a cara como se tivesse ficado especialmente ofendido com aquilo que havia ocorrido no térreo, deu as costas para Linda e, sem dizer nenhuma palavra, abriu a porta de seu quarto com um movimento brusco.

Estava inesperadamente claro dentro do quarto, por causa do clarão que vinha do pátio. Bobby fechou a porta e, no último instante, resolveu bater a porta com força. Chutou alguma coisa no chão. Não precisou nem acender a luz para saber que era a chave de seu carro.

Foi só quando tirou a roupa que se sentiu inquieto. Intrusos: poderia ter ocorrido uma crise e ele poderia ter ficado sem o carro, preso ali. Então resolveu fazer as malas, estar com tudo pronto para uma fuga rápida, a qualquer momento. Em torno de uma cadeira, arrumou tudo de que iria precisar: a mala feita, a calça, a camisa nativa amarela, sapatos e meias. Foi para a cama de camiseta regata e cueca. Não tinha sentido, era até um pouco demente; era o comportamento que ocorre no condomínio fechado. Mas quando as luzes do pátio se apagaram, e ele se sentiu sozinho no escuro, ficou feliz por ter feito o que fizera.

Deram uma batida na porta, mas tão de leve que Bobby nem teve certeza de que haviam mesmo batido. Esperou. A batida soou de novo. Ele sentou-se na cama; não acendeu a luz. A porta abriu, a luz do teto foi acesa. Não era Linda. Era Carolus, com o chá numa bandeja. O mundo estava normal outra vez; o hotel era o hotel.

"Feche a porta", disse Bobby.

Carolus fechou a porta.

"Você trouxe o chá, Carolus? Você é um ótimo rapaz. Trouxe o chá aqui."

Carolus colocou a bandeja sobre a mesinha de cabeceira. Assim como suas pernas e braços tinham perdido a leveza e ele se movia de modo duro, também seu rosto se modificara. Os olhos ficaram vermelhos, os lábios grossos, enrugados e secos, com um fulgor branco; todo o rosto parecia inflamado pela apreensão e pela desconfiança.

"Sente aqui. Fale comigo. Eu ensino para você."

Carolus estava pegando um pedaço de papel no bolso espremido de sua túnica vermelha.

"Eu ensino francês? Eu ensino o cem?"

O papel era uma nota para o chá. Estava escrita a lápis, na caligrafia firme do coronel.

A raiva tomou conta de Bobby; e sua raiva aumentou diante da imagem do rosto pesado de Carolus.

Ele pediu: "Lápis".

Carolus tinha um lápis pronto.

"Agora saia!", disse Bobby, devolvendo o lápis e a nota.

Carolus não se mexeu. Sua fisionomia não se alterou.

"Vá!"

"Você me dá."

"Dar para você? Não dou nada. Dou chicotada."

Aquilo nem era verdade; eram as palavras de outra pessoa; ele estava violentando a si mesmo. Sentado na beira da cama, olhando a cara inflamada do africano que se aproximava da sua, Bobby viu aquele rosto invadido por uma raiva tão vazia e insensível que sua própria raiva se desfez em terror, terror em face de uma coisa que ele percebeu que estava além do seu controle, além da sua razão.

Respondeu: "Eu dou para você. Eu prometi. Eu dou para você".

Pegou um *shilling* nos trocados que tinha colocado sobre a mesinha de cabeceira.

"Você me dá cinco."

"Eu dou para você, eu dou para você."

Mesmo quando já estava com o dinheiro na mão, Carolus olhou para as moedas com ar desconfiado, e depois voltou os olhos da palma da mão para o rosto de Bobby. E assim que Carolus começou a andar para a porta, Bobby compreendeu que Carolus era apenas alguém "recém-saído do mato"; e Bobby sabia que tinha interpretado mal o rosto do rapaz, tinha visto coisas que não estavam ali.

Disse: "Criado".

Carolus parou. Começou a virar-se para encarar Bobby.

"Apague a luz, criado."

Carolus obedeceu. E quando saiu do quarto, fechou a porta sem fazer barulho.

Bobby acendeu a luz na mesinha de cabeceira. Serviu-se de uma xícara de chá. Estava fraco e cheio de folhas; tinha sido feito numa água que nem chegava a estar quente. Estava horrível.

7.

Ele estava num carro com uma mulher cuja identidade não sabia com certeza. Estavam discutindo. Tudo o que ela dizia era exato; tudo era contundente; e embora houvesse uma réplica para tudo, ele não conseguia se explicar. Tinha de gritar mais alto do que os gritos da mulher; ele estava aos berros; e enquanto percorriam em velocidade a estrada vazia, perigosamente, o volante trepidava em suas mãos, a mulher o atacava sem cessar, o feria de maneira cada vez mais profunda; e havia raiva e dor em sua cabeça, que parecia à beira de explodir. Ele já não estava mais no carro. Estava de pé junto a uma mesa numa sala cheia de gente e de conversas; e sua cabeça à beira de explodir o fez desabar e ficar estirado ali mesmo, na frente de todos, no chão.

Quando acordou, só havia a memória da cabeça. A mulher e seus argumentos tinham desaparecido; mas a ferida continuava. Estava escuro, mas havia um elemento na escuridão que sugeria que em breve haveria luz. Ele raciocinou: foi a noite anterior, foram os acontecimentos da noite e o modo como tinha feito as malas para o caso de uma fuga rápida. Só a calça e a camisa nativa, e ele iria embora. Mas havia o combustível: Bobby não tinha gasolina suficiente, seu tanque não estava cheio; em seu sonho, ficava em pânico várias vezes. E então o dia nasceu: um débil som de vozes no alojamento, um relance das árvores nos fundos, que ele não tinha visto na noite anterior, e o rádio no térreo, o locutor africano proferindo aos trambolhões as palavras violentas do noticiário da capital.

Foram a luz, a vastidão e o lago que o surpreenderam quando desceu para a sala de jantar. O céu estava alto e azul; para além das palmeiras ornamentais no bulevar, o lago se estendia na direção do horizonte. Na noite anterior, as redes de arame nas janelas da sala de jantar pareciam encerrar a sala; agora, não representavam a menor barreira para a luz e mal se percebia que estavam ali. A noite tropical tinha sido chuvosa, pesada e escura demais; porém o ar agora estava fresco. O hotel, o bulevar, o parque, o lago: algo da atmosfera da estação de veraneio sobrevivera. E naquela manhã, havia movimento no bulevar. Por cima do muro de concreto do hotel, dava para ver um caminhão do exército passando devagar, da esquerda para a direita.

O coronel, vestido como antes, estava à sua mesa. Tinha quase terminado o café da manhã; bebia chá e lia seu livro. Bobby, com sua camisa nativa amarela, esqueceu-se do lago e da luz; e, com a mão esquerda colada no lado do corpo, a mão direita balançando, fez seu percurso ligeiro e soturno até a única outra mesa que estava posta. Sentado, de cara fechada, olhou para o coronel; mas o coronel estava lendo. Migalhas sobre a toalha de mesa, desordem na geleia com pedacinhos de manteiga: Linda já havia descido. Com ar soturno, Bobby passou manteiga numa torrada fria.

"Notícias ruins nesta manhã", disse o coronel. Sua voz estava relaxada e natural. "No entanto, creio que, quanto antes essa história termine, melhor para todos nós."

Bobby, mordendo sua torrada dura, deu um sorriso breve e vazio. O coronel nem viu; estava virando a página de seu livro.

Timothy, seu cheiro forte no ar leve da manhã, ofereceu a ficha do café da manhã. A ficha estava tão imunda quanto o trapo vermelho xadrez do garçom que Timothy sacudiu sobre a mesa.

Seus gestos estavam mais desenvoltos naquela manhã. Estava quase animado, quase familiar, e parecia ansioso para conversar. A cada abano amigável de seu trapo, ele exalava mais um pouco de seu cheiro.

Mais um caminhão passou na frente do hotel, as rodas triturando o asfalto.

"O exército está em movimento esta manhã", disse o coronel. "Não é uma boa hora para pegar a estrada, se o exército está em movimento. Eu sempre mantenho uma boa distância deles."

"Imagino que a estrada continue encharcada", disse Bobby.

"Ah, um ou dois desses caminhões vão acabar desabando de algum precipício, não há dúvida disso."

O coronel sorriu diretamente para Bobby. Naquela manhã, o coronel parecia mais velho; mas não havia traço de tensão em seu rosto; a carne em redor dos olhos e da boca parecia mais suave e mais descansada.

Bobby não sabia se tinha entendido a piada.

O coronel percebeu. "Eles vão deixar a estrada num estado horroroso."

"Mas eu imagino que ela vá secar bem depressa", disse Bobby. "Com esse sol."

"Ah, com esse sol, ela vai secar rapidinho. Bem rapidinho mesmo. Eu diria que na hora do almoço vai estar seca."

Era como um convite para ficar; era inesperado. Mas Linda já havia descido; ela e o coronel certamente já haviam conversado.

Um carro entrou no pátio. Uma porta bateu. O coronel pôs o marcador entre as páginas do livro, uma tira envernizada de bambu em forma de espátula, obviamente um de seus velhos pertences; e esperou. Parecia saber quem era o visitante.

Era Peter, que vinha do bar com seus passos ligeiros e atléticos. Naquela manhã, estava de roupa cáqui: a calça cáqui da noite anterior, uma camisa cáqui passada a ferro, com dragonas e bolsos abotoados. As mangas estavam arregaçadas; havia um relógio grande, com uma reluzente correia de aço inoxidável no pulso esquerdo. Tinha os braços magros, os músculos frouxos; a pele mole e enrugada em redor dos cotovelos demonstrava que ele era mais velho do que aparentava. Trazia duas ou três listas escritas à mão; devia ter saído para fazer compras.

Quando viu Bobby, Peter se deteve, inclinou a cabeça em cumprimento, sorriu e disse com seu inglês cheio de sotaque: "Bom dia, senhor".

Não havia nenhuma ironia no sorriso. Era como o sorriso de um velho conhecido. Não combinava com a inclinação da cabeça; fazia parte da incoerência geral de Peter. A exemplo da roupa, a exemplo da inclinação da cabeça, a exemplo do sotaque, o sorriso de Peter era apenas uma parte do que havia aprendido, e cada parte era separada das demais. Assim como Carolus e Timothy, Peter pertencia ao hotel e ao alojamento dos criados do hotel. Era perturbador; como sempre acontecia nos antigos abrigos dos colonizadores, Bobby teve a sensação de que era um invasor.

Peter ficou parado, com naturalidade, junto à mesa do coronel, enquanto o coronel conferia os itens das listas. Quando Peter se afastou, depois de fazer mais uma inclinação de cabeça para Bobby e sorrir, o coronel se pôs de pé, segurando o livro apertado contra o peito. Firmou-se sobre as pernas e ergueu os ombros. Em seguida, hesitou, como se escutasse o rangido do caminhão do exército no bulevar.

Sorriu para Bobby e disse: "Em momentos como este, sempre tenho a sensação de que quanto mais perto estamos de um acampamento militar, mais segura é a nossa posição. Eles estão sob um controle maior. Não sei se você estava aqui na época do motim. Até o curandeiro fugiu. Durante uma semana, ninguém sabia onde ele estava. Mas aqui tudo ficou perfeitamente em ordem".

Bobby sentiu-se em dúvida de novo.

"É claro, tudo vai explodir daqui a um ou dois dias", disse o coronel. "Todo mundo vai ficar mais calmo. Um ou dois dias."

Bobby não estava seguro, mas achou que o coronel estava pedindo para ter companhia. Respondeu: "Nós já estamos com um dia de atraso".

"Vamos servir o almoço mais cedo para vocês. Vão chegar à Coletoria bem antes do toque de recolher."

"Então o toque de recolher é mesmo oficial?"

"Começa às quatro horas. Vamos liberar você com tempo de folga."

Mais tarde, Bobby desceu para o térreo e encontrou Linda na varanda. Ela estava olhando para o lago reluzente através dos óculos escuros. Tinha trocado de blusa, mas usava a calça azul do dia anterior; havia tênues manchas de poeira nos locais onde a lama fora escovada.

Ela disse: "O coronel já contou para você?".

Linda se afastou sem esperar a resposta. Os dois continuavam com o mesmo desentendimento.

Bobby não estava com o menor ânimo para conversar; acima de tudo, queria ser poupado da companhia inquietante do coronel; e resolveu, com alívio, ficar soturno. De cara amarrada, folheou os livros de capa mole que havia no escritório, histórias de guerra, romances históricos; fez uma seleção e se instalou numa cadeira de vime pintada de vermelho na varanda, para uma leitura com cara de poucos amigos.

Linda apegou-se ao coronel. Ficaram sentados no escritório aberto e Bobby ouvia a voz do coronel. Eles caminharam pelo pátio, pela garagem, pelo jardim, pelo alojamento e Bobby ouvia a voz do coronel. Sentaram-se no quarto aberto do coronel;

saíram e detiveram-se no portão do hotel. O coronel parecia identificar naquele portão uma fronteira. Mantinha-se do lado de dentro do pátio coberto de cascalho e nunca dava um passo para o piso de concreto que declinava numa rampa até o asfalto do bulevar. A intervalos, os caminhões do exército passavam devagar. Embaixo dos quepes de pano, os rostos gordos dos soldados não tinham expressão nenhuma e ainda mostravam a cor preta e fosca do banho matinal.

O ar perdeu o frescor matutino; a luz ficou mais agressiva; e Bobby, cuja atenção os livros não conseguiram prender, começou a sentir de novo algo da desolação da estação de veraneio em ruínas. Carolus entrou no bar, cabeça empoeirada, pele oleosa, com sua calça preta e velha e sua túnica vermelha e apertada, como se não tivesse tirado a roupa nem se lavado desde a noite anterior. Movimentava-se ruidosamente pelo bar, com uma vassoura e um trapo, dava passos compridos e derrapantes, como se quisesse imitar Timothy. Então viu Bobby na varanda. Carolus não saiu para a varanda. Afastou-se com sua vassoura e seu trapo e ficou no bar, fora de vista. Bobby não se mexeu. Colocou o livro virado para baixo sobre os joelhos, olhou para um ponto do pátio e franziu as sobrancelhas. Ouviu Carolus movendo-se no bar discretamente, tentando não chamar atenção para si.

O coronel e Linda continuavam juntos, mas agora havia momentos de silêncio entre os dois. Quando vieram sentar-se à mesa de Bobby para tomar café, Bobby percebeu que fizeram aquilo porque haviam esgotado o estado de espírito que sua conversa tinha criado.

Ainda soturno, Bobby não fez o menor esforço para conversar. Nem o fez Linda, que mostrava um meio sorriso por trás dos óculos escuros. E o coronel parecia não ter mais nada a dizer.

Bobby pensou: "Ele vai começar a falar dos africanos".

Carolus estava postado na porta com a bandeja de café.

O coronel disse: "Parece que os caminhões pararam".

Bobby olhou para Carolus e depois fitou o vazio, demonstrando como era capaz de aparentar severidade, mesmo na companhia do coronel. Carolus tornou-se muito obtuso e abatido pelo medo.

"O que me deixa intrigado, sabe", disse o coronel, enquanto oferecia as xícaras com suas mãos firmes e quadradas, "é a maneira como esses africanos conseguem parecer tão oprimidos, assim que passam a obedecer a ordens. Vocês já observaram esses motoristas? Dirigem muito devagar, mas muito devagar mesmo, e se mostram muito oprimidos, como se tivessem todos eles levado uma surra de chibata esta manhã. E tudo isso é só porque os instrutores estão vigiando."

Sem falar, Bobby inclinou sua xícara vazia a fim de examinar uma rachadura no esmalte.

"A gente só consegue treiná-los até um ponto e dali para a frente não se pode fazer mais nada", disse o coronel, tomando a xícara de Bobby. "Carolus. Não demora muito e eles vão sair por aí dirigindo esses caminhões feito uns loucos, e esses mesmos rostos oprimidos vão tomar uma feição muito malvada. Carolus."

Carolus estava parado na porta, olhando com pavor para Bobby e o coronel.

Bobby fitou Carolus.

"Carolus", disse o coronel, e a irritação se infiltrou em sua voz pela primeira vez naquela manhã. "Esta xícara está uma porcaria."

Carolus trouxe outra xícara. Tomaram café. Mas a irritação do coronel, que a princípio parecia apenas simulação, permaneceu. A calma da manhã tinha desaparecido; seu rosto estava ficando tenso outra vez. Linda ficou calada, sorria por trás dos óculos escuros, como se sentisse um contentamento íntimo. Bobby continuava soturno.

Depois do café, o coronel os deixou. E embora os dois ouvissem sua voz falando sobre o almoço para as pessoas na cozinha, depois disso o coronel se comportou como se Bobby e Linda já tivessem ido embora. Não apareceu no bar nem na sala de jantar quando eles estavam almoçando. Timothy, sua atitude agora menos nervosa, trouxe a conta e pegou o dinheiro.

O coronel estava no pátio quando Bobby e Linda desceram com as malas, mas ele pareceu não ver. Pareceu não ouvir quando Bobby abriu a porta do carro e o alarme antifurto zurrou. Com as mãos nos bolsos, o coronel ficou parado junto ao portão. Olhava para o bulevar e para o lago; às vezes olhava para o prédio do hotel, de modo vago, como se contemplasse uma pintura. Não ouviu o motor do carro ser ligado; não percebeu a aproximação do carro. Mas de repente, quando Bobby reduziu a velocidade, o coronel inclinou-se para a frente e sorriu para Linda.

Disse: "Se encontrarem o exército, se façam de mortos".

Quando Bobby se afastou, um grupo de oito homens começou a se dirigir do bulevar para o pátio do hotel. Dois eram indianos de turbantes; os outros eram jovens africanos de camisa branca e calça escura, talvez topógrafos estagiários, construtores vindos do acampamento do exército, ou empregados do Departamento de Obras. Um dos indianos falou algo com o coronel.

"*Almoço!*", berrou o coronel. "Isto aqui não é nenhuma birosca de beira de estrada. Vocês não podem chegar aqui sem mais nem menos, a qualquer hora, e pedir um *almoço*."

Na pequena rampa de concreto que ia dar no asfalto, Bobby e Linda viraram para seguir pelo bulevar, cuja ruína, à luz do dia, com as cores tão radiantes, tão novas, os surpreendeu como se a vissem pela primeira vez. A fina camada de asfalto estava inchada e rachada como a cobertura de um bolo.

"Não!", gritou o coronel. "Não! Não!"

"Isso foi para agradar você", disse Bobby para Linda. "Você fez um tremendo sucesso lá."

"Ah, meu caro. Ele bem que podia ganhar algum dinheiro com isso. Dá uns cento e vinte *shillings*, sem contar as bebidas."

"Eu não ficaria preocupado. Eles vão conseguir seu almoço. Será que devemos voltar e verificar, depois de reabastecer o carro?"

Linda levantou o queixo, deu uma pequena fungada de impaciência e virou-se para olhar as paredes verdes de umidade da casa vazia que, na noite anterior, ela não tinha conseguido enxergar.

8.

O posto de gasolina estava funcionando. Reabasteceram o carro; aquela inquietação secreta de Bobby estava apaziguada. A fim de não terem de passar de novo na frente do hotel, Bobby dobrou numa rua transversal e saiu da estação de veraneio por uma rua que seguia paralela ao bulevar do lago. Em breve, os casarões dispersos na orla da cidade foram deixados para trás e Bobby e Linda estavam na estrada da montanha.

Os acostamentos moles da estrada tinham sido remexidos pelas rodas dos caminhões do exército, mas a superfície da faixa central estava firme e seca. Aqui e ali, sobretudo nos cantos, a chuva e os caminhões haviam deslocado pedras e aberto buracos cheios de lama; em certos pontos onde o leito da estrada afundara, pedras grandes sobressaíam; mas no geral a estrada estava fácil de passar. As equipes de reparos de estrada não tinham trabalhado daquele lado da estação de veraneio; ninguém havia despejado montes de terra no caminho.

Bobby e Linda subiram mais ainda. Penetraram na floresta, ainda molhada, com pontos de luz suave do sol sobre a estrada e com as encostas escuras e cobertas por um mato emaranhado. A luz e a amplidão do lago ficaram encobertas. Às vezes, tinham uma visão do lago bem mais abaixo de onde estavam. Já não reluzia e não se podia distingui-lo do céu; e quando saíram da floresta para os vales úmidos, cheios de samambaias e bambus, o céu pareceu mais baixo e mais opressivo e a luz ganhou uma característica diferente, parada, morta, não tinha nenhum reflexo de uma superfície de água.

Os dois não conversavam.

Mas agora Linda falou: "Eu fico imaginando como foi que eles conseguiram descobrir esse lugar".

Ela estava sendo provocadora; o desentendimento entre eles continuava aceso. Bobby não retrucou e ela também não disse mais nada. Após um tempo, Linda cuidadosamente mudou de posição no banco.

Bambus e samambaias sumiram. No alto da serra, a terra tinha muito pouca vegetação. Então começaram a descer de novo, passaram por um vale que era como os vales que tinham visto no dia anterior. De novo havia campos, morros abertos em terraços, choupanas. Na chuva do dia anterior, as cores pareciam suaves, verde e cinza; as trilhas seguiam sinuosas até sumirem na neblina; os campos estavam vazios. Agora, sob a luz morta do sol, as cores se mostravam mais incisivas. A lama era preta; a vegetação, verde brilhante. As choupanas, que no dia anterior, sob a chuva, pareciam abrigos confortáveis, agora aparentavam ser estruturas toscas de capim erguidas em terreiros cercados, de lama pisada e preta. Mulheres e crianças vestidas em roupas vistosas trabalhavam com implementos simples em pequenas trilhas de terra preta molhada. As mulheres mantinham-se numa inclinação fixa sobre as pernas firmes e retas, os quadris largos e rijos, exageradamente curvados; então, dobradas, flexíveis e abaixadas apenas da cintura para cima, elas capinavam, usavam a enxada, e avançavam cada uma pela sua fileira. Por todo o vale, entre as mulheres e as crianças, havia algumas fogueiras fumegantes, feitas de ervas daninhas úmidas. Era a vida imemorial da floresta. As trilhas eram apenas trilhas de floresta, que não conduziam a lugar nenhum.

Numa curva da estrada à frente, onde o horizonte despido se alargava, se erguia e baixava até sumir, meia dúzia de pequenos animais domésticos se mantinham juntos, com a silhueta delineada contra o céu. Mas dois deles, na verdade, se revelaram ser crianças. De olhos baços, desfiguradas pela lama, ficavam paradas onde estavam e observaram o carro passar.

Linda disse: "Eu tinha esperança de poder comprar alguns daqueles charutos Pais Brancos para o Martin. Você conhece esses charutos? A gente consegue comprar um monte por uns poucos *shillings*. Vêm embrulhados numa espécie de caixa feita de folha de bananeira".

"Martin", pensou Bobby; eles estavam chegando perto de casa. Respondeu: "Pensei que Martin fumava cachimbo".

"Ele adora esses charutos. São absolutamente horrendos, mas ele gosta de soltar baforadas e enche o quarto todo de fumaça. Fica só soltando aquelas baforadas. Nas cortinas, nas estantes, embaixo das almofadas. Só para espalhar o cheiro por toda parte. Antigamente a gente conseguia comprar com o coronel. Mas dessa vez não vi nenhum e até me esqueci de perguntar. Imagino que vinham do outro lado do lago. Mas também acho que agora os pobres dos Pais Brancos têm outras coisas em que pensar, em vez de charutos."

"Não sei. Eu queria saber por que, quando as coisas não estão correndo bem para nós, sempre achamos que tudo vai terminar."

"O coronel não tem nenhuma ilusão quanto a isso. Ah, meu caro, foi horrível."

"Não estou em condições de julgar", disse Bobby. "Nunca fui chegado à pompa dos colonos."

"A situação piorou muito. Suponho que começou quando ele sofreu aquele acidente e machucou o quadril. Os quartos estão péssimos, os criados, imundos, e ele mesmo parou de cuidar direito de si."

"'É isso o que acontece no instante em que a gente para de tomar conta deles.'"

Linda não percebeu a ironia. O silêncio dela pareceu uma simples concordância.

Bobby tentou de novo. "Pensei que só os africanos cheiravam mal. Como é que Doris Marshall dizia mesmo? Aquela pitadinha de sabedoria de colono a respeito de civilização e de higiene."

"Ah, meu Deus", disse Linda. "Aquele Timothy."

Bobby deixou o assunto de lado.

Linda disse: "Suponho que existam centenas de pessoas como essas no mundo inteiro, em todo tipo de lugar estranho".

"Eles tinham uma vida boa."

"A questão não é essa."

"E qual é?"

"Não acredito que você queira mesmo compreender. É tão horrível." A voz de Linda vacilou; aquilo surpreendeu Bobby. "O pobre tolo está tentando viver conforme sua vontade, por sua própria conta. Ah, meu caro. E a camisa que ele estava usando estava tão suja. Ele queria companhia. E tem razão. Eles estão só esperando a hora de matá-lo."

"Eu mesmo o mataria, se ficasse lá mais tempo."

"Eu não confio nem um pouco naquele Peter. Um pouco servil e adulador demais, e com aquele relógio de pulso metido à besta."

Bobby disse: "Peter é um pouco limpo demais, tenho de admitir".

"O coronel sofreu um trauma na Primeira Guerra Mundial. Ele me contou que, se alguém o repreendia, ele ficava inconsciente. Repreender, foi essa a palavra que usou. Disse que depois se refazia."

Bobby sufocou seu mal-estar. "Ele pode ir para o sul." Fez uma pausa. "Lá ainda tem uma porção de pretos que ele pode explorar."

"Você fala assim e parece fácil. Mas agora não importa mais para onde ele possa ir. Trouxe Peter para casa quando menino, tinha acabado de sair do mato..."

"...e o educou, treinou. Eu sei."

"Imagino que eles levassem uma vida boa, como você diz. Mas em que lugares estranhos foram parar. Salônica, Índia."

"Como nós assimilamos as coisas depressa. Eu não tinha noção de que havíamos mandado colonos para Salônica."

"Pois eu nem sei onde fica Salônica. Ele está farto da paisagem do lago, está farto do hotel e do alojamento, está farto da própria comida que come e da mesa aonde vai três vezes por dia. Mas nem por isso vai embora. Ele me disse que faz meses que não ultrapassa o portão de seu hotel."

"Para mim, isso não parece propriamente viver conforme a sua vontade. Eu tinha uma tia que era assim também, lá no recanto mais sombrio da Inglaterra."

"E ele continua tão correto. Serve para a gente um jantar com cinco pratos."

Linda estava falando devagar; Bobby achou que ela estava apenas se tornando "mística". Mas então viu um filete de lágrimas embaixo dos óculos escuros. Bobby queria dizer: eu sei por que você está chorando. Mas resolveu deixá-la por sua conta, não fazer nada que pudesse dar força ao seu estado de espírito.

Bobby concentrou-se na direção do carro. Sempre, na estrada pedregosa, havia sinais dos caminhões do exército que tinham passado por ali antes; as bordas amolecidas e levantadas, com marcas fundas dos riscos dos pneus, os buracos cheios de lama em alguns cantos, e de vez em quando um pedregulho deslocado, branco até onde tinha ficado enterrado, cor de terra daí para cima. A estrada continuava razoavelmente fácil de passar, e vazia.

"Suponho que você tenha razão", disse Linda. "Que os mortos enterrem os mortos."

Um vale levava a outro vale. A estrada subia e descia. Mas eles continuavam descendo mais e mais. Os vales ficaram mais largos; a terra ficou menos preta, menos pedregosa; a luz ficou mais tropical. As habitações não eram mais todas de capim; nem todas tinham cercas e pátios espezinhados. Havia pequenos amontoados de barracos de madeira e de ferro corrugado; e agora às vezes havia até ruínas, de tábuas apodrecidas e de ferro corrugado com ferrugem.

Algo semelhante a um monumento surgiu à beira da estrada. Parecia um monumento em memória à guerra ou um chafariz com água potável. No final, viram que era apenas um cano vertical: uma bica preta que se projetava para fora de um muro grande de concreto, com bordas chanfradas e cantos aparados, ADMINISTRAÇÃO ASSOCIADA DE OBRAS PÚBLICAS E DO BEM-ESTAR SOCIAL 27-5-54, a inscrição toscamente realçada numa faixa de mosaico azul e branco no alto do muro. Era o primeiro de uma série de oito canos verticais monumentais. Depois, de novo, havia só a estrada.

Do carro, eles tinham relances intermitentes de um rio pedregoso, que se alargava à medida que a terra se tornava mais plana. E então a estrada saía de uma abertura na mata e seguia por um aterro alto e murado de concreto ao lado do rio que se espraiava: estreitos canais lamacentos entre ilhas de areia, arbustos meio desfolhados e pedras brancas amontoadas sob a luz do sol. Não havia nenhuma barreira na borda do aterro e esse despojamento dava uma sensação de risco.

A estrada se afastou do rio e penetrou de novo na mata. Mas o rio continuava perto; e quando a estrada, a seguir, fez uma curva e saiu da mata para, de novo, avançar junto à margem do rio, Bobby e Linda viram um soldado de boina vermelha parado sob a radiante luz do sol no largo muro de concreto do aterro, a cor cáqui de seu uniforme e o negro reluzente de seu rosto, texturas contrastantes, claras e contundentes contra a nudez do leito do rio.

Ele acenou para o carro, inclinando-se de leve para a frente, mantendo juntas as botas pretas e lustrosas. Os trabalhadores africanos nos vales eram magros, tinham as roupas rasgadas. O uniforme do soldado, bem passado, parecia justo sobre as coxas e os braços redondos e sobre sua pança de soldado. Ele parecia consciente de sua diferença, das roupas do exército, a prova da dieta do exército. Seu aceno foi pesado, desajeitado e pareceu nervoso, mas transmitia autoridade; e havia confiança no rosto redondo e sorridente.

Bobby estava dirigindo devagar na estrada pedregosa.

Linda disse: "Ele é um gordo simpático".

O soldado continuou a sorrir e a acenar, a mão balançando no pulso. O carro não parou. A mão do africano baixou; seu rosto ficou inexpressivo.

Bobby, olhando pelo sacolejante espelho retrovisor, teve uma momentânea e confusa sensação de despojamento e de risco: o aterro sem proteção se inclinava atrás dele, corria ao lado dele. Bobby baixou os olhos do espelho para a estrada.

"Não gosto do olhar que ele dirigiu para nós", disse Linda.

"Agora aposto que vai telefonar para seus amigos gordos e eles vão esperar por nós em alguma barreira na estrada. Imagino que neste momento ele já saiu correndo para transmitir a mensagem em seus tambores de guerra."

"Sempre dou carona para os africanos."

"Eu não impedi você."

"Como não me impediu?"

"É isso mesmo. E eles vão identificar você em qualquer lugar, na mesma hora, com essa camisa amarela nativa."

"Pelo amor de Deus."

Ele estava andando em velocidade reduzida. Agora, de maneira um pouco maluca, acelerou.

"Suponho que seja porque eles não sabem ler", disse Linda. "Mas são muito perspicazes. Você sabe aquela espécie de área comum perto do condomínio fechado? Martin e eu estávamos passando de carro ali um dia, quando vimos o criado doméstico de Doris Marshall, ou o mordomo, acho que temos de falar assim, mordomo, e vimos o homem cambaleando na grama, completamente embriagado, como de costume, no meio da tarde. Assim que nos viu, correu para o meio da rua e acenou para nós pararmos o carro. Martin era a favor de parar. Eu não. Pois bem, aquele criado bêbado *viu* aquela conversa a uma distância de quinze ou trinta metros e repetiu nossas palavras, uma por uma, para Doris Marshall. Doris não gostou daquilo. Etiqueta sul-africana. Eu tinha magoado os sentimentos de seu mordomo."

Bobby freou. Quando o carro parou, Bobby apertou o volante com força entre os dedos e inclinou-se sobre ele.

"Ah, Bobby, eu não estava falando sério."

Ele fechou os olhos, depois abriu.

"É verdade, eu não estava falando sério. Você não está pensando em voltar por causa dele, não é?"

De modo vago, era isso o que Bobby tinha em mente.

"Seria ridículo demais."

"Eu sabia que havia alguma coisa que eu devia ter feito esta manhã", disse Bobby. "Devia ter telefonado para Ogguna Wanga-Butere ou para Busoga-Kesoro. Só lembrei agora."

Linda aceitou a explicação. "Duvido que algum dos dois esteja trabalhando hoje."

Bobby pôs a mão na chave de ignição.

De longe, da direção da planície, veio o som de um helicóptero. Era um som fraco, ora era trazido pelo vento, ora sumia, mas depois se firmou. Quando Bobby virou a chave da ignição, o helicóptero não podia mais ser ouvido.

Seguiram rumo à planície, ao som do helicóptero que ora se aproximava, ora recuava, sempre audível, por trás dos roncos do motor do carro e do chacoalhar da carroceria enquanto avançavam pela estrada pedregosa. Eles perderam o rio de vista; mas agora a terra toda tinha o tom descolorido de um leito de rio. Havia algumas choupanas espalhadas, construídas sobre palafitas. Cactos floresciam e projetavam sombras negras. A estrada virou areia, com profundas marcas de pneu; nos cantos, havia pequenas correntes de areia solta e seca, onde as rodas do carro derrapavam. Era uma terra antiga e exausta. Mas era habitada.

Dois homens correram para a estrada. Mas talvez fossem só meninos. Estavam nus e riscados de giz branco da cabeça aos pés, brancos como as pedras, brancos como a calombenta e escamosa metade inferior dos cactos altos, brancos como os galhos mortos de árvores cujas raízes estavam frouxas num solo que esboroava. Durante quatro ou cinco segundos, não mais do que isso, as figuras brancas correram em passadas lentas e leves na beira pedregosa da estrada e depois correram de volta da estrada para o campo de pedras e de arbustos secos.

As passadas deles podiam ser normais. Talvez tivessem apenas se assustado com o carro. Talvez fosse a cor dos dois, que os privava de um rosto, ou até sua nudez, que lhes dava um aspecto insubstancial, com seus pés muito leves. Talvez fosse o barulho do carro, que abafou os gritos que talvez tenham dado e o barulho dos pés no chão.

Uma aparição tão breve, tão repentina e sem alterações: mesmo assim, atento ao som do helicóptero por trás do rumor do motor do carro, Bobby não olhou a fim de ver para onde, naquela paisagem radiante e repleta de pedras, tinham ido os meninos ou homens pintados de giz. Linda também não olhou. Nem ela nem Bobby falaram nada. E não demorou muito para Bobby se dar conta de que o helicóptero, a cujo som ele estava atento, já não era mais ouvido.

E agora eles estavam completamente fora das montanhas, que começaram a se mostrar no espelho retrovisor como uma serra azul-esverdeada que se erguia da planície radiante. Fazendas surgiram outra vez, e campos cercados; pequenas aldeias de barracos nos cruzamentos: casas e choupanas em terrenos poeirentos, duas ou três lojas feitas de madeira: tinta descascada na madeira velha, letreiros desbotados nas portas, estruturas torcidas, interiores escuros. Reduziram a velocidade para um caminhão-tanque cujo motorista era um indiano. Era o primeiro veículo a motor que viam, desde que saíram do hotel. Mas agora havia outros: caminhões velhos, carros velhos, dirigidos por africanos. A estrada tinha asfalto de novo. Estavam entrando numa cidade onde havia uma feira.

Prédios oficiais pequenos, ocres, avermelhados, se espalhavam pela rua sinuosa. Mas os espaços entre os prédios não tinham sido preenchidos; boa parte da cidade era formada por terrenos baldios, tão erodidos e cheios de trechos sem nenhuma vegetação quanto o leito de um rio. Os prédios tinham uma espécie de estilo italiano, com um toque de estilo sul-americano. Paredes desciam direto até o chão e estavam chapiscadas de lama; o concreto malfeito parecia barro. Postes de telégrafo tortos, fios pendurados, as bordas quebradas da pista de asfalto, capim pisado nas calçadas, poeira, lixo espalhado, bicicletas africanas, caminhões e carros quebrados em frente ao galpão da rodoviária: a cidade não conseguira crescer, mas continuava em atividade. Africanos estavam sentados e de cócoras num parque poeirento onde eucaliptos tinham crescido muito. Havia uma feira com uma pequena torre de relógio. Uma barraca tinha penduradas, em toda volta, roupas para os africanos, cada peça num cabide, os cabides cambaleavam para todos os lados e assim a barraca parecia ter pendurado à sua volta um tapete esvoaçante e em farrapos. Abaixo do relógio na torre, em letras de concreto em relevo, vermelhas e ocres, estava escrito: FEIRA 1951.

E então a cidade ficou para trás e a estrada se mostrou vazia de novo. A estrada estava tão vazia e o ar tão claro, a terra tão plana e despojada, que, mesmo quilômetros antes de chegar lá, já puderam avistar o aterro da rodovia principal para a Coletoria. E ela também estava vazia. Preta, larga e reta: o carro parou de chacoalhar. Os pneus sibilavam de novo: o som do movimento liso, ligeiro. O ar chiava nas janelas entreabertas.

"Você sentiu isso?" Bobby estava agitado. "Aqui a gente pode levar umas rajadas de vento cruzado perigosas. O vento pode jogar o carro para fora da estrada, se a gente não tomar cuidado."

O sol atravessava pela parte de cima do para-brisa. Todos os profundos arranhões no vidro feitos no dia anterior no posto de gasolina se mostravam bem nítidos. No capô reluzente, pequeninos arranhões formavam desenhos circulares.

Linda disse: "Eu sabia".

Para além do brilho branco do capô, ao longe, através das

distorções causadas pelas ondulações do calor, o asfalto preto se dissolvia em luz: uma confusão de veículos de um lado da estrada, um acidente.

Linda disse: "Estava achando bom demais para ser verdade. Sempre acontece quando a estrada está vazia desse jeito".

Aproximando-se devagar, viram um micro-ônibus Volkswagen cinza e magenta parado no meio da estrada; um sedã Peugeot azul parado no canto e tombado de lado. Com a metade dentro da vala de escoamento, uma caminhonete Peugeot verde-escura muito amassada e, pela placa, um daqueles veículos usados por africanos como táxis para percursos mais longos. Além disso, havia outros veículos. Mas o único acidentado era aquele: tão novo, mas, em caso de destruição, tão frágil e tão mortífero.

Quando Bobby reduziu a velocidade, um africano de calça escura e camisa branca saiu de trás do micro-ônibus. Bobby parou.

"Podemos ajudar?"

O africano, piscando os olhos diante do reflexo do para-brisa, mostrou-se em dúvida e Bobby e Linda não disseram nada.

Bobby passou devagar pelo acidente assustador. Viu um Volkswagen branco; parou de novo. Igual a centenas de Volkswagens brancos; igual ao Volkswagen do dia anterior; mas o homem que saiu de trás do carro não era branco nem baixo, mas negro, alto, de corpo vigoroso. Não era a cor negra nem era a estatura da África: em suas feições duras e em sua pele quente, havia algo que sugeria outros sangues, outro continente, outro idioma.

Linda, olhando para o acidente em busca de sangue, de um corpo, de sapatos ou de um cobertor, reagiu com presteza à autoridade daquele homem. Pôs a cabeça para fora, no sol, e lhe perguntou: "O que aconteceu?".

Ele sorriu para Linda e se aproximou do carro.

"Um acidente fatal", disse. "Dirija com cuidado."

Ele não era do país. Falou com o inconfundível sotaque dos negros americanos.

O sorriso e o sotaque, e a inesperada solidariedade do conselho, conferiam autoridade a suas palavras. Bobby sentiu a leve emoção de companheirismo humano. Era algo mais do que o sentimentalismo que o dominava toda vez que Bobby, ele mesmo inocente e branco, encontrava funcionários do governo ou policiais africanos cumprindo uma missão difícil. Estava ansioso para mostrar que obedecia, que era responsável. Seguiu cuidadosamente por cima das sinuosas marcas de derrapagem no asfalto, que começavam e terminavam abruptamente na estrada preta. O sol penetrava através da parte de cima do para-brisa arranhado: ciente de que o reflexo forte representava um perigo, baixou o quebra-sol.

O espelho mostrava atividade em torno da caminhonete e do micro-ônibus. Havia mais homens do que Bobby tinha notado na hora em que passou. Depois a estrada fez uma curva e aquela visão se perdeu.

Quatro ou cinco caminhões do exército estavam estacionados à frente, seus eixos bem altos, longe da pista. No capim da margem ao lado dos caminhões, dentro da vala rasa e na sombra das árvores raquíticas que cresciam num campo mais além, havia soldados com fuzis. Bobby dirigia o carro devagar, para mostrar que nada tinha a esconder.

Todos os soldados se viraram para olhar o carro. Embaixo dos quepes de pano verde-escuro, os rostos negros pareciam engraxados. Os soldados na margem da estrada pareciam olhar de cara feia. Tinham os olhos estreitos acima das bochechas gordas; testas que estavam tão lisas durante o enlevo da corrida do dia anterior pelo bulevar do lago agora se mostravam enrugadas e contraídas, entre sobrancelhas quase peladas. Agora tinham armas nas mãos e ninguém mais tinha armas. Os soldados para além da vala, na sombra das árvores, sorriam para o carro.

Bobby levantou uma das mãos que estava no volante e acenou de leve. Ninguém respondeu ao aceno. Todos os soldados continuaram a olhar para o carro, os que sorriam e os que olhavam de cara feia.

Linda disse: "Aquilo não foi um acidente".

Bobby estava acelerando.

"Bobby, eles mataram o rei. Aquele era o rei."

A estrada seguia reta e preta. Os pneus sibilavam no asfalto molhado.

"Aquele era o rei. Eles mataram o rei."

"Não sei", respondeu Bobby.

"Aqueles soldados sabiam do que estavam rindo. Viu como eles riam? Selvagens. Selvagens gordos e pretos. Não suporto quando riem desse jeito."

"O rei também era negro."

"Bobby, não me peça para falar desse assunto agora."

"Não sei de que assunto estamos falando. Na certa foi o que aquele homem disse que aconteceu. Um acidente."

"Seria bom acreditar. Sabe, achei que era uma brincadeira. Disseram que ele ia tentar fugir num táxi, sob algum tipo de disfarce."

"Ele deve ter pegado o táxi em algum lugar por aqui. Entre as barreiras na estrada."

"É o que todo mundo na capital estava dizendo que ele ia fazer. Eu achei que era só brincadeira. Mas foi exatamente isso que ele fez."

"É claro que foi tudo um blefe, toda aquela conversa sobre secessão, um reino independente e tudo o mais. Sempre foi essa a opinião particular de Simon Lubero, aliás. O rei não passava de um playboy londrino. Ele impressionou muita gente lá. Mas lamento ter de dizer que era um homem muito tolo."

"É o que todo mundo diz. E acho que é por isso que não

acreditei. Achei que era tolo demais para ser verdade. Todo aquele sotaque de Oxford e aquela pose de Londres. Eu achava que era uma encenação."

"Simon sempre se mostrou sensato a respeito da história toda. Por acaso eu sei que Simon queria muito que tudo se limitasse a uma operação estritamente policial."

"E, no entanto, era de imaginar que essa gente teria seus próprios métodos secretos, que eles sempre poderiam se esconder no mato e fugir. Ser africano e ser um rei. Eu achei que o helicóptero e aqueles homens brancos dentro dele eram muito ridículos."

"Pois é", disse Bobby. "Os crioulos pegaram o rei." Sua amargura o surpreendeu, a descoberta da raiva, direcionada para ninguém. Bobby ficou mais calmo. "Os crioulos pegaram o rei", disse de novo. "Espero que a notícia chegue logo a Londres e espero que os amigos chiques do rei também achem isso engraçado."

Continuava dirigindo depressa, mas já não estava mais correndo.

Falou: "Eu bem que gostaria de telefonar para Ogguna Wanga-Butere. Ele poria em pratos limpos essa história de toque de recolher. Não que eu acredite que vá ocorrer qualquer problema. Estamos com tempo de sobra".

"Sabe o que dizem sobre a África?", comentou Linda. "A gente atravessa de carro essas distâncias enormes e, quando chega aonde quer ir, não tem nada para fazer. Mas devo admitir que começo a achar que seria bom ver de novo o velho condomínio fechado."

A terra se estendia ampla. O horizonte recuou. Ao longe, dava para ver os morros azul-claros, baixos, que quase se fundiam com o céu, e à média distância os rochedos e os cones isolados, de feitios curiosos, mais escuros, mais verdes, mas ainda embaçados na névoa que marcava aquela parte da Coletoria, o território do rei.

"O Rochedo do Leopardo", disse Linda.

"É uma de minhas paisagens prediletas."

"Que nem um filme de faroeste de John Ford."

"Isso é ser cinéfilo demais. Para mim, é só a África. Vai haver muito falatório tolo no condomínio fechado durante as próximas semanas, e também muitos comentários na imprensa estrangeira. Acho que eu não me incomodaria tanto com isso se sentisse que essas pessoas se importam de verdade com o que está acontecendo."

"Não sei se eu mesma me importo. Isso é que é terrível. Não sei o que penso. Só sei que quero voltar logo para o condomínio fechado."

Mais tarde, a paisagem ainda era a mesma, apesar da velocidade do carro, as distâncias pareciam continuar iguais a antes. Linda disse: "Por que você acha que deram esse nome, Rochedo do Leopardo?".

Bobby notou que a voz dela mudara e estava ficando mística. Não respondeu.

Ela disse: "Uma vez, vi um leopardo morto".

Bobby concentrou-se na estrada.

"Na África Ocidental. A língua vermelha e comprida pendurada para fora, entre os dentes. Eu queria tocar nele, quando trouxeram, para ver se ainda estava quente. Mas não se deve fazer isso, porque ele é cheio de pulgas. Depois começaram a tirar sua pele. Sem a pele, parecia uma bailarina de roupa colante. Você nem acredita nos músculos do bicho. Tudo isso teve de ser cortado e jogado fora, queimado na fogueira. De manhã, quando acordei, pensei assim: Vou lá olhar o leopardo. Eu tinha esquecido."

Ela falava devagar. Tinha começado a ouvir as próprias palavras.

Bobby disse: "Não acredito que vão esfolar o rei".

"Não suporto a maneira como aqueles soldados estavam rindo. Viu como eles sorriam? Você não estava aqui na época do motim. Oitenta fuzileiros navais vieram de avião. Só oitenta, e aqueles mesmos soldados sorridentes largaram suas armas, rasgaram o uniforme e fugiram pelados para o mato. Naquele tempo, podiam correr. Não estavam tão gordos. No aeroporto, foi engraçado. Todo mundo do condomínio fechado estava lá. Mas os fuzileiros navais nem acenaram para eles. Aqueles rapazes se limitaram a pular dos aviões com as armas em punho e passaram correndo no meio da multidão que aplaudia."

"Ouvi falar sobre isso", falou Bobby. "Acho que os africanos também não se esqueceram. Acharam bem menos engraçado. É esse o grande temor deles, sabe? Desde o tempo em que os belgas dominaram o Congo. Homens brancos que vêm do céu."

"Era isso que Sanny Kiseynyi me dizia."

"Era isso que muitos deles achavam que o rei desejava."

"Vejo as coisas da mesma forma que o coronel. Acho que eu devia ter ido à luta para ajudar o rei de algum jeito. Mas sei que isso também não ia adiantar nada."

"É isso mesmo. Não é da sua conta nem da minha. Eles precisam resolver o assunto sozinhos. E o rei quase conseguiu, sabe? Se não tivesse sido localizado, em mais noventa minutos estaria lá, fugindo através do lago, para o outro lado."

"Ah, meu Deus. Você quer dizer que ainda estão esperando por ele no lago? Podem ter ficado esperando por ele a noite inteira. Vai ser horrível na Coletoria, quando a notícia chegar lá."

"Imagino que vão manter a história em segredo por um ou dois dias."

"Tenho a impressão de que nunca mais vou querer sair do condomínio fechado."

"Isso seria uma tremenda renúncia, para você."

"É claro", disse Linda, em resposta à provocação. "Os soldados podem estar promovendo desordens por lá neste exato minuto."

A paisagem ampla estava ficando para trás. A terra agora se tornava mais acidentada; havia mais árvores; a estrada tinha mais curvas. Eles passavam por loteamentos, lojas, choupanas: um povoado. Mas não se via ninguém.

"Odiei este lugar desde o primeiro dia em que cheguei", disse Linda. "Me veio a sensação de que eu não tinha nenhum direito de estar aqui, no meio dessa gente. Era fácil demais. Eles tornavam isso fácil demais. Não era nem de longe o que eu queria."

Bobby disse: "Você sabe por que veio".

"Mandaram Jimmy Ruhengiri nos receber no aeroporto. Por sessenta e cinco quilômetros, tive de conversar com Jimmy. O tipo de conversa que a gente tem com os mais educados deles. É como jogar xadrez consigo mesmo: é você que dá todos os lances. E a única coisa que eu via o tempo todo eram essas choupanas horrorosas. Por dentro, eu estava gritando. Sabia que nada de bom iria acontecer comigo por aqui. E naquele primeiro dia nos acomodaram num quarto sórdido nos alojamentos que chamam de casa de hóspedes. Martin não tinha muitos pontos. A gente não sabia. Ponha o Martin para viver dentro de um sistema de contagem de pontos que a gente nunca saberá se ele vai conseguir ter pontos para nada."

"Você não se deu tão mal assim", disse Bobby.

"Tinha uma garota chorando no quarto vizinho, e ainda era só de tarde. Aquilo me assustou de verdade. Acho que eu nunca quis alguma coisa com tanta força como quis ir embora naquele dia, voltar para o aeroporto e pegar o primeiro avião para Londres."

"E por que não fez isso?"

"A gente sai de carro com Sammy Kisenyi, trava uma conversa educada, e vê um selvagem com um pênis de trinta centímetros de comprimento. A gente finge que não viu nada. Vê dois rapazes nus com o corpo pintado correndo pela estrada, e não fala nada sobre isso. Sammy Kisenyi lê um texto sobre radiodifusão na conferência. Ele copia parágrafos inteiros de T.S. Eliot, veja só, logo quem. A gente não diz nada sobre isso, não pode dizer nada sobre isso. Da boca para fora, a gente incentiva o tempo todo. No condomínio fechado, a gente conversa o tempo todo. Todo mundo não faz outra coisa senão mentir o tempo todo."

"Você sabe por que veio para cá. Não pode reclamar."

"É o país deles. Mas é a nossa vida. No final, a gente não sabe mais o que sente sobre nada. Só sabe que quer ficar a salvo e seguro no condomínio fechado."

"Mas você veio para ter liberdade. Você se adapta com muita facilidade, lembra?"

"Sem dúvida nós dois encaramos essas coisas de forma diferente, Bobby."

"Agora não importa mais o que você pensa."

"No condomínio fechado, toda noite a gente escuta como eles fazem a maior gritaria e aí a gente sabe que lá fora estão espancando alguém até a morte. Toda semana tem uma lista de pessoas que foram mortas, e algumas nem têm nomes. A gente deve ou se manter afastada ou se meter no meio deles, com um chicote na mão. Qualquer coisa intermediária é ridícula."

"Isso é do Martin? Ou do coronel? Não consigo acompanhar você, Linda. Todos aqueles maravilhosos fins de semana na capital, com todas aquelas lareiras aconchegantes. De certo modo, eu esperava mais. Fiquei espantado com o seu gosto, Linda. 'Eu me adapto com muita facilidade.' Muito bem dito, mas ninguém tem culpa se as pessoas que encontramos são iguais a nós. Todos vocês leram os mesmos livros. É claro, lemos bastante, não é? Não devemos deixar que nossas mentes enferrujem, aqui no meio de selvagens."

"Não fica bem você falar assim, Bobby."

"Não estou qualificado, não é? Você devia ter me dito antes. Mas pensei que você queria que um criado espalhasse a notícia. Pensei que você queria alguém que se excitasse com seus gritos na cama."

"Essa é mais uma das histórias que Dennis Marshall inventa."

"'Vamos levar o Bobby para servir de testemunha. Ele joga no mesmo time do Dennis Marshall.'" Bobby mexia a cabeça para cima e para baixo. "'Vamos levar o Bobby. A gente pode fazer o que quiser com o Bobby.' 'Que camisa bonita você está usando, Bobby'. Muito engraçado. Mas você escolheu o homem errado."

"Isso é absurdo."

"Ah, é?" Ele afastou a mão direita do volante e deu uns tapinhas na cabeça. "Percebi tudo. Está tudo aqui dentro."

"Sempre achei que você era um romântico, Bobby."

"Você escolheu o homem errado."

"Espero que seja só a maneira como você fala. Você não deve ter observado com muito cuidado as pessoas no condomínio fechado."

"Pois é isso mesmo. Ninguém tem culpa se as pessoas que a gente encontra são iguais à gente."

"Vamos parar com isso, Bobby. Retiro tudo o que disse."

"Você estava falando sobre selvagens e chicotes."

"Eu retiro o que disse."

"Há tantas pessoas como você, Linda. Não devemos deixar que nossa mente enferruje. Vivemos no meio de selvagens e precisamos de nossas atividades culturais. Vivemos no meio de selvagens muito sujos e temos de lembrar que possuímos essa amabilidade. Nós não usamos nosso desodorante vaginal diariamente?"

"Isso é ridículo."

"*Não usamos? Não usamos?* Qual é a marca que usamos?

Garota Quente, Garota Fria, Garota Fresca? Fresca-Garota? Você não é nada. Você não é nada senão uma boceta podre. Existem milhões como você, milhões, e vão existir muitos outros milhões. 'Eu sou muito adaptável.' 'Espero que não tenham feito nada com as pobres esposas.' Não sei quem você pensa que é. Não sei por que acha que importa o que você pensa a respeito de alguma coisa."

Ela se recostou no espaldar do banco do carro e olhou pela janela. Mais um povoado: barracões poeirentos, quintais com vegetação tropical, uma estrada de terra: uma paisagem de sol, poeira e árvores lá adiante; e depois o mato de novo, ao lado da estrada.

"Existem milhões como você. E milhões como Martin. Você não é *nada*."

"Por favor, pare o carro. Vou descer aqui. Não quero falar mais nada. Por favor, pare o carro."

Bobby freou e os pneus cantaram na estrada quente. O vento parou de soprar com força através das janelas. O palpitar do motor era como o silêncio. Árvores lançavam sombras atarracadas através das valas. O céu estava quente e alto.

Linda disse: "Você tinha razão. Não foi uma boa ideia".

"Você é uma tola. Vai se meter em confusão."

"Sou muito tola."

"Isso é ideia sua, lembre-se."

"Vou dar outro jeito. Na certa vou pegar um táxi ou alguma outra coisa."

Quando Linda se virou a fim de abrir a porta, Bobby viu que as costas da blusa dela estavam molhadas. Então percebeu que sua própria camisa estava molhada e sentiu frio. Por um segundo, ao pôr os pés na estrada, Linda pareceu ter perdido o sentido de direção. Os óculos escuros mascaravam sua fisionomia. Linda se equilibrou melhor. Bobby observou-a caminhar para trás, na direção do povoado pelo qual tinham acabado de passar. Ele chamou: "E sua mala?". Ela não virou. "Você mesmo pode levar." Ele abriu a porta, saiu e ficou parado na estrada. A sensação de estar em movimento na estrada continuava em sua cabeça. Bobby sentia-se meio tonto no ar quente e parado; de novo a cabeça dava a sensação de estar sobrecarregada e à beira de explodir.

"Linda!"

Ela continuou a andar para longe com seus passos bruscos e curtos, olhando para baixo, tão alheia no aterro alto da estrada vazia, com um aspecto tão natural, as cores da calça e da camisa de repente tão brilhantes e vistosas que aquelas cores vivas pareciam contagiar também a estrada, os campos e o céu, e a cena possuía algo do caráter irreal de uma fotografia colorida.

Bobby voltou para dentro do carro, fechou a porta com força e pôs o carro em movimento, esfregando no volante as palmas das mãos secas, enquanto observava a estrada negra, sentindo o calor rebater no capô, onde o sol se refletia no brilho de um pequeno anel arranhado.

Minutos depois, ciente o tempo todo do sol declinante, das sombras pretas das árvores, dos campos vazios, do carro vazio, do ronco do motor e do vento, Bobby começou a ter uma sensação de pesadelo. O coronel e o hotel, o soldado junto ao largo leito do rio, os meninos brancos irrompendo no meio da estrada como animais heráldicos e correndo em silêncio e em câmara lenta, Linda na estrada: as imagens eram claras, formavam uma sequência, mas eram como coisas imaginadas.

Bobby precisava ficar mais calmo. Ao admitir aquela necessidade, ele ficou mais calmo. A sensação de um pesadelo se reduziu à lembrança de sua própria violência e a um pressentimento de perigo. Bobby estava sozinho; estava chamando uma retaliação. Mas continuava correndo. Havia perigo no final da estrada, perigo em sua solidão. Mas mesmo assim ele deixava o tempo passar.

O carro saltou, pousou com força na estrada e o volante, com o tranco, desprendeu-se momentaneamente de suas mãos. A estrada ali havia afundado. A fina camada de asfalto, mole e derretendo-se sob o sol da tarde, levantava e baixava. Era um trecho da estrada que Bobby conhecia. Tirou o pé do acelerador. Mais um tranco, mais uma derrapada, porém ele continuou com o controle do veículo. Parou e mais uma vez teve consciência do silêncio, da luz, do calor.

Virou para voltar. A estrada estava vazia como antes. Sobre o piche molhado, viu as marcas que ele mesmo acabara de deixar. Em seu pânico, a estrada e os campos eram coisas que ele imaginava. Ao voltar, espantou-se ao descobrir que tinha visto aquilo com tanta nitidez e lembrava tão pouco. O carro tinha deixado no asfalto marcas perfeitas, absolutamente comuns.

Não havia nenhum sinal de Linda na rodovia. O pequeno povoado que fora construído todo ele de um só lado da rodovia, junto à estrada de terra, parecia ter sido evacuado, tudo estava fechado. Não apareceu ninguém quando Bobby tocou a buzina. As duas ou três lojas, estruturas precárias de madeira, tinham a mesma cor de seus quintais poeirentos e desertos. Nas tabuletas de lata pregadas nas portas fechadas, folhas de lata despojadas de todas as cores pela luz do sol, exceto a cor preta e um amarelo desbotado, uma africana sorridente com uma espécie de turbante erguia um frasco de unguento para tratar eczemas e um africano sorridente fumava um cigarro.

Bobby seguiu pela estrada de terra. Num instante subiu

muita poeira. Num instante tudo o que o espelho retrovisor mostrava era só poeira e mais nada, densa e rodopiante, como a fumaça amarela de uma fogueira muito forte. Bobby fechou as janelas; mas, à medida que avançava, a poeira dentro do carro se tornava mais densa, encobrindo o que ele tinha visto antes, o mato, as árvores altas, uma choupana na beira da estrada. Viu um amplo barracão com telhado de ferro corrugado erguido num quintal cheio de lixo, velho e preto feito graxa no meio da poeira densa; e ao lado daquilo, atrás de dois ou três arbustos minguados no solo duro, um chalé branco de alvenaria apoiado em colunas baixas, frontalmente exposto à luz do sol da tarde.

Bobby parou e baixou o vidro da janela. A poeira rodopiava devagar em torno do carro. Quando Bobby tocou a buzina, um jovem indiano magricela abriu a porta da frente do chalé. Olhou para o carro e chamou-o com um aceno. Bobby hesitou. O rapaz ficou parado, entre a varanda e a entrada, um intermediário perplexo entre Bobby e alguém lá dentro.

Bobby entrou no chalé. A varanda, um recanto ensolarado durante a tarde, onde o calor se refletia nas paredes e se erguia das pranchas do piso, estava vazia. Na pequena e sufocante sala de estar, entre flores de papel e livros de capa mole, cadeiras com frisos de metal cromado e divindades hindus de plástico cor de cobre, Linda parecia estar tomando chá. Com os dentes descobertos, ela mordia a pontinha de uma pimenta em conserva.

Bobby ignorou o indiano de meia-idade, o anfitrião de Linda, e disse: "Agora não temos muito tempo".

Linda disse: "Estou tomando um chazinho".

"Bem, acho que não temos tanta pressa. Acho que também vou tomar um chá."

"Sim, sim", disse o indiano de meia-idade, e saiu da sala.

Nem Bobby nem Linda nem o rapaz alto falaram nada. Estava muito quente. Linda estava vermelha. Bobby começou a suar. Uma mulher jovem de sári verde trouxe uma bandeja de legumes em conserva e mais uma xícara, e depois saiu.

"Que bela casa o senhor tem aqui", disse Bobby, quando o homem de meia-idade voltou.

"Era da senhora McCartland", disse o homem, sentando-se e balançando as pernas de um lado para o outro. "Ela vendeu tudo às pressas quando partiu para o sul. Casa, mobília, livros, negócio, tudo."

Bobby disse: "Bons livros".

"Quer alguns?" Com as pernas paradas, o homem inclinou--se na direção da estante e, com a mão esquerda, puxou um punhado de livros de capa mole. "Tome."

Bobby balançou a cabeça. "Também está indo para o sul?"

O homem deu uma risadinha e empurrou os livros de volta na estante. "Ando pensando em trabalhar no ramo das roupas, nos Estados Unidos. Ou no Cairo. Vou abrir uma lanchonete de sucos no Cairo."

"Como é isso?"

"Os egípcios andam tomando muito suco de frutas frescas. Assim que eu conseguir reaver meu dinheiro, vou embora. Meu irmão já está lá. Para onde você vai?"

"Eu vivo aqui", respondeu Bobby. "Sou funcionário do governo."

Lentamente, as pernas do homem pararam de balançar. Deu uma risadinha.

Linda se levantou. "Acho melhor a gente ir."

Bobby sorriu e tomou um gole de seu chá.

"O senhor conheceu o senhor McCartland?", perguntou o homem, após um intervalo.

"Não o conheci." Bobby se pôs de pé.

"Morreu ainda muito jovem", disse o homem, seguindo Bobby e Linda até o pátio e a estrada, onde a poeira continuava a baixar.

"Corria muito com o carro. Saía daqui de manhã cedo para ir à capital e andava a cento e sessenta quilômetros por hora."

Bobby, caminhando devagar, olhando para cima, na direção do céu, sem responder às despedidas do homem, disse: "É o que vamos ter de fazer agora para chegar à Coletoria antes do toque de recolher".

Entraram no carro. O indiano subiu na varanda de sua casa e observou-os enquanto davam marcha a ré no pátio. A poeira começou a subir e rodar de novo. Quando saíram, a poeira encobriu a estrada.

Linda disse: "Você acredita que aquele homem dirigia o carro a cento e sessenta quilômetros por hora daqui até a capital?".

"Você acredita?"

"Queria saber por que ele falou uma coisa dessas."

No cruzamento, as lojas estavam tão fechadas e vazias quanto antes. Os africanos desbotados nas plaquinhas de lata sorriam; sombras se alongavam embaixo das calhas.

Fizeram uma curva, entraram na rodovia e baixaram o vidro das janelas do carro. O sol atravessava na diagonal o vidro arranhado e poeirento do para-brisa. Tudo dentro do carro estava coberto pela poeira; no painel, cada grãozinho de poeira projetava uma sombra diminuta. No asfalto mole, no lado direito da estrada, Bobby viu as marcas que ele mesmo havia deixado quando voltara para o povoado. Todas suas outras marcas tinham sido apagadas por linhas de um padrão mais grosso. Passaram vários veículos pesados, mantendo-se mais ou menos à esquerda, rumo à Coletoria.

Bobby dirigia com cuidado. Chegou outra vez ao trecho em que a pista cedera e a estrada, com o asfalto mole e a superfície desnivelada, parecia oscilar e derreter. Ali estava o lugar onde ele havia parado o carro: ainda restava algo das marcas da curva que ele fizera ao dar meia-volta.

"Estamos muito atrasados?", perguntou Linda.

"Perdemos só meia hora, mais ou menos. Mas imagino que você vai sorrir com doçura para eles e aí vão nos servir uma xícara de chá."

Os dois sorriram, como se ambos tivessem vencido.

De início com sorrisos reservados e depois com rostos fixos, seguiram de carro através do ar quente da tarde, as sombras começavam a cair sobre a estrada, enviesadas da direita para a esquerda, na direção deles; e nenhum dos dois exclamou quando, abruptamente, avistaram de novo o Rochedo do Leopardo, agora mais perto e maior, metade no sol e metade na sombra, sua parede vertical menos íngreme, sua face em declive coberta pela floresta e mais irregular.

Linda perguntou: "Você acredita que ele vá mesmo para o Cairo?".

"Ele está mentindo", respondeu Bobby. "Todo mundo mente."

Linda sorriu.

Então ela avistou aquilo que Bobby estava olhando, no final da estrada: a coluna de caminhões do exército cujas marcas de pneu eles vinham seguindo pela estrada.

9.

Bobby hesitou. Acelerou. Hesitou de novo. Nem ele nem Linda falavam. O Rochedo do Leopardo, erguendo-se acima do mato, ficava sempre à direita, seu declive, coberto pela floresta, debaixo de uma sombra. A vegetação ao lado da rodovia tinha se modificado subitamente. Continuavam os arbustos baixos; nenhuma plantação; mas estava ganhando uma exuberância tropical. Chegavam cada vez mais perto dos caminhões pesados, uma coluna de cinco, suas sombras enviesadas tombavam direto sobre o asfalto e adquiriam um feitio denteado nas irregularidades da beirada da pista. Às vezes, através de uma falha na vegetação, Bobby e Linda podiam ver a terra puramente tropical que se estendia para além do Rochedo do Leopardo, o território do povo do rei, um vasto bosque banhado pelo sol, aparentemente vazio, só com alguns trechos esparsos de uma neblina mais marrom para mostrar onde, naquele mato, ficavam as aldeias.

Os soldados de quepe verde sentados com fuzis na traseira do último caminhão olharam de cara feia para o carro. Os rostos dos soldados atrás deles estavam cobertos pela sombra. Aí Bobby viu o motorista. Seu rosto e seu quepe, tremulamente refletidos de perfil no espelho externo do veículo, traçavam uma silhueta negra sem feições contra um fundo ofuscante. Às vezes, quando o caminhão sacolejava, ou quando ele se virava a fim de olhar para o espelho e para Bobby, o rosto captava um brilho amarelo da luz do sol.

E assim, por um tempo, Bobby e Linda prosseguiram sua viagem, mantendo uma distância fixa do último caminhão. Atrás da porta traseira do caminhão, com seu emblema militar heráldico, os soldados continuavam a olhar de cara feia. De modo intermitente, Bobby sentia sobre si o olhar do motorista; de vez em quando aquele rosto brilhava no espelho.

Linda disse: "Se continuarmos nesse ritmo, com certeza vamos nos atrasar".

"Não é fácil ultrapassar nesta estrada", disse Bobby. "Venta muito."

Prosseguiram. Os soldados continuavam a olhar fixamente.

Linda disse: "Provavelmente estamos deixando os soldados nervosos".

Bobby não sorriu.

282

Chegaram a um trecho da estrada que avançava em linha reta e com muito boa visibilidade.

Bobby tocou a buzina e abriu para o lado a fim de ultrapassar. Os soldados ficaram alertas. Bobby, acelerando, ergueu os olhos para eles, desviou os olhos muito rapidamente e ficou ofuscado pelo sol. Começou a fazer a ultrapassagem, tocando a buzina. O caminhão moveu-se para a direita. Pontos de luz corriam diante dos olhos de Bobby; ele acelerou; já estava quase fora da estrada. O caminhão continuou a se mover para a direita. Bobby estava ao lado dele. Sentiu que as rodas do lado direito subiram na borda da pista. A vala lateral estava próxima. Ele freou e o carro sacolejou e deu um tranco. O caminhão foi em frente. Os rostos dos soldados se contraíram em sorrisos amigáveis. O espelho externo do caminhão refletiu a risada do motorista; de repente, ele tinha um rosto. Depois aquele reflexo se perdeu. O carro estava parado e inclinado na beira da estrada. O caminhão se afastou mais ainda, voltou para o caminho normal na estrada. Os rostos dos soldados ficaram indistintos. Um braço com a manga de um uniforme cáqui se projetou para fora da cabine do motorista, sacudiu no ar de modo desajeitado e a mão balançava na articulação do pulso: era um sinal para ultrapassar.

Linda disse: "Quando encontrar o exército na estrada, se faça de morto".

As costas da camisa de Bobby estavam molhadas. Seu rosto começou a arder. Sentia o calor do motor, do capô, do para-brisa. O ar estava quente; o piso do carro estava quente. Suor quente irrompia pela pele em todo seu corpo. Os olhos formigavam; as calças grudavam em suas canelas.

Bobby ligou o carro e se afastou da beirada da estrada. Mais uma vez seguiu as marcas dos pneus dos caminhões, o desenho de um zíper grosso sobre o asfalto mole. Dirigia devagar, nunca a mais de sessenta quilômetros por hora; e ainda viam os caminhões de vez em quando. O Rochedo do Leopardo ficava cada vez maior; a neblina atenuava a ladeira encoberta pela floresta e pela sombra. A luz da tarde ficou mais enfumaçada. E então a estrada se abriu e, durante quilômetros, se estendia uma linha reta, como uma estrada romana, oscilando de um morro para outro. Os caminhões do exército, pequenos à distância, subiam, desapareciam e depois surgiam subindo de novo. Eles estavam penetrando no território do povo do rei; e a rodovia ali acompanhava o traçado da antiga estrada na floresta. Durante séculos, usando só produtos da floresta, terra, junco, o povo do rei havia construído suas estradas, retas como aquela, por cima de morros, através de pântanos. De muito longe, Bobby podia avistar o pequeno prédio de pedra caiado de branco, um posto da polícia, situado na divisa com o território do rei. Mas a bandeira que hoje tremulava ali não era a do rei. Era a bandeira do país do presidente.

Perto do prédio de pedra, os caminhões saíram da estrada e a pista ficou livre de novo. Mas Bobby não aumentou a velocidade. Já não adiantava mais; passava das quatro horas, o horário do toque de recolher. Dali a pouco poderia avistar o prédio moderno, baixo e amplo, de concreto e vidro colorido, brilhante como contas de um colar, que os americanos tinham construído no mato, como um presente para o novo país. O plano era servir de escola e, simbolicamente, ficava ao mesmo tempo no território do rei e no do presidente. Fora visitado mas nunca usado; não havia alunos nem professores; continuava vazio. Naquele dia, tinha um uso. O espaço aberto na frente do prédio, em parte coberto pelo mato de novo, estava cheio de caminhões. E na sombra dos caminhões, havia grupos de soldados gordos.

Não havia nenhuma barreira na estrada ali; ninguém acenou para eles pararem o carro. Mas Bobby parou: a escola, os caminhões e os soldados à sua esquerda, o prédio de pedra, acima do qual tremulava a bandeira do presidente, do outro lado da estrada, à sua direita. Os soldados não olharam para o carro. Ninguém saiu do prédio de pedra. Para além do Rochedo do Leopardo, havia o bosque radiante, que se estendia rumo ao horizonte no meio de uma neblina de fumaça, que se adensava.

"Vamos esperar por eles aqui?", perguntou Linda.

Bobby não respondeu.

"Talvez não haja nenhum toque de recolher", disse Linda. Um soldado olhava para eles. Era mais baixo do que os soldados com os quais ele estava, perto da porta traseira do caminhão. Estava bebendo numa canequinha de lata.

"Talvez o coronel tenha entendido mal", disse Linda.

"Será?", disse Bobby.

O soldado se afastou do grupo na porta traseira do caminhão, sacudiu sua canequinha de lata e caminhou devagar na direção do carro. Tinha a cabeça raspada e pelada. Sua calça cáqui endurecida estava cheia de rugas embaixo da pança e em redor das coxas, que roçavam uma na outra. Ele chupou a parte de dentro das bochechas gordas, contraiu os lábios e cuspiu, cuidadosamente, inclinando-se para um lado a fim de deixar que a cusparada escorresse dos lábios. Sorriu na direção do carro.

Então eles viram os prisioneiros. Estavam sentados no chão; alguns estavam prostrados; na maioria, estavam nus. Foi a nudez que os havia camuflado na sombra que o sol projetava dos arbustos, dos caminhões e das árvores. Olhos brilhantes estavam vivos na carne negra; mas havia pouco movimento entre os prisioneiros. Eram do povo magro, pequeno e muito negro da tribo do rei, um povo vestido, que construía estradas. Mas a dignidade que possuíam quando eram livres já havia desaparecido; agora eram apenas um povo da floresta, nas mãos de seus inimigos. Alguns estavam amarrados da maneira tradicional da floresta, de um pescoço a outro, em grupos de três ou quatro, como se fossem ser entregues no mercado de escravos. Todos mostravam marcas de pancadas e de sangue, marcas cor de fígado. Um ou dois pareciam mortos. O soldado sorriu, a mão molhada segurava a canequinha molhada, e chegou perto do carro.

Bobby, preparando um sorriso, inclinou-se na direção de Linda e, soltando com a mão esquerda a camisa nativa molhada na axila esquerda, perguntou: "Quem é seu oficial? Quem é seu chefe?".

Linda desviou seu olhar do soldado e olhou para o prédio de pedra e caiado de branco e para a bandeira, para o Rochedo do Leopardo e para o bosque enfumaçado.

O soldado encostou a barriga na porta do carro e o cheiro de seu uniforme cáqui misturou-se com o cheiro do suor da exila esquerda de Bobby, agora descoberta, e das costas amarelas da camisa. O soldado olhou para Bobby e para Linda, olhou para o interior do carro e falou com voz baixa num linguajar complicado da floresta.

"Quem é seu chefe?", perguntou Bobby de novo.

"Vamos em frente, Bobby", disse Linda. "Eles não estão interessados na gente. Vamos seguir pela estrada."

Bobby apontou para o prédio de pedra. "O chefe está lá?"

O soldado falou de novo, dessa vez para Linda, no seu linguajar estranho.

Ela disse, irritada: "Eu não estou entendendo", e ficou olhando para a frente.

O soldado reagiu como se tivesse levado um tapa. Deu um sorriso encabulado e se afastou um passo do carro. Sacudiu sua canequinha de lata; parou de sorrir. Falou com voz mansa: "*Num entendo, num entendo*". Baixou os olhos para o corpo do carro, para as portas, as rodas, como se procurasse alguma coisa. Depois se virou e começou a andar na direção do seu grupo.

Bobby abriu a porta e saiu do carro. Estava frio; a camisa suada dava uma sensação de frio nas suas costas; mas o piche estava mole embaixo de seus pés. Agora podia ver os prisioneiros com clareza. Podia ver a fumaça no bosque além do Rochedo do Leopardo. Não era uma neblina, não eram as fogueiras para cozinhar que eram acesas à tarde: naquela mata, aldeias estavam em chamas. O soldado rejeitado estava falando com seus companheiros. Bobby tentou não olhar. Seu instinto dizia para entrar de novo no carro e dirigir sem parar até o condomínio fechado. Mas ele se controlou. Rapidamente, a mão direita balançando, Bobby atravessou a estrada iluminada rumo ao pátio poeirento e à sombra lançada pelo prédio de pedra, e atravessou a porta aberta.

Assim que entrou, compreendeu que tinha cometido um erro. Mas era tarde demais para recuar. Na sala escura e fria, com as carteiras e as cadeiras empurradas para junto das paredes, com a nova fotografia do presidente no quadro de avisos verde, entre antigos avisos sobre taxas, impostos, criminosos procurados e outras listas impressas e reproduzidas, não havia nenhum policial, nenhum oficial. Três soldados com a cabeça raspada estavam sentados abaixo da janela, sobre o piso de cimento, com os quepes sobre os joelhos. Todos ficaram de pé quando Bobby entrou.

"Sou funcionário do governo", disse Bobby.

"Senhor!", disse um dos soldados e todos se puseram em posição de sentido.

"Quem é o oficial de vocês? Quem é o chefe de vocês?"

Não responderam e Bobby não sabia continuar, depois daquele bom começo.

Viram sua hesitação e deixaram de ficar nervosos. Relaxaram. Seus rostos ganharam um ar muito indagador.

O soldado no meio dos outros disse: "Não tem chefe nenhum".

Bobby percebeu que tinha usado a palavra errada. Virou os

olhos do soldado do meio para o soldado da direita, o mais gordo dos três, aquele que o havia chamado de "senhor". "Vocês dão salvo-conduto aqui?"

As bochechas do soldado gordo se ergueram na direção de seus olhos pequenos e líquidos. Fez um gesto lentamente com a mão direita diante do rosto, mostrando para Bobby a palma da mão.

"Não tem salvo-conduto", disse o soldado do meio.

Bobby olhou para ele. "O senhor Wanga-Butere é o *meu* chefe." Sorrindo, estendeu as mãos na sua frente para indicar o contorno de uma enorme pança e fingiu cambalear sob o próprio peso. "O senhor Busoga-Kesoro é o *meu* chefe."

Eles não sorriram.

"Busoga-Kesoro", disse o soldado gordo, enquanto examinava com atenção o rosto de Bobby. E movia as bochechas e os lábios, como se estivesse se preparando para escarrar. "Busoga-Kesoro."

"Vocês não têm toque de recolher?", perguntou Bobby.

"Toque de recolher", disse o soldado gordo.

O soldado do meio disse: "Toque de recolher".

"A que horas vocês têm o toque de recolher? Quatro horas, cinco horas, seis horas?"

"Cinco horas", disse o soldado gordo. "Seis horas."

Bobby estendeu o pulso para a frente a apontou para o relógio. "Quatro? Cinco? Seis?"

"Você dá para mim?", disse o soldado gordo e segurou o pulso de Bobby.

Pele preta sobre o rosa: todos olharam.

O soldado gordo moveu o polegar sobre o mostrador do relógio de pulso. Seus olhos eram femininos, amistosos. Suas bochechas e seus lábios começaram a se mexer outra vez.

O soldado do meio desabotoou o bolso de sua túnica e tirou

dali um maço de cigarros amassado e meio vazio. Era a marca que, nos anúncios, os africanos sorridentes fumavam.

Do lado de fora, os caminhões começaram a se movimentar. Havia conversas e gritos. Botas raspavam no asfalto; portas de veículos bateram com força. Caminhões partiram em marcha lenta.

"Não dou para você", disse Bobby. "Não tenho outro."

Ele tinha feito uma piada. Todos riram.

"Não tem outro", repetiu o soldado gordo e soltou o pulso de Bobby, que tombou.

"Eu vou", disse Bobby.

Caminhou na direção da porta. Teve uma visão da estrada iluminada pelo sol, o terreno poeirento com sua linha de sombra na diagonal, a parte dianteira de seu carro respingada de insetos.

"Garoto!"

Bobby parou; foi seu erro. Virou-se, para encarar a sala escura.

Quem falou foi o soldado do meio. Estava oferecendo para ele um cigarro apagado, muito branco, entre o dedo médio e o indicador.

"Eu lhe dou cigarro, garoto."

"Eu não fumo", disse Bobby.

"Dou para você. Vem, dou para você."

E Bobby caminhou da porta e da luz na direção dos soldados, preferindo que aquilo que ia acontecer acontecesse ali, na sala escura, e não ao ar livre, na frente dos outros.

A mão do soldado ainda estava aberta, estendida, a palma virada para baixo, o cigarro na perpendicular, entre o dedo indicador e o médio. Então os dedos se abriram, o cigarro caiu e, naquele mesmo movimento de abrir os dedos, a palma da mão foi direto na direção do rosto de Bobby, com um movimento de garras, ao que parecia, mas depois bateu com força no seu queixo. A outra mão rasgou a camisa nativa amarela.

"Vou denunciar vocês", disse Bobby, caindo de costas. "Vou denunciar vocês."

Os outros soldados estavam atrás dele para segurá-lo e não deixar que caísse e para agarrar e torcer seus braços com mãos bem treinadas; e aí pareceu que o soldado à sua frente estava enlouquecido não por causa de suas palavras, mas devido ao som e pela visão da camisa rasgada. Rasgou de novo a camisa e a camiseta por baixo da camisa, e com a mão direita que antes havia segurado o cigarro ele agarrou a cara de Bobby com uma raiva desajeitada, como se quisesse apanhá-la só pelo nariz, pelas bochechas e pelo queixo.

"Vou denunciar vocês", disse Bobby.

Torceram seus braços com mais força, atiraram Bobby para a frente e quando ele estava estirado sobre o piso de cimento, sentindo as botas golpearem suas costas, seu pescoço, seu queixo, ele viu com surpresa que as pernas de dois soldados estavam absolutamente paradas. Era o soldado gordo, grunhindo enquanto se agachava, com a roupa cáqui apertada, que estava ora de um lado, ora do outro. Bobby entendeu que estava perdendo pele; mas ainda observava que os outros soldados continuavam no mesmo lugar.

De início Bobby havia pensado que o soldado com o cigarro queria apenas humilhá-lo, despi-lo, desfigurá-lo; e, em parte, compreendera aquilo e, em parte, sentia-se solidário. Mas eles tinham ido longe demais; e agora Bobby sentia que o soldado gordo, o que pedira seu relógio, queria matar. Bobby pensou: Tenho de me proteger, tenho de me fazer de morto.

Esparramado de frente, Bobby se deixou ficar mole, pesado, o braço esquerdo espremido junto ao lado da cabeça. As pontas das botas apalparam suas costelas, sua barriga, apalparam e

290

chutaram. Bobby tentou não se mexer; achou que não se mexeu; o saibro fino sobre a argamassa lisa do chão grudava na sua pele molhada. Ele não abriu os olhos, temeroso de descobrir que talvez não conseguisse mais enxergar. Em seguida sentiu a bota bater com força em seu pulso direito e podia ter gritado com a dor pura e límpida, a consciência da fratura, tão nítida, a consciência de que algo que estava inteiro em sua vida tinha sido quebrado. Bobby apagou tudo o mais a fim de concentrar-se naquele pulso. Sentiu o pulso ficar dormente; sentiu como começava a inchar. E depois ele estava de novo na estrada, numa paisagem radiante, nervoso com sua própria velocidade, com as marcas de seus pneus e com a pista molhada e ondulada.

Bobby acordou. Achou que ia abrir os olhos. Seu rosto inteiro queimava. Conseguia enxergar. Pôde ver que na sala escura não havia mais pernas metidas em calças cáqui. Esperou um pouco para ter certeza. Sentiu que era importante agir rápido, enquanto ainda estava lúcido, enquanto a força que tinha voltado continuava em seu corpo. Sentou-se, curvado sobre o pulso. Havia se esquecido daquele ferimento; agora se lembrou. Pôs-se de pé e se equilibrou. Não olhou para si mesmo. Caminhando, lembrou-se de olhar com cuidado para o chão. Mas não viu o cigarro que o soldado tinha deixado cair.

A luz estava mais amarela. Sombras se espalharam e estavam menos hostis. Havia mais poeira e fumaça. O sol batia no para-brisa de um caminhão, numa janela da escola. Soldados estavam de cócoras ou sentados em redor de pequenas fogueiras de gravetos, comendo em pratos de lata, bebendo em canecas de lata, sem pressa, devagar, seus olhos e suas vozes radiantes de prazer por causa da comida: gente da floresta, os reis da floresta, no final de mais um dia de sorte. Um pouco mais adiante, atrás deles, no sol, os prisioneiros negros e amarrados jaziam sobre a terra e não se mexiam.

Um soldado viu Bobby e olhou fixamente. Os olhos do soldado brilharam. Sem virar a cabeça, falou com o homem a seu lado e o grupo inteiro olhou. Bobby manteve as mãos ao lado do corpo e ficou parado na porta, deixando que o examinassem. Começou a andar na direção do carro, que continuava onde ele havia deixado, bastante exposto, no meio da estrada, as rodas ligeiramente afundadas no asfalto. Os soldados voltaram a cuidar de sua comida.

Linda, ainda em seu banco, inclinou-se para abrir a porta. Ninguém foi até o carro. O motor pegou. Bobby descansou a mão direita sobre o volante. Ninguém o impediu de partir. A luz da tarde deixava dourados todos os arranhões do para-brisa. A face quase perpendicular do Rochedo do Leopardo também estava dourada; a face encoberta por sombras estava embaçada, a floresta em suas ladeiras mais baixas agora parecia fazer parte do mato em redor.

Quatrocentos ou quinhentos metros adiante, na encosta do morro, toparam com uma barreira na estrada. O soldado com o fuzil, o rosto apenas a cor negra embaixo do quepe, acenou para que parassem, com o desajeitado gesto africano de abanar a mão. Mas antes mesmo de pararem o carro, o homem de camisa florida, calça escura e penteado em estilo inglês, do outro lado da estrada, fez sinal para que seguissem em frente.

Bobby contornou as barreiras brancas para um lado e para o outro e depois, lentamente, passou pelas viaturas paradas do outro lado da estrada, veículos que saíam da Coletoria: os táxis-ônibus Peugeot, as vans precárias e carros africanos. Os passageiros estavam na beirada da estrada. Alguns seguravam folhas de papel almaço duplicadas, seus salvo-condutos; mas outros já estavam sentados ou deitados na grama, seminus, as roupas rasgadas; os soldados inteiramente vestidos se moviam entre eles. Algumas mulheres africanas estavam em trajes ingleses, eduardianos.

Assim, os primeiros missionários tinham surgido entre o povo do rei; e assim, desde então, mas em roupas de algodão em estilo africano, as mulheres do povo do rei tinham se vestido em ocasiões formais ou sempre que faziam alguma viagem mais longa. A estrada prosseguia em linha reta, do topo de um morro até o topo de outro morro, uma faixa larga de asfalto correndo no meio do mato.

Linda disse: "Vamos parar um pouco, Bobby".

Ele estacionou na estrada, no mesmo instante.

Linda tentou tirar a poeira do cabelo dele, arrumar os farrapos da camisa amarela. Havia muito pouco que ela pudesse fazer. Bobby não permitiu que Linda tocasse em seu rosto.

Ela disse: "Seu relógio está quebrado".

Bobby fechou os olhos pesados e, naquela escuridão, pensou, com uma repentina e momentânea tristeza por ela, para quem tanta coisa dera errado na vida: "Mas essas são as mãos de uma enfermeira".

Bobby abriu os olhos e viu a estrada. Foram em frente. O céu no alto estava azul-escuro; a luz começava a ir embora. A floresta baixa rebrilhava nos pontos onde as aldeias do rei estavam em chamas.

Eles eram um povo que vivia, agora de forma vulnerável, em aldeias ao longo de estradas muito antigas e em linha reta: estradas que haviam espalhado seu poder como conquistadores da floresta, até a chegada dos primeiros exploradores. As aldeias ficavam bem próximas; a rodovia normalmente ficava repleta de pedestres e ciclistas. Mas agora a estrada estava vazia; e as aldeias por onde eles passavam estavam vazias, mortas, incendiadas. As aldeias que queimavam ficavam nas trilhas poeirentas que saíam da estrada principal.

Linda disse: "Será que puseram fogo no condomínio fechado?".

293

Mas não havia nenhum outro lugar para eles irem. A estrada descia e fazia uma curva; eles perderam de vista as aldeias em chamas. Naquela depressão, o mato era alto e escuro. Tinham penetrado na floresta e a estrada, um corte preto e reto, avançava entre muros de floresta, para cima e para baixo, e depois para cima, rumo ao horizonte alto. O pulso de Bobby doía; sentia que os olhos ficavam pesados. E então ele estava no meio de uma tempestade branca. Como flocos de neve, eles caíam da floresta, borboletas brancas sobre o asfalto, sobre o capim, sobre os troncos das árvores, no ar, milhões e milhões de borboletas brancas, esvoaçando para fora da floresta. E a tempestade não parava. Elas eram esmagadas pelas rodas do carro; esbarravam no capô, resvalavam no metal quente e morriam; grudavam no vidro do para-brisa.

Linda acionou o esguicho de água para lavar o para-brisa; ligou os limpadores.

A estrada fez uma subida. As borboletas sumiram tão de repente quanto haviam aparecido. A floresta chegou ao fim. O céu no alto tinha uma cor azul muito escura. Ao longe, viram as aldeias em chamas em volta da cidade pequena e, no rápido crepúsculo, elas pareciam umas poucas linhas de luzes partidas.

Bobby disse: "Acho que aconteceu alguma coisa com meu pulso".

"Pena que eu não saiba dirigir."

Bobby percebeu o pânico na voz de Linda e não se importou. A estrada continuava vazia, as aldeias por que passavam estavam devastadas. Choupanas de barro e capim desmoronadas podiam parecer que eram parte do mato; o ferro corrugado formava ruínas. Aqui e ali, mulheres e crianças tinham voltado para as ruínas, as mulheres roliças, à maneira das mulheres do povo do rei, pareciam vestidas com apuro demais em seus trajes eduardianos. O carro andava sozinho; e Bobby, agora apenas seguindo a luz dos faróis do carro, não ficou surpreso de ver que as mulheres, de rostos brilhantes de cansaço, estavam ali; ou que na pequena zona industrial vizinha à cidade ainda houvesse luz elétrica e letreiros luminosos; ou que no lugar onde antes, por trás de suas muralhas duplas, brilhava vagamente o palácio do rei, houvesse apenas escuridão.

As muralhas tinham sido partidas; dentro, havia destruição; caminhões, soldados, fogueiras. Àquele local antigo, menos de cem anos antes, os primeiros exploradores tinham trazido notícias do mundo para além da floresta. Agora o local tinha sua primeira ruína de verdade, um palácio construído quase todo na década de 1920, o primeiro palácio construído ali com materiais menos perecíveis do que capim e junco.

Entre o palácio e a área colonial, havia uma área aberta e indeterminada: estalagem de caravanas, depósito de lixo, pasto, praça de feira, cidade de palhoças. Ali, havia poucas luzes acesas. Armazéns atacadistas, sinais de trânsito: as placas de estrada se tornaram complicadas. Caminhões e jipes do exército estavam parados em certos cruzamentos. Às vezes as luzes dos faróis do carro colhiam o quepe verde e o rosto brilhante de um soldado ofuscado. Mas nenhum gesto desajeitado com a mão mandou Bobby parar. Na rua principal, onde meia dúzia de prédios de alvenaria de três ou quatro andares erguiam-se acima das antigas estruturas de madeira de pioneiros, dos antigos colonos ingleses e indianos, algumas lojas de mobília indiana tinham sido saqueadas. Mas a maioria das lojas estava com as portas e as janelas barradas por tábuas pregadas.

Depois da rua principal, a cidade estava aberta de novo: um parque, em frente às luzes esparsas da principal área residencial; uma rotatória, com soldados; depois, direto para a frente, saindo da cidade de novo, novamente para dentro da escuridão, rumo ao céu brilhante, mais uma área africana indefinida, casas, choupanas e canos verticais com bicas na beira da estrada, oficinas de carros com caminhões decrépitos, lojas, barraquinhas e hortas de quintal, estendendo-se por todo o percurso até o condomínio fechado. Em geral aquela estrada ficava movimentada e àquela hora, no início da noite, era até perigosa, por causa dos bêbados ou dos africanos que vinham de regiões remotas da floresta e que ainda não tinham aprendido a avaliar a velocidade dos veículos motorizados. Naquele momento, estava vazia. Mas a estrada estava ruim, cheia de buracos depois das chuvas e também cheia de calombos por causa do asfalto que tinha derretido e se acumulado em alguns pontos depois de endurecer de novo. A cada solavanco, Bobby ficava mais fraco.

Árvores encobriam o condomínio fechado para quem estava na estrada. No final da curta entrada para carros, dois globos leitosos estavam acesos no alto das colunas do portão de ferro. Os portões estavam fechados; a cancela vermelha e branca, de madeira, estava abaixada. Bobby parou. Uma lanterna acendeu com força a poucos centímetros de seu rosto e, por trás da luz ofuscante, ele viu caminhões e soldados.

A lanterna se moveu pelo para-brisa, obscurecida pela sujeira branco-amarelada das borboletas esmagadas, e se deteve no passe que dava direito de entrar no condomínio fechado, colado pelo lado de dentro do vidro.

"Boswa et bévéni. M'sé, mem."

Era um dos vigias do condomínio fechado, oferecendo risonhas boas-vindas no dialeto que era seu orgulho e sua distinção. Ele não era nem do povo do rei nem do povo do presidente. Vinha de outra nação; na Coletoria, ele era neutro, um espectador, e estava tão a salvo quanto o condomínio fechado do qual era o vigia.

O condomínio fechado estava a salvo. Os soldados estavam ali para protegê-lo. A cancela de madeira se ergueu e o vigia, em seu antiquado uniforme vermelho e azul, correu para abrir o portão, como que ansioso para exibir seu zelo, bem como a autoridade da gente a quem servia, para os soldados que observavam. Empurrou metade do portão para dentro e segurou-o aberto; fez uma saudação quando o carro entrou; e depois correu com o portão seguro na mão a fim de fechá-lo de novo.

A vasta rede de ruas do condomínio estava iluminada. As ruas bem sinalizadas, que avançavam em linhas artificialmente sinuosas pelos terrenos ajardinados do condomínio fechado, estavam acesas e claras. Luzes fluorescentes banhavam sebes e jardins. As janelas abertas dos chalés e dos apartamentos exibiam trabalhos em palha e em casca de árvore nas paredes internas. Pinturas africanas, estantes de livros. O pequeno clube estava cheio de gente.

Linda perguntou: "Como está seu pulso?".

Bobby não respondeu. A voz de Linda soava mais leve, mais viva; dava para sentir que seu pânico passara. O condomínio era seu ambiente; ela tinha coisas para contar.

Durante a noite, de forma intermitente, Bobby acordava e passava da viagem de carro e dos perigos confusos da estrada para o conforto dos curativos e ataduras. Quando aquilo se tornou mais leve, Bobby passou a esperar por Luke, seu criado. Foi despertado por rádios dos alojamentos dos criados. Depois foi despertado pelo barulho brusco dos pés descalços de Luke no cômodo vizinho. Havia certa culpa naquele jeito brusco de pisar; e quando Luke entrou no quarto andando na ponta dos pés, sua calça cáqui encolhida, apertada na virilha e alta nas canelas miúdas, Bobby pôde adivinhar, pela delicadeza de seus passos e pela camisa branca e amarrotada de Luke, que ele andara bebendo e tinha dormido sem trocar de roupa.

Luke puxou as cortinas e falou em sua voz arrastada e embriagada: "Vestido Azul está no jardim esta manhã". Era uma de suas brincadeiras particulares, referindo-se a uma esposa do condomínio fechado, uma americana chegada pouco tempo antes, que durante várias semanas parecera usar o mesmo vestido azul. Em seguida Luke virou-se e olhou para Bobby. Ficou parado onde estava e encolheu os lábios para dentro da boca, com força. Luke era do povo do rei e viera de uma das aldeias próximas; ele conhecia os métodos do exército do presidente. Seus olhos vermelhos olharam fixamente; suas narinas se alargaram e seu rosto comprido e fino estremeceu. Luke fungou; seus lábios encolhidos se abriram. Com um bufo, e com rápidas batidas no chão de seu pé direito, começou a rir.

Depois, ainda de maneira rápida, mas agora sem a sua delicadeza, movendo-se como se estivesse sozinho e como se ninguém o observasse, juntou as roupas de viagem de Bobby.

Bobby pensou: Vou ter de ir embora. Mas o condomínio era um lugar seguro; os soldados vigiavam o portão. Bobby pensou: Vou ter de despedir o Luke.

Epílogo, de um diário
O circo em Luxor

Eu estava indo para o Egito, dessa vez pelo ar, e fiz uma escala em Milão. Fiz isso por motivos de negócios. Mas era a semana do Natal, não era uma ocasião própria para negócios, e tive de ficar em Milão durante os feriados. O tempo estava ruim, o hotel vazio e melancólico.

Ao voltar para o hotel, certa noite, debaixo de chuva, depois de jantar num restaurante, vi dois chineses vestidos em ternos azul-escuros saírem da sala de jantar do hotel. Irmãos asiáticos, nós três, em perambulação pela Europa industrial, pensei. Mas não olharam para mim. Estavam acompanhados: outros três chineses saíram da sala de jantar, dois jovens de terno, uma mulher jovem e de aspecto saudável, vestindo túnica com flores estampadas e calça folgada. Em seguida, saíram mais cinco chineses, homens e mulheres jovens e saudáveis; depois, mais uma dúzia, mais ou menos. Depois não consegui mais contar. Chineses se derramavam para fora da sala de jantar do hotel e ficavam rodando pelo saguão amplo e acarpetado, antes de se moverem numa lenta e tagarelante massa que subiu a escada.

Devia haver uns cem chineses. Em questão de minutos, o saguão ficou vazio. Os garçons, com os guardanapos pendurados no punho, ficaram postados junto à porta da sala de jantar e observavam, como pessoas capazes de pelo menos admitir uma reação de pasmo. Mais dois chineses saíram da sala de jantar; foram os últimos. Os dois eram baixos, idosos, enrugados e magros, e usavam óculos. Um deles trazia uma grossa carteira na mão miúda, mas de forma desajeitada, como se a responsabilidade o deixasse nervoso. Os garçons se aprumaram. Sem tentar demonstrar nenhuma elegância artificial, intrigado com as cédulas de dinheiro italiano, o chinês velho com a carteira na mão deu gorjetas, agradeceu e apertou a mão de todos os garçons. Em seguida os dois chineses curvaram a cabeça numa reverência e entraram no elevador. E o saguão do hotel ficou deserto outra vez.

"Eles são do circo", disse o recepcionista de terno, atrás do balcão. Estava tão espantado quanto os garçons. "*Vengono della Cina rossa*. Vieram da China Vermelha."

Parti de Milão debaixo de neve. No Cairo, no sórdido beco sem saída atrás de meu hotel, crianças em *jibbahs* encardidos, enfraquecidas por causa do jejum de um dia inteiro do ramadã, jogavam futebol sobre a terra branca e quente. Nos cafés, mais pobres do que eu me lembrava, negociantes libaneses e gregos de terno liam os jornais locais em francês e em inglês e conversavam com uma agitação mal-humorada a respeito dos negócios que se podiam fazer com o tabaco da Rodésia, agora que a mercadoria era considerada ilegal. O museu continuava apinhado de guias egípcios que só conheciam a língua local. E na outra margem do Nilo havia um novo hotel Hilton.

Mas o Egito ainda tinha sua revolução. Placas de rua agora estavam escritas só em árabe; as pessoas nas tabacarias reagiam de modo brusco, como se fosse um insulto, quando lhes pediam cigarros *egípcios*; e na estação ferroviária, quando fui pegar o trem para o sul, havia sinais das guerras que tinham vindo junto com a revolução. Soldados queimados de sol, de volta da campanha no Sinai, de cócoras ou deitados preguiçosamente no chão da sala de espera. Aqueles homens com o rosto enrugado eram os guardiões da terra e da revolução; mas para os egípcios eles eram apenas soldados comuns, camponeses, alvo de um descaso mais antigo e mais enraizado do que a revolução.

Durante o dia inteiro, a terra dos camponeses passou rolando pelas janelas do trem: o rio lamacento, os campos verdejantes, o deserto, a lama preta, o *shadouf*, as cidades asfixiadas e meio desmoronadas, com casinhas de tetos retos, da cor da poeira: o Egito dos livros didáticos de geografia. O sol se punha num céu fumacento; a terra dava a impressão de ser velha. Estava escuro quando desci do trem em Luxor. Mais tarde, naquela noite, fui ao templo de Karnak. Era um bom modo de ver o templo pela primeira vez, no escuro, separado do tormento do Egito: aquelas colunas extravagantes, antigas em tempos antigos, a obra dos homens daquele vale do rio Nilo.

Naquele ano, não havia moedas no Egito, só cédulas. Todo o dinheiro em moeda estrangeira sumira; e Luxor, que em tempos imperiais recentes tinha sido uma estação turística de inverno de certo requinte, se acomodava agora a turistas mais modestos. No Velho Hotel Palácio de Inverno, onde criados negros e gordos, de compridas batas brancas, se postavam pelos corredores, disseram-me que iam me dar o quarto que antes reservavam para Aga Khan. Era um quarto enorme, com excesso de mobília, num agravável estilo antigo. Tinha uma sacada que dava uma vista para o Nilo e para os morros baixos no deserto na outra margem do rio.

Naqueles morros, ficavam as sepulturas. Nem todas eram de reis e nem todas eram solenes. O artista antigo, recordando a vida de um personagem menor, às vezes registrava com mão mais livre os prazeres daquela vida: os prazeres do rio, cheio de peixes e de pássaros, os prazeres da comida e da bebida. A terra tinha sido estudada, tudo nela fora classificado e enaltecido em desenhos. Era a visão especial de homens que não conheceram nenhuma outra terra e viam aquilo que possuíam como algo rico e completo. O Nilo lamacento era só água: nas pinturas, uma insígnia azul e verde; identificável, mas distante, um rio de um mundo mágico. Podia fazer muito calor nas catacumbas. O guia, que às vezes também servia de vigia, se agachava e falava em árabe, fazendo jus a suas piastras em papel moeda, apontando para todos os símbolos da deusa Hathor, esfregando o dedo encardido nas pinturas que ele deveria proteger. Do lado de fora, depois da escuridão e das visões radiosas do passado, só havia areia branca e entulho; a luz do sol atordoava; e às vezes havia meninos mendigos vestindo *jibbahs*.

Para mim aqueles meninos, que saltavam ansiosos do meio das pedras e da areia quando homens se aproximavam, eram como uma espécie de animais da areia. Mas meu motorista conhecia alguns deles e sabia seus nomes; quando fazia um gesto para se afastarem, era um movimento lânguido que continha também um aceno de cumprimento. Era jovem, o motorista, também ele um homem do deserto e sem dúvida, no passado, também fora um menino de *jibbah*. Mas havia crescido de um modo diferente. Vestia calça e camisa e tinha orgulho de sua boa aparência. Era correto e de confiança, sem a maneira frenética dos guias do deserto. De algum jeito, no deserto, aprendera o tédio. Seus pensamentos estavam voltados para o Cairo e para um emprego de verdade. Sentia-se entediado com as antiguidades, os turistas e a rotina do turismo.

Eu ia passar aquele dia inteiro no deserto e agora estava na hora do almoço. Tinha comigo uma lancheira do hotel Palácio de Inverno e, em algum lugar do deserto, tinha visto a estalagem do governo onde os turistas podiam sentar-se diante de mesas, comer seus sanduíches e comprar café. Pensei que o motorista estava me levando para lá. Mas seguimos por caminhos nada familiares rumo a um pequeno oásis com palmeiras e uma grande cabana de madeira seca. Não havia carros nem micro-ônibus nem turistas, só alguns empregados em roupas grosseiras. Eu não queria ficar ali. O motorista pareceu que ia insistir, mas em seguida limitou-se a ficar entediado. Levou-me até a nova estalagem, deixou-me ali e disse que voltaria mais tarde para me buscar.

A estalagem estava cheia de gente. Turistas de óculos escuros, explorando suas lancheiras de papelão, conversavam em vários idiomas europeus. Sentei-me na varanda, numa mesa com dois jovens alemães. Um egípcio agitado de meia-idade, em trajes árabes, movia-se entre as mesas e servia café. Na cintura, trazia um chicote de camelo e vi, mas só aos poucos, que ao redor da estalagem as colinas de areia estavam vivas, apinhadas de pequenas crianças do deserto. O deserto era limpo, o ar era limpo; aquelas crianças estavam muito sujas.

A estalagem estava fora do alcance delas. Quando se aproximavam um pouco, tentados pela oferta de um sanduíche ou de uma maçã, o homem com o chicote de camelo na cintura dava os gritos que usava para assustar camelos. Às vezes corria no meio das crianças, batia na areia com seu chicote, e as crianças se espalhavam correndo, suas perninhas cheias de areia moviam-se frenéticas embaixo dos *jibbahs* que balançavam. Não havia nenhuma reprovação da parte dos turistas que tinham oferecido comida; aquilo era um jogo egípcio, com regras egípcias.

Não chegava a perturbar. Os jovens alemães da minha mesa não prestavam a menor atenção. Os estudantes ingleses dentro da estalagem, por trás do vidro, conversavam de maneira competitiva a respeito de Carter e de Lord Carnavaron. O grupo de italianos de meia-idade na varanda, como compreendiam as regras do jogo, davam mostras de um espírito galhofeiro. Jogavam maçãs e faziam as crianças correr para mais longe. A título de experiência, partiram sanduíches e jogaram os pedaços sobre a areia; obrigavam as crianças a chegarem mais perto. Pouco depois, em torno dos italianos, tudo era agitação; e o homem com o chicote de camelo, como alguém que compreende o que dele se espera, patrulhava com empenho aquele setor da varanda, gritando, batendo com o chicote na areia, fazendo jus às suas piastras em papel-moeda.

Um italiano alto, de camisa de malha de cor cereja, levantou-se e empunhou sua câmera. Colocou um pouco de comida logo abaixo da varanda e as crianças vieram correndo. Mas dessa vez, como se para a câmera aquilo tivesse de ser verdadeiro, o chicote de camelo bateu não na areia, mas nas costas das crianças, com gritos, ainda mais fortes e rápidos, usados para enxotar camelos. E ainda assim não houve nenhum sinal de perturbação entre os turistas na estalagem nem entre os motoristas egípcios que aguardavam de pé junto a seus carros e micro-ônibus. Só o homem com o chicote e as crianças que se esgueiravam rastejando na areia se mostravam muito agitados. Os italianos estavam tranquilos. O homem de camisa de cor cereja estava abrindo outro embrulho de sanduíches. Um homem mais baixo e mais velho, de terno branco, tinha ficado de pé e estava regulando sua câmera. Mais comida foi jogada; o chicote de camelo continuou a bater; os gritos do homem com o chicote em punho se tornaram grunhidos ressonantes.

Mesmo assim os alemães na minha mesa não perceberam; os estudantes dentro da estalagem continuavam a conversar. Vi que minha mão tremia. Baixei na mesa de metal o sanduíche que estava comendo; foi minha última decisão. Lucidez e inquietação só me alcançaram quando eu já estava quase em cima do homem com o chicote de camelo. Eu esbravejava. Tomei o chicote de sua mão, joguei-o na areia. Ele ficou espantado, aliviado. Falei: "Vou denunciar isso no Cairo". Ele ficou assustado; começou a implorar desculpas em árabe. As crianças se mostraram intrigadas; correram um pouco para longe e pararam, a fim de observar. Os dois italianos, manuseando câmeras fotográficas, pareciam muito calmos por trás dos óculos escuros. As mulheres do grupo encostaram-se no espaldar de suas cadeiras a fim de me observar.

Senti-me exposto, fútil e só pensei em voltar para minha mesa. Quando voltei, peguei meu sanduíche. Tinha acontecido rapidamente; não houve nenhuma perturbação. Os alemães me fitaram. Mas agora eu estava indiferente a eles, assim como estava indiferente em relação ao italiano de camisa de malha de cor cereja. As italianas tinham se levantado, o grupo estava indo embora; e ele, de modo ostensivo, sacudia os restos das lancheiras e dos embrulhos de sanduíche sobre a areia.

As crianças continuaram onde estavam. O homem do qual eu havia tomado o chicote veio me servir um café e pedir desculpas de novo, em árabe e em inglês. O café foi de graça; era um presente para mim. Mas mesmo enquanto ele falava, as crianças começaram a se aproximar. Dali a pouco estariam de volta, revirando a areia em busca do que eles tinham visto o italiano jogar fora.

Eu não queria ver aquilo. O motorista estava esperando, encostado na porta do carro, os braços nus cruzados sobre o peito. Ele observou tudo o que havia acontecido. Dele, um jovem do deserto, emancipado, com calça presa por um cinto e camisa esporte, com suas ideias sobre o Cairo, eu esperava algum gesto, algum sinal de aprovação. Ele sorriu para mim com os cantos da boca larga, com os olhos estreitos. Esmagou seu cigarro na areia e, lentamente, soprou fumaça entre os lábios; suspirou. Mas aquela era sua maneira de fumar. Eu não podia saber o que o motorista estava pensando. Ele estava tão correto quanto antes, parecia tão entediado quanto antes.

Em todos os lugares aonde fui naquela tarde, vi o micro-ônibus Volkswagen verde-claro do grupo de italianos. Em todos os lugares, vi a camisa de malha de cor cereja. Aprendi a identificar o jeito de andar meio trôpego, balofo e de passos curtos, da pessoa que vestia aquela roupa, bem como os óculos escuros, a careca que começava a crescer, o balanço curto e duro dos braços. Na balsa, achei que eu tinha conseguido escapar; mas o micro-ônibus chegou, os italianos desceram. Achei que íamos nos separar na margem onde fica Luxor. Mas eles também estavam hospedados no hotel Palácio de Inverno. O homem de camisa de malha de cor cereja fazia mesuras com ar confiante no meio dos criados egípcios, que o saudavam com reverências no saguão, no bar, na grande sala de jantar com flores frescas e guardanapos dobrados de maneira requintada. No Egito, naquele ano, só havia dinheiro em cédulas.

Fiquei um ou dois dias na margem onde fica Luxor. Vi Karnak à luz do luar, como se deve fazer. Quando voltei para o deserto, estava ansioso para evitar a estalagem. O motorista compreendeu. Sem nenhum sinal de triunfo, quando chegou a hora, ele me levou para a cabana de madeira no meio das palmeiras. Naquele dia, estavam com mais fregueses. Havia quatro ou cinco micro-ônibus estacionados. Dentro, a cabana era escura, fria e arrumada. Tinham juntado diversas mesas; e naquela grande mesa central de jantar, havia uns quarenta ou cinquenta chineses, homens e mulheres, que conversavam em voz baixa. Eram os integrantes do circo que eu vira em Milão.

Os dois chineses mais velhos estavam sentados juntos na

extremidade da mesa comprida, perto de uma senhora pequena e de porte elegante que parecia um pouquinho velha demais para ser uma acrobata. Eu não a havia notado na multidão de chineses em Milão. De novo, quando chegou a hora de pagar, o homem com a carteira gorda usou as mãos de maneira desajeitada. A senhora falou com o garçom egípcio. Ele chamou outros garçons e todos formaram uma fila. Para cada garçom, a senhora ofereceu um aperto de mão e presentes, dinheiro, alguma coisa dentro de um envelope, uma medalha. Os garçons andrajosos se perfilaram muito duros, com rostos sérios e virados para o outro lado, como fazem soldados que recebem uma condecoração. Então todos os chineses se levantaram e, conversando, rindo baixinho, arrastando os pés, saíram da cabana ecoante, com seu jeito de andar relaxado, ligeiramente oblíquo. Não olharam para mim; pareciam mal perceber a cabana. Estavam tão tranquilos e bem vestidos no deserto quanto tinham estado na chuva em Milão, os homens de terno, as garotas de calça comprida folgada. Continuavam igualmente contidos, bonitos e saudáveis, além de silenciosamente contentes uns com os outros: era difícil pensar neles como turistas que circulam em busca de paisagens para ver.

O garçom, o rosto ainda tenso de prazer, mostrou a medalha em seu *jibbah* sujo e listrado. Tinha sido cunhada num molde que já perdera sua definição; porém o rosto mal delineado era sem dúvida um rosto chinês e, sem dúvida, o rosto do líder. Dentro do envelope, havia cartões-postais coloridos de peônias chinesas.

Peônias, China! Tantos impérios tinham vindo para ali. Não distante de onde estávamos, ficava o colosso sobre cuja canela o imperador Adriano, segundo diziam, inscrevera versos em louvor a si mesmo, a fim de celebrar sua visita. Na outra margem, não distante do hotel Palácio de Inverno, havia uma pedra com uma inscrição romana mais rústica, que assinalava a fronteira sul do império, delimitando uma área de refúgio. Agora outro império, mais remoto, se anunciava. Uma medalha, um cartão-postal; e tudo o que se pedia em troca era raiva e também um sentido de injustiça.

Talvez aquela tenha sido a única época pura, no início, em que o artista antigo, sem conhecer nenhuma outra terra, aprendera a olhar para sua própria terra e a via como algo completo. Mas era difícil, ao viajar de volta para o Cairo, contemplar com meu olhar de estrangeiro os campos e o povo que trabalhava lá, as cidades poeirentas, os bandos agitados de camponeses nas estações ferroviárias, era difícil acreditar que tal inocência tinha existido algum dia. Talvez aquela visão da terra, em que o Nilo era apenas água, uma insígnia azul e verde, sempre tenha sido algo fabricado, um motivo de nostalgia, algo para levar para a sepultura.

O ar-refrigerado no vagão não funcionava direito; mas podia ser porque os dois funcionários negros, ainda presos a seus hábitos da aldeia natal, preferiam ficar sentados diante das portas abertas para conversar. Areia e terra sopravam para dentro do vagão o dia inteiro; fez calor até o sol se pôr e tudo ficou negro contra o fundo formado pelo céu vermelho. Na mal iluminada sala de espera da estação ferroviária do Cairo, havia mais soldados esparramados sobre o chão, vindos do Sinai, camponeses em volumosos uniformes de lã, de licença, voltando para suas aldeias. Dezessete meses depois, aqueles homens, ou outros como eles, iriam conhecer uma derrota completa no deserto; e novas fotografias tiradas de helicópteros que voavam baixo mostrariam aqueles soldados perdidos, tentando voltar a pé para casa, lançando sombras compridas sobre a areia.

Agosto de 1969-outubro de 1970

ESTA OBRA FOI COMPOSTA PELA SPRESS EM ELECTRA E IMPRESSA EM OFSETE
PELA PROL EDITORA GRÁFICA SOBRE PAPEL PÓLEN SOFT DA
SUZANO PAPEL E CELULOSE PARA A EDITORA SCHWARCZ EM OUTUBRO DE 2013

A marca FSC® é a garantia de que a madeira utilizada na fabricação do papel deste livro provém de florestas que foram gerenciadas de maneira ambientalmente correta, socialmente justa e economicamente viável, além de outras fontes de origem controlada.